旅情ミステリー

摩周湖殺人事件

木谷恭介

祥伝社文庫

目次

奥吉野《おくよしの》・大蛇嵓《だいじゃぐら》偽装心中
——プロローグに代えて—— 7

信濃《しなの》・戒壇《かいだん》めぐり殺人事件 38

金沢《かなざわ》・加賀《かが》のれん殺人事件 85

みちのく露天風呂殺人事件 134

東京・新青梅《しんおうめ》街道殺人事件 173

隅田川《すみだがわ》に消えた女 214
出雲藍染《いずもあいぞ》めの謎 257
摩周湖《ましゅうこ》殺人事件 309

新装版のためのあとがき 353
解説・香山二三郎 357
木谷恭介著作リスト 365

奥吉野《おくよしの》・大蛇嵓《だいじゃぐら》偽装心中

——プロローグに代えて——

1

眼のくらむような絶壁だった。

谷が深い。

谷底から霧がわき上がってくる。それが、深い谷をさらに深く感じさせた。

大蛇嵓《だいじゃぐら》——。

名前からして、おどろおどろしい。

山肌を這《は》いのぼってくる巨大な蛇のような岩のうねりが、鋭い傾斜で谷へ落ち込んでいる。

垂直に切りとった絶壁ではなく、何匹もの巨大な蛇がからまりあって断崖に張りつき、そのまま岩と化した、そんな岩肌の形相《ぎょうそう》が、谷の深さ以上に、わたしの恐怖心をそそったのかも知れない。

「千草《ちぐさ》はここから飛び下りたんですか」

わたしは案内してくれた桐畑《きりはた》刑事を振り向いた。

わたしは四宮紗奈江《しのみやさなえ》、二十七歳。東京は浅草《あさくさ》の裏、吉原《よしわら》で働いているソープ嬢。

「そうです。そこんとこに、二人の靴が並んで脱いでありました。けど、実際に飛び下りたとしたら、あそこまで、岩をつたって下りたと思いますよ」

桐畑は岩場の下り口を指でしめした。

断崖、絶壁といっても、こうやって現実にその場に立つと、飛び下りるというのが、それほど簡単でないことがよくわかる。

千草たちが、大蛇嵓の上から不用意に飛び下りたなら、すぐ足もとの岩棚に引っかかっただろう。

千草と塚本《つかもと》。

二人が覚悟の飛び下り心中をするのには、桐畑が指さす岩棚まで、下りる必要がありそうだ。そこからなら、二人の体は宙に躍《おど》る。数メートル下の岩に叩きつけられ、バウンドして、更に下の岩に叩きつけられる。

わたしが確認した千草と塚本の遺体は、見るも無惨に損傷していた。いや、損傷というよりは破壊されていた。

顔はほとんど確認できなかった。頭蓋骨《ずがい》が砕け、顔そのものがなくなったように小さくなっていた。あれはもう、顔がないのにひとしい。

千草のからだには特徴があった。乳房の下に、小さな乳首が並んでいた。それも左右対称。俗に言う副乳《こぢち》だが、千草ほど見事な副乳の持ち主は珍しいだろう。指先でふれると白いゴマ粒ほどのそれは、かすかにふくらんだし、硬《かた》くなった。

「可愛いでしょ。これでも乳首なのよ。馬鹿にしないで……って、一ちょう前に主張してるみたい」

千草はそういって、自分の指先で揉《も》んでみせたものだ。

その副乳が、識別不可能なまでに損傷した遺体のなかで、間違いなく千草だと主張していた。

「あんた、千草さんが心中なんかするはずがない……、そう言うてましたな。千草さんの最期の場所にこうして立って、やっぱり、その気持は変わりませんか?」

桐畑はわたしの顔をのぞき込むようにたずねた。としは四十を少し出ているだろう。どぶねずみ色の背広にドタ靴。陽《ひ》に焼けた顔、節《ふし》くれた太い指。いかにも田舎《いなか》の警察署の刑事らしい鈍重な感じがむき出しだが、わたしはこの刑事に外見とは裏腹な感覚のシャープさを嗅《か》ぎ取っていた。

「変わらないどころか、ますますその気持が強くなって来るわ」

わたしは自分に言いきかせるようにうなずいた。

「心中するような関係やないと言うんですな」

「それだけじゃなくて……」

わたしは首を振った。

心中した相手の塚本は、わたしと千草が働いているソープランド『チェックメイト・キング』の店長だった。

店長とソープランド嬢。それだけの関係だ。

二人がわたしの知らないところで愛しあっていたことは、絶対にないと思う。

仮りに何らかの事情で、二人の意見が合い、心中の形をとるにしても、こんな遠い山の中を死に場所に選ばねばならない理由がない。

第一、千草はもちろん、店長の塚本の口からも、わたしがいま立っている大台ケ原《おおだいがはら》という地名を聞いた記憶が一度もなかった。

大台ケ原どころか、その入口の吉野《よしの》も、吉野が奈良県にあることも、わたしは今度はじめて知った。

それも、実際にやって来て驚いたのだが、奈良県というのは途方もなく広い。鹿と大仏さままで馴染《なじ》みのある奈良とは、まるでかけ離れた山また山の山奥なのだ。

現にわたしを案内するため、桐畑は吉野からジープで三時間あまり飛ばして来た。

少し西に傾いた初冬の陽が、わたしと桐畑の上に降りそそいでいる。

大蛇嵓の下の谷は逆谷《さかさだに》というそうだ。

谷の向こうに峯がつづき、その更に奥にひときわ高くつながっている高い連山が、吉野や熊野《くまの》の山伏たちが修行する大峰山《おおみねさん》であった。

千草を確認するために、わたしは昨日の午後の一番で東京を発った。帰りは明日になる。二泊三日の旅だ。

「千草ちゃんが、この大蛇嵓はもちろん、大台ケ原を知っていたとは思えない。塚本店長だって同じよ。その二人が店長の車で、どこへ寄り道をするでもなく、この山へ来たのでしょう？　そして、この大蛇嵓へ直行して、飛び下り心中をした。そんなこと、考えられるかしら」

「しかし、千草さんはともかく、塚本さんが前に一度、旅行かなんかでここへ来て、知っていたということは考えられませんか」

桐畑は念を押すようにたずねた。

「塚本店長は長崎の生まれだったはずだし、東京の吉原へ来る前、和歌山のソープランドで働いてたけど……」

「それやったら、従業員旅行なり、仲間に誘われるなりして、大台へ来たことがあったかて不思議ではないな」

「ないと思うなあ」

わたしは首を横に振った。

ソープランドの店長、ボーイ。男子従業員と呼ばれる彼らと、この山は結びつかない。海水浴、ゴルフというのならわかるが、ソープランドの従業員と山はつながらない。これはわたしの偏見かも知れないが、どこへ旅行するかという目的地にだって、知性や教養、育ちや氏素性《うじすじょう》が出るものだ。

ソープランドという即物的な職業は、山とはどこか縁が遠い。

わたしの身辺で、山を愛好する者はほとんど見当らない。これは偏見というよりは実感といったほうが正確かも知れないが、レジャーの対象に選ぶ場合、ソープランド関係者はほとんど例外なく海をとるだろう。

現にわたし自身、山に興味を持ったことがない。山岳という言葉のひびきだけで敬遠してしまいそうだ。

塚本店長は和歌山に二年ほどいたが、大台ヶ原山へ来たことは絶対ない。わたしにはそう断言できる。

2

「しかし、やねえ……」

桐畑はポケットから見なれないデザインの煙草の箱をとり出すと、一本をくわえた。風が吹きつけてくるほうへ顔を向け、両手でかこってライターの火をつけた。

ベージュ色の安っぽいデザインの煙草は、東京では見かけなくなったしんせいだった。

「あなたが言うように、二人ともここを知らんかったとなると、心中ではすまんことになりますよ」

深く吸い込んだ煙をゆっくりと吐き出し、桐畑は困ったような表情を作った。首をかしげ、唇をほんの少しゆがめている。

だが、眼が妙に生々《なまなま》しく光っていた。

「そうよ。刑事さんから電話を頂いた時、わたし、直感的に千草ちゃんは殺されたのだと思った」

「殺されるようなことに、何か思い当たりがあるのですか？」

桐畑は用心ぶかい口調でたずねた。

心中で処理するのには疑問がある。桐畑の表情と態度が、そう語っている。と言って、殺人事件として捜査するとなると、それはそれでひどく面倒なことになりそうだ。そんな迷いが頬のあたりに引っかかっていた。

「千草さんは、北海道の生まれやったね？」

桐畑は話の水を向けた。

「ええ、釧路《くしろ》のほうだって聞いたけど、ソープランドで働くようになったのは、つい半年ほど前で、それまではモデルをしていた。顔も綺麗《きれい》だったけど、プロポーションがさすがだったわ」

わたしは知っている限りのことを、桐畑に話してあげようと思った。

もっとも、千草について知っていることといえば、それがほとんどだった。

――モデルなんてお体裁《ていさい》ぶって気取ってるけど、最低よ……。

千草はモデルをしていた頃の話になると、決まってそう吐き捨てた。

華《はな》やかさの陰に、打算と思惑がひしめきあっている世界らしい。千草はモデルとして失敗した女性だが、その彼女でさえ、ソープランドでは容貌もプロポーションも際だっていた。美貌でスタイルのすぐれた女性の集団なのだ。

その中から抜きん出て、トップモデルにのしあがって行くには、よほどの運にめぐまれないと不可能だろう。運を強引に招き寄せるためには、競争にせり勝たなければならないし、それには策略も必要かも知れない。

――プロダクションの経営者やスポンサーにからだを投げ出すのなんか当たり前ね。だけど、みんながそれをしてるでしょ。三角関係どころか、六角関係、七角関係の渦《うず》よ。それがモデルたちの間でゴシップになって、あの子は見かけによらぬ太平洋だとか、ベッドで凄《すご》い声を出すとか、筒抜けなのよ。

そんなせり合いをものにし、いい仕事をもらうことが出来たとしても、そこには仲間たちの嫉妬と意地の悪い落とし穴が待ちうけている。

ファッション・ショウのステージへあがる直前、着て出る衣裳を汚されたり、身につけるアクセサリーが消えてなくなったりする。衣裳に合わせて用意したハイヒールが紛失してしまう。

――そんなこと、しょっ中なのよ。だから、スタイリストがスペアーのアクセサリーを用意して、ステージに穴があかないよう気を配ってるわ。

千草はモデル仲間の底意地の悪い仕打ちを、幾つも具体的に話した。

だが、わたしは適当に聞き流した。

そんなことは、どこの世界にだってある。程度の差こそ違うものの、それに耐え、打ち勝って行くのが人生というものではないか。負けて泣きごとをこぼすくらいなら、黙って身を引くほうが、よっぽど気がきいている。

わたしは泣きごとが嫌いだ。

千草はモデルの世界に未練を持ちつづけていた。

と言っても、もう一度モデルに復帰し、成功したいと言うのではなく、華やかなムードの中で過ぎた日を懐《なつ》かしんでいたのだ。ただ、懐かしむだけでなく、モデルだったころに知り合い、接した芸能界の雰囲気や、スターたちとの交流を忘れかねていた。

そういえば、千草は毎月のように、ハワイやグアムへ飛んだ。

太陽がきらめく南の島のリゾートホテルで、千草はスターのように振舞いたかったのではないだろうか。

千草は住居や食べる物には無頓着《むとんちゃく》だったが、着るものにだけはお金をどれほど注ぎこんでも惜しそうな素振りを見せなかった。

化粧もソープランド嬢としては派手だった。センスも垢《あか》ぬけていたことは確かだ。

毎月のように欠かさなかった海外旅行。それは千草にとって、スター気分に浸《ひた》る自己陶酔のための唯一の方法だったのではないか。

もしかしたら、千草はそのためにソープランドで働いていたのかも知れない。

3

桐畑刑事はわたしの主張した殺人説に興味はしめしたが、乗ってはこなかった。

心中を偽装した殺人事件。

わたしは直感的にそう思った。

千草と塚本店長が一緒に死ななければならない理由がない。二人は愛しあってなんかいなかった。山また山の奥にある大台ケ原を知っていたとは思えない。

わたしは三つの理由を桐畑に告げた。

だが、その三つの理由は三つとも、わたしが知る範囲ではという条件つきであった。逆に言えば、わたしの知らないところで、三つが三つとも満たされていたかも知れない。

桐畑は用心深かった。

「たしかに、心中をする男女というのは、もうちょっと迷いがあるもんです。近くのホテルなり旅館なりに泊まる。この世の別れに、思い残すことがないよう、儀式のようにすることをして、精神的にも肉体的にも、疲れ果てた上で死んで行くものやろうね？」

千草と塚本は、日が暮れてから山上のモータープールに車を乗りつけた。レストハウスに立ち寄ることもせず、車を降りると大蛇嵓へ直行し、ダイヴィングしている。覚悟の心中とはいえ、余りにも死にいそいでいる。

桐畑はわたしにそう語った。疑問を持っていることは明らかだったが、わたしのように無責任に殺人事件だと断定できる立場ではなかった。

わたしは中途半端な疑問を抱いたまま、東京へ帰って来た。

ソープランド『チェックメイト・キング』に出勤した。四日ぶりだった。

わたしは控室のロッカーを開けて、『チェックメイト・キング』の制服に着替えながら、千草のロッカーから名札が消えているのに気づいた。

「千草の知り合いだっていう男が私物を引き取りに来たんだよ。俺も立ち合ったけどさ、別にたいしたものもなかったから、いいだろうと思って渡したんだ」

塚本の後をまかされている主任の高須《たかす》が、たずねたわたしに答えてくれた。

「だけど、千草ちゃんの知り合いって、どういう関係なのかしら?」

モデル時代の知人をのぞくと、千草の親しい人物は東京にいないはずだった。

釧路にも遠い親戚しかいない。これは桐畑から聞いたのだが、本籍照会をしたものの、両親も兄弟もいない。それで、ハンドバッグの中に入っていたわたしの電話番号を頼りに、確認に来てほしいと頼んだという。

千草は天涯孤独に近い身の上だった。

「だから、念のため、住所と電話番号を聞いておいたんだ」

高須はわたしにメモを手渡した。

六本木《ろっぽんぎ》のマンションの部屋番号と、テレフォンナンバー。森崎《もりさき》満《みつる》。

としは三十五、六で、芸能プロのマネージャー風の男だったそうだ。

「千草のロッカーに入ってたのは、着替えの衣類と化粧品だけだった。その森崎って男は、『これで全部か』って念を押してたけど、金目のものは全然なかった。いってみりゃ、がらくたばかりだったから、引渡すのも気が楽だったんだよ」

高須はそう語り、ふと声をひそめると、

「店長と心中ってのはともかく、あの二人がいなくなる前の日、店長が事務所へ千草を呼びつけ、すごい見幕で叱りつけていたんだ。何があったのか気になったけど、店長がすごく考え込んでいてね、とても話しかけられるような雰囲気じゃなくてさ」

肩をすくめた。

千草はどうして店長に叱られたのだろう？　ソープランド『チェックメイト・キング』での千草は、超売れっ子だった。

日本人ばなれした美貌と見事なプロポーション。千草の評判はクチコミで知れわたり、午後一時に予約受付けを始めると、ものの十分たらずで、その日の客はラストまで埋まった。

それに、千草は気のいい女の子だった。

売れっ子なのを鼻にかけるでもなく、無断欠勤もしなかった。着る物と海外旅行で派手に金を使っていたから、何のためにソープランドで働くのか、はたから見ていて気になる存在だったことは確かだが、それは千草、個人の問題だ。

店長の塚本はそういう点はドライで、私生活に干渉して、指名の多い女の子に嫌われることを避けるたちだった。

稼いだ金を湯水のように使おうと、どこの誰に貢《みつ》ごうと、店にとっては何の関係もない。そんなことは見て見ぬふりをし、女たちが目一杯、働きさえすれば上機嫌だった。

その点、千草は文句なしの優等生だ。

個人的には問題をかかえていたが、それを仕事に向けて爆発させた。二十二歳の若い千草は無理のきく健康なからだの持ち主だった。

色白のスリムなからだは、見かけこそ華奢《きゃしゃ》だが、意外なほど芯《しん》が強かった。

店長は千草の何を叱ったのだろう？

高須にも、わたしにも見当がつかなかった。

「もしかしたら、あの子は麻薬をやってたんじゃないか」

そう言ったのは、その日、三人目についた客の宮川《みやかわ》だった。

宮川は前に、わたしと千草、二人を同時に指名したことがある。四十少しすぎ。引きしまった浅黒い肌が野性的で、粘っこい遊びを好んだ。

「麻薬？」

どきっとしたが、

「ほら、煙草のようなのがあるじゃないか」

「なんだ？　マリファナのこと？」

「いつだったか、あの子が何気なく話したのだが、ハワイやグアムでは簡単に買えるんだってね。ただし、日本へ持ち込むのが大変らしい。警察犬を使って臭いで検査させるから、薬をコンドームにつめて、きつく縛った上、石鹼《せっけん》でごしごし洗うんだそうだよ。臭いを消すためだが、その話が妙にリアリティがあってね……」

ベッドに横になった宮川は、わたしのお腹の少し上に指先を触れ、さぐるように揉んだ。

肋骨《ろっこつ》の上を柔らかく揉まれているようだが、何も感じなかった。

「あの子はここが感じたんだよ」

宮川は乳房の下へ指を持って行った。

千草の副乳がある箇所だった。白いゴマ粒のような副乳は指を触れると硬くなった。

「あんな小さな凸起《とっき》でも、からだの内部と神経がつながっているらしくてね。丹念に揉んでいると、あの子の細いからだが反《そ》りかえってくるんだ。うっすらと汗が浮かんでくる。しまいには歯をくいしばって耐えるんだが、それが変に色っぽかった」

宮川はわたしの乳房を持ちあげるようにしながら、つぶやくように言った。

わたしの胸の中を、淡い苦痛に似た感情がひろがった。

千草と二人、指名された時もそうだった。

千草は高貴な感じがするほど整った顔立ちをしていたが、ソープランドでのサービスに関する限り、見事に割り切っていた。

宮川の男を口に含み、舐めまわすとき、恍惚《こうこつ》の表情になった。屹立《きつりつ》した男を両手で捧《ささ》げるように持ち、溜息をつきながら舐めまわして行く。

口に含むとき、いかにも大切なもののように唇全体で包み込み、口からはずす時、さも愛《いと》おしそうに頰ずりした。眼を閉じ、小鼻をふるわせ、洩れるように息を刻む。わたしはそんな千草の表情に嫉妬を感じた。

しかも、驚いたのは、わたしが口に含んで唾液がついている場合はもちろん、わたしの女が宮川の男を包み、わたしの体液で男が濡れて光っている時でも、千草は躊躇《ちゆうちよ》なく舌を這わせ、唇で包んだ。

割り切り方の見事さにわたしは負けた。

わたしは腰を激しく上下させ、わたしの女の中に収まった宮川が、熱く昂《たか》ぶって行くのを感じながら、その瞬間、宮川が脳の中で交接しているのは千草だという思いを消すことが出来なかった。

宮川はわたしにはない副乳をさぐっている。副乳を揉まれると、本当に感じるのかどうか。千草を思い出させることで、感情を煽《あお》り立てる宮川のテクニックに、わたしは翻弄《ほんろう》されているのだった。

4

鍵をあけ、マンションのドアを開いた瞬間、わたしは異常を感じた。部屋の内《なか》のよどんだ空気に、男の匂いがした。

わたしは廊下の灯りをつけ、バスルームとトイレをのぞいた。2LDKの部屋の電気を全部つけた。

部屋は荒されていた。侵入者は引き上げて行った後だった。

わたしは洋服ダンスの鍵のかかる引き出しを調べた。貴重品をしまってあるからだ。鍵はこわされていた。貴重品には手をふれていない。衣類をかきまわしていた。

侵入者の目当ては何だったのだろうか？

洋服ダンスに吊るしたコートのポケットの内まで調べている。念入りであった。だが、持っていかれた物は何ひとつなかった。

一時間ほどかけて、盗難にあった物がないことを点検したわたしは、ダイニングルームのカーペットの上に座り込んだ。

重い疲労が肩にのしかかっていた。

わたしの部屋はマンションの九階だ。バルコニーの窓は閉まったままだから、侵入者は鍵を開けて入った。

マンションの鍵というのは意外に簡単に開けられるらしい。ピッキング泥棒が話題になって、いまでは常識になっているが、入ったのはピッキングのプロなのだろうか。

侵入者はわたしの留守に堂々と玄関から入った。

わたしの部屋を家探しした。

何のためなのか？　ほかの場合ならともかく、大台ケ原での千草の遺体を確認した直後だ。わたしの頭の中に浮かぶのは、主任の高須から聞いた千草の私物を引き取りに来た男だった。

わたしはハンドバッグからメモを取り出した。

森崎満。

わたしは電話をとり、メモに書かれているナンバーをプッシュした。

ベルが鳴っている。

わたしは時計を見た。朝の四時十分ほど前。

ベルが鳴る音を二十回、聞いた。

この夜更けだ。いい加減な電話番号を書いたのなら、その家の人が眠っているところを起こされて迷惑するだろう。

森崎は家をあけているのだろうか。それとも、使われていない電話番号を調べた上で、書き残して行ったのか。

多分、後者だろう。マンションの玄関の鍵を開けて入るほどのプロなら、万事に抜け目がないはずだ。

背筋をうそ寒いものが走った。

わたしは玄関へ立って行った。チェーンロックを下ろした。

朝になったら、鍵の専門メーカーに頼んで、もっと精巧な鍵に取り替えてもらおう。二重の鍵にしよう。この部屋は狙われている。

だが、この部屋の何が狙われなければならないのか、思い当たりがなかった。

やっぱり、千草と塚本店長は殺されたのだ。

わたしはベッドに倒れ込んだ。

頭の芯が冴《さ》えて眠るどころではなかった。

わたしの頭の中で、宮川から聞かされたマリファナの話が、奇妙なほどリアリティを放っていた。

もっとも、わたしはマリファナについて何の知識も持っていない。そのため、わたしの連想は限りなく肥大し、また、限りなく矮小《わいしょう》なものにもなるのだが、千草が仮りにマリファナを持ち込んでいる常習の運び屋だとしても、殺人までしなければならない大変な犯罪だとは思えない。

『チェックメイト・キング』へ私物を引き取りに来た森崎という男の狙いが、実は、マリファナであり、ロッカーになかったから、千草と親しいわたしのマンションを家探しした。

そう考えるのも、どこか仰々《ぎょうぎょう》しすぎるように思う。

では、何のためにわたしのマンションが狙われたのか。

千草の死と、それを確認するため、奈良県の山また山の奥まで警察に呼ばれて行った。

それ以外に思い当たるものが全くない。

家探しを受けたのは、わたし個人の問題ではない。千草に関連したことだけは確実なはずだ。

断っておくが、ソープランドという世界は殺人とか、留守中のマンションの家探しといった荒っぽい事件とは、およそ縁がない。

法律で禁じられている『売春』という行為に依存して生きるソープランドは、例えていえば、無免許運転を余儀なくされているドライバーのようなものだ。

無免許運転を見つからないためには、それ以外の交通違反も交通事故も絶対にしてはならない。事故や違反があれば、無免許運転そのものが出来なくなる。

ソープランドは『売春』に依存しているため、それ以外の犯罪には可愛らしいほど臆《おく》病《びょう》だ。殺人どころか、マリファナをロッカーにかくしているというだけでも慄《ふる》えあがる。

わたしは朝になるのを待って、奈良県の桐畑刑事に電話を入れた。

「理由はわからないけど、わたしのマンションに侵入した人がいるわ。あの二人はやっぱり殺されたのだと思う。もし、わたしが同じ目に遭《あ》うとしたら、桐畑さん、警察の責任よ。わたしが千草と親しくて、秘密を共有していると勘ちがいされてるのだわ」

半ば本気、半ば冗談だった。

桐畑は返事に困っていた。

彼にしてみれば、まともに受け取るのには空想じみているし、遺体確認に協力した義理からいって、突き放すこともできない気分だと思う。

わたしにしても、どこか言いがかりをつけているような気がしなくもない。窓から射し込む朝の光がまぶしい。2LDKのマンションのベッドの上に転がっていても、明るいと恐怖心から解放されていた。

チェーンロックをかけに、おそるおそる玄関へ立って行った時の背筋の寒さは、わたしから消え落ちてしまっていた。

5

二日たった夜だ。

ソープランド『チェックメイト・キング』を出たのは夜中の二時半を少しまわっていた。

吉原百八十軒のソープランドはネオンを消している。

風俗営業法で午前零《れい》時以後の営業はかたく禁じられているが、シャッターを半分おろした店先から客に呼びかけているソープランドもあれば、閉まっていたシャッターを上げ、勤めをおえたソープランド嬢が腰をかがめて出て来て、ほっとひと息ついている姿もあった。そして、タクシーが折り重なるようにこみ合っている。

いつもの通りの吉原の夜だった。

わたしは吉原のはずれでタクシーを拾った。そのとき、気づいたのだが、わたしをつけている男がいた。

黒っぽいコートを着ていた。身のこなしが敏捷《びんしょう》だった。

タクシーに乗ったわたしは、行き先を告げ、後ろの窓越しに男を見守った。男はタクシーを拾った。タクシーはわたしを追って走ってくる。

わたしのマンションは、深川《ふかがわ》にある。

二年前に入ったときは殺風景だったが、その頃、植えた木が根づき、玄関脇がちょっとした緑地になっていた。

それに、わたしの棟の裏には古くからの堀割がある。静かな落ち着いた環境に魅《ひ》かれて、思い切って買ったのだが、タクシーを降りてから自分の部屋に入るまで、木立の繁みをとおり、人気《ひとけ》のないエレベーターで九階まで昇らねばならない。

二日前の留守中、誰かが部屋に侵入する事件があり、今こうして黒いコートを着た男につけられていると、タクシーを降りてからが不安だった。

町なかの通りに面したマンションなら、恐ろしい思いをしなくてもすむのに……。

「運転手さん、尾行してくるタクシーがあるでしょ。どこか信号のところで撒《ま》いちゃってちょうだい」

「お嬢さんのような商売も大変だね。店がはねるのを待ってる客がいるんだね?」

運転手は酔狂な客とのラブ・アフェアーだくらいに思っているようだ。

冗談じゃない。そんな程度のトラブルなら五年もソープランドで働いている間に、幾度となく経験して、手の打ち方に慣れている。

尾行《つけ》てくる男が、二日前の夜、わたしの部屋に侵《しの》び込んだ奴だとしたら、ひとつ間違うと命の問題になり兼ねない。

わたしはシートに座った腰を斜めにし、後ろの窓を見つめた。

タクシーは少し距離をおいて、尾行してくる。信号のある交差点にさしかかると間隔《かんかく》をちぢめ、一本道になると車間距離をへだてる。男が運転手に指示しているのだろう。慣れた尾行ぶりが、気味悪さをそそる。

言問橋《こととい ばし》を渡り、東武《とうぶ》電車の業平橋《なりひらばし》駅を過ぎた時、後ろの車を引き離すチャンスが訪れた。黄色の信号が明滅しているのをひと息に駆け抜けたのだ。

時間差信号で青のつづく大通りを、わたしの乗ったタクシーはスピードをあげた。

後ろのタクシーは尾行をあきらめたようだ。

マンションへ入る車止めの前で、わたしはタクシーを降りた。追ってくるタクシーはなかった。

右手に掘割が黒く静まり返り、左には半ば葉を落とした植込みが夜風に揺れていた。

わたしは足早にマンションの玄関を入ろうとし、一瞬、息をつめた。

植込みのかげから現われた男が、すり寄るようにわたしの横にぴったりと寄り添っていた。

「声を出すな!」

男は押し殺した声で告げた。

左腕でわたしの腰を抱き、右手に握ったナイフを、脇腹に押しつけていた。

「黙って歩け」

男はマンションのエレベーターホールへ顎をしゃくった。

夜中の三時近いマンションは人影がない。エレベーターホールを照らしている電灯の明かりまで、どこか心もとなく感じるほど暗かった。

「エレベーターに乗るんだ。あんたの部屋へ行こう。あんたの部屋なら、ゆっくり話ができる」

男はわたしの脇腹に押しつけたナイフに力を入れた。

「あなた、森崎さん？」

わたしはたずねた。男に顔を向け、耳たぶに息を吐きかけるように甘い声で聞いた。こう見えても、ソープランドで五年も働いている。男を扱うことなら慣れたものだ。

この男と一緒に部屋に入ることを、何としても防ぎたかった。

わたしの部屋には違いないが、この男と一緒に入ったなら、そこは密室に変わる。

それこそ、わたしは自分の部屋で殺されることになるかも知れない。この男はわたしの留守に部屋に入り、出る時はご丁寧《ていねい》に鍵をかけて帰った。

わたしを殺した後、鍵をかけて帰るだろうか。

それだと、絵に描《か》いたような密室殺人事件になる。

もう少し知恵が働くなら、鍵を開けたままで姿を消すだろう。そのほうが犯人が限定されない。流しの犯行。物盗りか、痴情怨恨か？　被害者がソープランド歴五年の姐御《あねご》とくれば、警察は捜査を始める前にさじを投げるだろう。

物盗りにしろ、痴情怨恨にしろ、この男が決定的な証拠を残さない限り、被疑者は無数にいすぎて、しぼり切ることができないし、逆に疑わしい人物は誰一人うかびあがらないのが目にみえている。

「ああ、そういう名前も使った覚えがある」

男は低い声で笑った。薄気味悪い笑い声だったが、横顔は整っていた。少しのっぺりしているが、ハンサムの部類だろう。

「千草さんと店長をどうして殺したの？」

わたしは度胸を据《す》えてたずねた。

エレベーターは最上階の十四階へあがっていた。エレベーターが下りて来て、内へ入ったら逃げ道がなくなる。エレベーターだって密室のひとつだ。

エレベーターが下りてくるまでが、わたしに残された勝負なのだ。

6

「千草から預かったアドレス帳をどこへかくした？　アドレス帳さえ、素直に渡しゃあ、俺のほうだって、こんなことをしなくてすんだんだ」

にせ森崎は恨《うら》めしそうにつぶやいた。

「アドレス帳なんか預かっていないわ」

「嘘つけ！　千草から聞いたんだ。ロッカーは鍵が甘くて、大切なものをしまっておけない。紗奈江姐さんに預かってもらうことにしていたとな」

「紗奈江はたしかにわたしだけど、アドレス帳って、どのくらいの大きさなの？」

「このくらいだよ」

男は左腕をわたしから離し、親指と人差し指でコの字型をつくった。

その瞬間、わたしは力まかせに男を突き飛ばした。エレベーターの扉の横に置かれているスタンド型の灰皿をかかえあげた。

灰皿の一部が飛び、タイルを敷いた玄関に派手な音をたてて転がった。

「誰か！　助けて！」

わたしは大声で叫んだ。

管理人室が、すぐ横だ。その隣りはマンションの住人の部屋。この夜更けに、大声をあげれば誰かが飛び出してくるだろう。

「畜生！」

男は舌打ちした。そして、咄嗟《とっさ》に身をひるがえすと、マンションの玄関を飛び出して行った。

いや、正確に言うと、飛び出そうとした。

玄関に黒っぽいコートを着た男が、行手をはばむように立ちはだかったのだ。

黒っぽいコートを着た男は、瞬間的に足を蹴りあげた。からだが飛びあがったように思えるほど、身のこなしが敏捷だった。

にせ森崎は頭を蹴られ、朽木《くちき》のように倒れた。

右手に握りしめたナイフが、わたしの足もとまで飛んで来た。

わたしは靴の爪先《つまさき》でナイフを押さえ、わたしをみつめている黒っぽいコートの男に、精いっぱいコケティッシュな微笑を送った。

黒っぽいコートの男は、意外にも桐畑刑事だったのだ。

事件はあっけなく解決した。

「千草ってコは大麻煙草《マリファナ》の運び屋でも何でもなかった。ただ、ハワイやグアムへ旅行しては大麻を持ち帰っていた。有名な芸能人やスターで、大麻の魅力にとりつかれた者が大勢いた。そのスターたちとのつながりを大切にしたいばっかりに、大麻をせっせと持ち込んでは、提供していたらしい」

桐畑が事情を話してくれた。

「すると、アドレス帳ってのは、千草ちゃんからマリファナを受け取っていたスターたちのブラック・リストのようなものだったのね？」

「そういうことや。森崎と名乗る男は芸能プロダクションのマネージャーやった。あの男のプロダクションのスターが、七人も千草から大麻の提供を受けていた。それが警察沙汰になると、芸能界をひっくり返すような大騒ぎになる。そのため、森崎が仲のいい暴力団員とプロジェクト・チームを組んで、千草を殺したのや」

「それだったら、どうして塚本店長まで巻きぞえにしたの？」

「千草は大麻をソープランドの自分の部屋のベッドの下に隠していた。店長はそれを知った。店を守るために、千草と大麻を警察に突き出そうとしたらしい。ソープランドでは、警察沙汰になるようなことがあると、自主的に警察へ突き出すのが常識やそうやね？」

桐畑は感心したように、眼をぱちくりとさせた。

ソープランドのない山の中の警察にいると、自衛のためのソープランドの行為が、殊《しゅ》勝《しょう》に思えるらしい。

「店長はそうするしかなかったと思うわ」

「ところが、それをやられると、芸能プロダクションが困る。芋《いも》づる式に七人のスターの名が出てくる。プロダクションにとっては致命的だ。と、いう次第でプロジェクト・チームが即刻、出動したのや」

千草と塚本を拉致《らち》した。二人を心中に見せかけて、大蛇嵓から突き落とすことにした。

東京から遠く離れた山また山の山奥だ。はっきり他殺だとわかる事件ならともかく、捜査の手がかりもない心中を、無理矢理、殺人事件にするのは、警察にとって迷宮入り事件を買って出るようなものだ。

プロジェクト・チームはそう読んでいた。

「現にわしは怪しいと思った。けど、事件にする踏ん切りがつかなかった……」

桐畑は正直につぶやいた。

プロジェクト・チームにとっての誤算は、千草がアドレス帳を持ってなかったことだ。千草はわたしに預けたと告げた。

なぜ、千草が嘘をいったのかわからないが、彼女の最後の抵抗だったのだろう。

――お姐さん！　わたしの仇《かたき》をとって！

千草はそんな思いで、わたしの名を告げたのではないだろうか。しかも、そのわたしは桐畑に呼ばれ、遺体確認に出かけた。

森崎たちプロジェクト・チームは、てっきりわたしが一枚嚙んでいると睨《にら》み、マンションの家探しをした。アドレス帳は見つからない。

そこで、わたしを待ち伏せたのだ。

「あんたから電話をもろうて、わしは責任を感じた。それに捜査する価値がありそうに思った。で、すぐ上京して、以来、あんたをずっと尾行しておったのです。あんたは最後になって、尾行に気づいたようやが……」

桐畑は説明しおえると、陽に焼けた顔をほころばせるように笑った。

いい笑顔だ。

それも当然だろう。桐畑にとっては、生涯かかっても滅多にめぐりあうことのない大事件を解決したのだ。心中ですますところだったのが殺人事件になり、マリファナとスターという副産物までついた。

桐畑の表情が華やいで見えるのは、多分そのせいに違いない。

信濃《しなの》・戒壇《かいだん》めぐり殺人事件

1

低くたれ込めた空から、粉雪が舞い落ちていた。

壮大な本堂の屋根が墨絵のようににじんで見えた。

いつもなら殺風景なほど広い境内《けいだい》が、灰色の幕でさえぎられたように、ものの二十メートルも離れると薄墨色一色のぼんやりした世界に変わってしまっている。

それでも全国的な信仰を集めている信州信濃《しなの》の善光寺《ぜんこうじ》だ。

石畳の参道を踏んで善男善女が次から次へと本堂へやってくる。

「みんな、これから戒壇《かいだん》めぐりをするからね。そこの階段を下りると、本堂の地下なんだ。真っ暗な通路だが、ご本尊のちょうど真下に当たるところに、大きな鍵がかけられている。それが極楽への入場切符なんだ。鍵にさわった人は極楽へ行ける。さわれなかったら地獄行きだ」

店長の高須が説明すると、二十人のホステスたちが、思い思いにどよめいた。

「わたし、絶対、さわっちゃう。暗がりでさわるのって得意なんだ」

美加《みか》がよく通る声で言い、肩を並べていた麻衣子《まいこ》が、

「暗がりって苦手《にがて》だな。わたし、暗闇に弱いんだ」

階段の下り口をのぞき込んで、気味悪そうに首をすくめた。

美加と麻衣子はからだつきも顔立ちも似ていた。としは麻衣子のほうが五つ上の二十七歳。スリムで背が高い。日本人ばなれした彫《ほ》りの深い顔なのだ。

「もしも、鍵にさわれなかったらどうしよう？」

「大丈夫よ。こういうところって、間違いなく誰でもさわれるようなシステムになっているんだから」

「本当？」

「さあ、美加が先頭になって下りて行け！」

高須が指示をし、暗がりでさわるのに自信があるという美加から階段を下りて行った。

階段を一段下りる毎《ごと》に、うわあッ、きゃあッと賑《にぎ》やかだ。

参詣客が好奇心のこもった眼をそそいでいた。

無理もない。賑やかな以上に、服装や化粧が派手だったからだ。

二十人のほとんどが毛皮のコートを着ていた。髪を染めている。

東京・吉原のソープランド『チェックメイト・キング』の従業員慰安旅行。善光寺をお詣りして、今夜は志賀《しが》高原のホテル泊まり。明日の午前中、スキーを愉《たの》しんで東京へ帰る。一泊二日のあわただしい日程の途中なのだ。

「紗奈江、おまえが一番、最後になったぞ。早く下りろよ」

高須にせかされ、四宮紗奈江は階段を下りた。階段は七つに折れ曲がっていた。三つ目を曲がった頃、真っ暗になった。

紗奈江の後ろから高須がつづき、その後に来あわせた参詣客がつづいた。

「いやーん。押さないでよ！」

「だって、後ろから押してくるんだもん！」

「あったわよ。鍵、ここよ！」

「ほんと？」

暗闇の中で声が交錯《こうさく》しあった。

真っ暗な闇の気味悪さと、大勢でいる安心感とが入りまじり、悲鳴や嬌声《きょうせい》が戒壇の中で絶え間なくひびいた。

紗奈江は右手を壁にはわせ、左手で前を歩く同僚の背中をさぐりながら進んだ。列がちょっと止まった。

「どうしたの？　歩いてよ」

「鍵にさわらないのよ。わたし、地獄へ落ちるの、嫌だもん！」

「あるわよ。ここよ！」

前のほうで声のやりとりをしている。

と、紗奈江の手がふいに鍵にふれた。

大きな鍵だった。もっと先にあると思っていたのに、意外なほど早く、しかも簡単にさわることが出来た感じがした。壁につたわって歩いてさえいれば、否《いや》も応もなく鍵にさわれるようになっている。

あまりにあっさりとさわれたので、ありがたみが薄いような気分と、でも、よかった、これで地獄だけは逃れることができたというほっとする気持で歩くのが自然と早くなった。

それは皆んな同じ思いらしい。

鍵にさわるまでは、わあわあ、きゃあきゃあ騒いでいた同僚たちが急に足早になり、壁づたいに角を曲がったと思うと外光がうっすらと射して来た。

上へ登る階段を小走りにあがった。

戒壇めぐりはあっ気なく終わった。

「さあ、バスへ戻ろう！」

高須が言った。

その直後だった。

「美加がいないわ……」

麻衣子が声をあげた。

「いないわけ、ないだろう。おまえの先に戒壇を出たんだろ？」

高須がホステスたちを見まわした。

「違うわ。外へ出たのはわたしが一番先だったわ」

麻衣子が辺りを見まわした。

紗奈江は仲間の人数を数えていた。戒壇めぐりに入った時は二十人だったのが、十九人に減っていた。

美加の姿が消えていた。

「先にバスへ行っちゃったのよ」

同僚の一人がつぶやいた。

「麻衣子、おまえ、本当に一番先に出たのか」

高須が少しきつい声でたずねた。

「ええ。出た時はわたしが一番だったわ」

「しかし、入る時は美加が先頭で入ったじゃないか」

「そうなのよ。だから変だと思った。鍵にさわった時、わたし、両手で握ったのよ。で、そのあとすぐ、前を行っている美加の背中につかまって歩いたんだけど、明るいところへ来たら、その人、美加じゃあなくて、わたしたちの前に入った団体の小母《おば》さんだった」

「それだと、おまえが鍵をさわっている間に、美加が消えたことになるぞ」

「いやだあ、店長、気味の悪いこと、言わないでよ」

麻衣子は肩をすくめた。

高須と麻衣子のやりとりを聞きながら、紗奈江は雪の舞う境内を見渡した。

バスは境内の横手の駐車場に待っている。

美加が先にバスへ行ったのなら、後ろ姿が見えていいはずだ。

雪で見通しが悪いが、その分、境内に人の姿が少なかった。駐車場へ通じる境内にはただの一人も人の姿がない。

美加は戒壇めぐりのほんの二、三分のあいだに、消えてしまったのだ。

2

「麻衣子と紗奈江は俺と一緒に美加を探してくれ。他の者は先にバスへ戻って待ってろ」

高須は紗奈江を手招きした。

紗奈江は二十人のホステスの中で最年長だった。といっても、麻衣子と同じ二十七歳だったが、ソープランドで働くようになって五年が過ぎている。

ソープランドについても、『チェックメイト・キング』の内部事情やホステスたちの人間関係についても、店長の高須以上にくわしい。

こんな不測の事態が起こったとき、高須が頼りにするのも不思議ではなかった。

高須は紗奈江と麻衣子をともなって、戒壇めぐりの入口へまわった。

本堂の内陣拝観受付で、

「奇妙なことが起こったのです……」

ことの次第を話した。

受付には坊さんが二人すわっていたが、年輩のほうの坊さんが、

「そういうことは考えられませんな」

明快に断定した。

「しかし、事実なんです。そうだよな？」

高須は紗奈江と麻衣子を振り返った。

「本当なんです。わたしの前を歩いていたはずなのに、出た時はいなくなっていたんです」

麻衣子が訴えるように言った。

「ですがね、お戒壇はまったく危険のない通路になっているのですよ。前の人を追い抜くことも無理です。真っ暗だから、広い空間のように感じるでしょうが、ひと一人がやっと通れる狭い通路でしてね。あの中で人が消えてしまうなんてことはありません」

「ないと言われても、現に消えてしまったんですから……」

「そういうことは絶対にありえません」

坊さんはおでこに青筋を立てて、机をドンとこぶしで叩いた。

「そうでしょうが、確認のため、戒壇の内を調べてもらえませんか」

高須は必死に食い下がった。

「では、納得がいくよう調査してさしあげましょう、ナンマイダ……」

坊さんは手提げ型の大きな懐中電灯をもって立ち上がった。

戒壇めぐりの入口では、これから入ろうとする善男善女がひしめいていた。

坊さんはその善男善女を一たんストップさせた。先に入って行ったグループから三分ほど間隔を置いて、

「戒壇の内をお見せするのは、特別も特別、超特別のサービスですぞ」

高須たち三人を従えて、地下への階段を下りて行った。

懐中電灯のあかりで照らし出された戒壇下は、狭い通路だった。片側の壁に手すりがついている。それを伝わって行くと、嫌でも極楽への鍵にさわることが出来る仕組みになっ

ていた。

もちろん、暗い通路に倒れている美加の姿などなかった。身をひそめる凹《へこ》みも、姿を消すのに好都合な秘密の出口もない。

危険や秘密とはおよそ無関係な通路であった。

「どこにも変なところはないじゃろうが……」

坊さんはどうだ、というように高須を睨みつけた。

「ご迷惑をおかけしてすみません」

紗奈江は坊さんの前に進み出て、神妙に頭を下げた。

高須に謝られるのより、女性に頭を下げられると、強いことが言えなくなると考えたからだ。

「わかればよろしい。わかればそれでよろしいのじゃ。ナムアミダブツ……」

坊さんは右手だけで拝《おが》む真似をした。

その眼が紗奈江の胸の出っぱりを、ジロっと睨んでいる。シルバーミンクのコートを羽《は》織《お》るから、下は薄手のセーターにした。それだけにふくらみが生々しい。

それにしても、美加はどこへ消えたのだろうか。

戒壇めぐりの暗闇を通り抜けたら、美加の姿は消えてしまっていたのだ。

「バスへ戻ろう」

高須が紗奈江の肩をたたいた。

「仕方ないわよ。美加ひとりのためにせっかくの旅行をやめるわけにはいかないよ。美加だって一人前の大人だもん」

麻衣子が高須に言った。

「そうだよな。美加がどういうつもりで消えたのかわからないけど、あの戒壇の有様《ありさま》じゃあ、誰かの手で消されたんじゃないことだけは確かだよ」

高須は自分を慰めるようにつぶやいた。

従業員旅行の引率者としての立場上、美加ひとりのために旅行を打ち切る決心もつきかねている。といって、美加に万一のことがあった場合、のん気に旅行をしていたという非難が出ることも覚悟しておかなければならない。

高須の顔に苦悩が浮かんでいた。

バスに戻った。美加はバスにも来ていなかった。

「こういう場合、警察へ届けるのかね？」

高須は紗奈江にたずねた。

「さあ。届けるったってどう言うの？　お戒壇めぐりの暗闇の中で女が一人消えましたって届けるの？」

さっきの坊さんじゃないが、警察は冗談もいい加減にしろと怒るかも知れない。

二十人のホステスが善光寺の戒壇めぐりに入った。出て来たら十九人になっていた。一人どこかへ蒸発してしまった。

これは事実だ。

だが、誰も信じてくれそうもない事実であった。

第一、紗奈江自身がこの事実を信じていない。

3

従業員旅行は順調に終わった。

志賀高原のホテルに一泊し、スキーの真似ごとをして東京へ戻った。

だが、美加は東京にも戻っていなかった。

そして、旅行から帰った翌日の夕刻、『チェックメイト・キング』へ出勤した紗奈江は店長の高須に呼ばれた。

吉原のソープランドは狭い敷地に、目いっぱいに建てた店が多く、事務所のない店がほとんどだが、『チェックメイト・キング』はゆったりした造りだ。

十二畳ほどの広い事務所は、いつも近所のソープランドの店長やマネージャーたちの溜り場のように利用されている。

広い事務所の応接用ソファに高須はひとり座っていて、

「今日の夕刊を読んだか」

ちょっと強張《こわば》った表情でたずねた。

「まだ、読んでないけど……」

高須は新聞を差し出した。

新宿・超高層ホテルで殺人
両手両足を縛られた全裸男性

という見出しで、猟奇的な殺人事件が報道されていた。

二十三日朝、新宿キャピタルホテル二十一階の二一〇七号室へ、掃除のために入った同ホテルのメイド・A子さん（三七）は、両手両足を縛られ、全裸で死んでいる男を発見した。

新宿署の調べでは、男は所持品から台東《たいとう》区浅草に住む増田峯夫《ますだみねお》さん（三一）と判明したが、二一〇七号室には二日前から四宮紗奈江と名乗る若い女が宿泊しており、事件後、姿を消していること、殺害方法が極めて異常なところから、警察はその女性を追っている。なお最近流行のSMクラブの女性がらみの犯行ではないかと見る向きもある。

「冗談じゃないわ。同姓同名だけど」

紗奈江は顔をしかめた。

「同姓同名じゃないんだ」

「どういうこと？　店長、わたしだと思っているの？」

「そうじゃない。だが、増田峯夫ってのは、このところずっとしつこく、美加に通って来ていた男だ」

高須はきびしい表情で言った。

「店長、知ってるの？」

「三日とあけずに、ここんとこ半年近く通いつめていたからね。嫌でも眼につくさ。美加に結婚を申し込んでいた」

「美加は嫌っていたの？」

「そうでもなさそうだ。ただ、美加はとしは若いが、貯め込んでいたからね。警戒していたんだ。事実、増田って男は堅気《かたぎ》じゃなかったと思う。広告関係のサラリーマンだと言ってたが、ソープランドの女性を食い物にしてる男じゃないかな？」

「……！」

紗奈江は息を飲んだ。

全裸で両手両足を縛られて殺されていた男が美加と深い関係があった。

となると、ホテルに泊まっていた四宮紗奈江は、同姓同名ですまされなくなる。

「この四宮紗奈江は、誰かがおまえの名前を使ったんだ。誰が使ったと思う？」

「二日前からってのがひっかかるわね。一昨日はわたしたち旅行で志賀高原にいたでしょ。わたしの名前を利用した女性で、一昨日、新宿にいることが出来て、増田峯夫という男性とも関係があるとなると、美加しかいないんじゃないかしら？」

「美加は善光寺の戒壇から消えたんだぜ。あれは東京へとって返して、増田を殺すための細工だったのかな？」

「さあ？……」

紗奈江は首をひねった。

戒壇めぐりの真っ暗闇の中から消えた。従業員慰安旅行の途中のソープランド嬢たちにとっては迷惑だったし、話題にもなった。

だが、あれが本当の意味で消えたことになるだろうか。

「しかしねえ、こういうことになってみると、美加が善光寺で消えた理由が、何となくわかってくる気がする。美加は増田を通うだけ通わせた。三日にあげず半年だ……」

『チェックメイト・キング』は入浴料が一万円、サービス料が二万円だ。六十回通ったとして二百万円たらず。

常識的には大金だが、ソープランドではそれほど驚くほどの金額ではない。

ただ、ホステスの性格や気質にもよるが、それだけ通いつめてくれたことで、情が移ることはありうる。美加はひとり暮しだった。

もちろん、増田はそれを承知で通って来たはずだし、美加が情にまけて同棲すれば、二人の立場は逆転する。今度は増田が美加の稼ぎをそっくりまきあげることになるだろう。

増田が通いつめていたのは、言ってみればそのための投資なのだ。

「美加はこわくなったの？」

「そうだよ。増田に情を感じはじめている。といって、美加は損得のはっきりした女だ。増田の正体も意図も察知していた。増田から姿をかくしたい。それには戒壇めぐりの暗闇の中で姿を消すのはいいアイディアだ」

「だけど、消えたあと東京へ戻ったのじゃあ意味ないじゃないの。現に増田に見つかったんでしょ？」

「だからさ。美加はうまく姿を消したつもりだったのだよ。それが、増田に見つかった。ホテルを探し当てられた。それで増田を殺す羽目になった……。これでどうだろう？」

高須は紗奈江の眼をうかがった。

ふた月ほど前だが、紗奈江は奈良県の大台ヶ原山で心中と見せかけた殺人事件を、見事に見抜いた。

その事件の時、高須は主任だった。店長が殺人事件にまきこまれて空席になった。それで昇格した。そんないきさつがあるだけに、紗奈江に一目《いちもく》も二目《にもく》も置いているのだ。

「それはどうかしら。姿を消したところまではともかくとして、新宿のホテルに泊まったのを増田が簡単に見つけたのが腑《ふ》に落ちないわね。それに、この新聞ではどうやって殺したか書いていないからわからないけど、殺す羽目になるぐらいなら逃げたりしないで、最初から強く出たと思うけど……」

高須はそれ以上こだわらなかった。

「話は別だが、おまえ、明日にでも新宿警察署へ連絡したほうがいい。こうやって新聞に出ているのに知らん顔をしていると、かえって怪しまれることになるおそれがある。一人で行きにくいのなら俺、一緒に行ってやるよ」

「そうね、お願いするわ」

紗奈江はうなずいた。

遅かれ早かれ、捜査の刑事が紗奈江をたずねて来るだろう。その前に紗奈江のほうから出頭しておくほうが、余計な疑いを受けずにすむ。

「紗奈江さん、指名のお客だってよ」

事務所の入口に顔を出したホステスが告げた。

控室をあけていた紗奈江に教えに来てくれたのだ。

4

「前にいらっしゃったこと、あったかしら」

個室へ案内すると、湯船にそそぐ蛇口を開け、湯加減を調節しながらたずねた。

としは二十四、五。角ばったいかつい顔だが、どことなく愛嬌《あいきょう》があった。

「いや、はじめてなんだ」

「そうでしょう。一度でも来て頂《いただ》いた方は記憶しているつもりなの」

指名客だが、覚えがなかった。

「友達からあなたの噂を聞いてね。すごく綺麗で、親切で、頭のいい人だって」

「全然、反対じゃない？」

悪い気持はしなかった。

「綺麗だし、こうして話していても、頭のよさが伝わってくるよ」

「友達って誰かしら」

紗奈江は軽く探りを入れた。

若い客は眼をそらした。言いにくいらしい。

「ね、お名前、教えて頂ける？」

紗奈江は若い客のスーツを脱がしながらたずねた。スーツもワイシャツも安物だった。ネクタイのセンスもよくない。いや、着ている物や小物など、同系色でまとめているが、センスを発揮するほど金額の張ったものを買えないのだ。

サービス料の二万円、持ってるのだろうな？　ちょっぴり心配になった。

「俺、小坂《こさか》って言います」

言葉づかいと礼儀が妙に正しい。それに肩の筋肉がもり上がっていた。身長も百七十五センチは越す。スポーツマンタイプだ。

「さあ、お風呂、そろそろ、いいんじゃないかな。入りましょうよ」

紗奈江は背中を見せてパンティとブラをとった。振り向くと、小坂が真っ赤な顔をして前をおさえていた。

「はずかしいな」

両手でかくそうにも、天を突くようにそそり立っている。

ソープランドに慣れた客なら、タオルを取って前をかくすのだが、小坂は初めてらしく、意のままにならないジュニアをしきりと気にしているのだ。

「そんなこと、気にしなくていいのよ。男らしく堂々と、こっちへ来て、座るの、ね」

紗奈江は大型の流し椅子をすすめた。

小坂が座ると、彼の前にしゃがみ込み、自分の手のひらに石鹸をなすりつけ、シャワーのお湯をそそぎながら、彼のヘアの部分で泡だてた。泡が十分にたつと、その泡をジュニアに塗り、人差し指と中指の間に小坂のジュニアを握って、軽く回転させた。

ジュニアの溝になった部分をきれいに洗うためだ。

ソープランドでは、ホステスが口を使って愛撫する。それも、三度、四度と繰り返す。客のを綺麗に洗うのは、紗奈江自身のためであった。

「うわあ、たまんないよ。俺、これだけでいっちゃいそうだ！」

小坂は悲鳴をあげた。

ジュニアははち切れそうにそそり立っている。その硬いジュニアが、紗奈江の手のひらの中で脈を打っていた。

「遠慮なくいっちゃって。何度でもOKだから、遠慮してると損しちゃうのよ」

紗奈江は小坂を上眼づかいに見つめ、軽く握りしめた手をくりくりと廻した。

「たまんないなあ！」

小坂は背筋をそらした。

「ねえ、誰がわたしを教えたの？　話さないと、もっといじめちゃうわよ」

紗奈江は小坂の膝の上にまたがり、ジュニアを紗奈江自身に招き入れた。

小坂の男が熱い。脈をうっている。

紗奈江は腰を揺すった。

「駄目だよ！」

小坂は短く叫び、紗奈江の内部へ熱い体液を吐き出していた。

「あーん、もう少し待ってくれたら、わたし、追いつけたのに」

睨むようにして言った。これは商売上のテクニックだった。

「君、増田峯夫という男を知ってるだろう？」

小坂が意外なことをたずねた。

「え？　どうして？」

「増田の愛人だったホステスが、この店にいたのだろ？　美加って名前だそうだが、彼女のことを教えてほしいんだ」

「あなた、誰なの？」

紗奈江は弾《はじ》かれたように小坂を見つめた。

「俺はこういう者だけど……」

小坂は胸へ手をやった。分厚い胸だが生まれたままの姿だから、ポケットもないし、まして名刺や手帳を持っているわけもない。

だが、小坂のその手つきから、

「まさか、あなた、刑事さんじゃ？」

紗奈江は半ば叫ぶようにたずねていた。

「そうなんだ。そのまさかなんだよ。君は四宮紗奈江なんだろ？」

「そうだけど、ねえ、この、格好、どうする？」

紗奈江はお腹の下を指さした。

二人はダッコちゃんスタイルで連結しあっていた。もっとも、発射した小坂ジュニアは急速に縮《ちぢ》み、僅《わず》かに紗奈江の入口の部分にひっかかっている程度だった。

「君が、俺の膝の上にいつまでも乗っかってるからいけないんだ。下りろよ」

「下りるわよ」

紗奈江は体をはなした。

小坂のを洗ってやり、

「このままじゃ風邪をひいちゃうわ。一度、あたたまりなさいよ」

湯船へ眼をやった。

いつもの手順だと、紗奈江も一緒にお風呂に入る。そして、客のお尻を紗奈江の膝の上に乗せ、お湯の上に潜水艦の潜望鏡のように顔を出した客のジュニアを、またまた口で愛撫するのだ。

といって、刑事だと知ってしまうと、そうするのがよいのかどうか気掛かりであった。

ふん切りのつかない気持で、そっと小坂の腰に手をふれると、ムクッ、ムクムク……、たった今、吐き出したばかりだというのに、ジュニアは鎌首《かまくび》を持ち上げたのだ。

「すごい！　元気ねえ」

「いや、そういう気じゃないんだ。君がいけない。君のそのヌードを見ていると、その気がなくても起き上がってくるんだ」

小坂のはかなりのドラ息子らしい。天を向くようにそそり立った。

この分だと、三回戦は楽にこなせそうだ。

5

「やっぱり、新宿のキャピタルホテルに泊まっていたのは美加だな」

小坂は紗奈江の話を聞くと、確信ありげにうなずいた。

その女は一昨日の夜、チェックインした。

長野の善光寺の戒壇めぐりで姿を消したのが二時頃だったから、夜までには東京へ帰ることが可能であった。

しかも、これまでの調べでわかったところでは、五日も前から四宮紗奈江の名で予約してあったという。つまり、旅行の途中で姿を消し、東京へ引き返してホテルに泊まる。予定の行動だったのだ。

「それで、殺された男性だけど、新聞だと猟奇的な殺され方と書いてあったわ。どんなふうだったの？」

紗奈江は小坂を覗き込むようにたずねた。

二人はベッドの上に腹這いに寝ころがっている。二人の体の上にバスタオルがふんわりとかかっているが、下は二人とも生まれたまんまの姿だった。

殺人事件の事情聴取としては、かなりふしだらなスタイルだが、小坂が私費で『チェックメイト・キング』に入り、紗奈江を指名したのだから、許されてもいいだろう。

「両手両足をロープで縛って、お尻の穴から青酸カリを挿《さ》し入れたんだ」

「まあ！」

「多分、カプセルに入れてあったと思う。それに青酸カリと言うのは胃酸と混じり合わないと効果を発揮しないんだ」

「だったら、どうして殺されたの？」

「犯人はちゃんと知っていた。カプセルをもう一つ用意して、そっちには酢酸《さくさん》を入れてあった。二つを挿入する。カプセルが溶けて混じり合った途端、イチコロだ」

そういえば、美加はソープランドへ入る前、メッキ工場の事務員をしていた。青酸カリを手に入れることは、容易だったに違いない。

「恐ろしい……」

紗奈江は肩をすくめた。その拍子に胸が小坂に触れた。ムク、ムクムクッ。小坂は腕立て伏せをするように体を浮かせた。ジュニアが起き上がったらしい。

「恐ろしがるのはいいけど、僕のからだにさわらないようにしてくれないか。邪念がおきてしかたないんだ」

「邪念なんか起こしてる場合じゃないでしょう？」

「そうなんだ。美加は増田から逃げたがっていた。だから、善光寺の戒壇めぐりをチャンスに姿をかくした。そして、東京へ戻ると増田をホテルへ呼んだ」

「逃げたいのにどうしてホテルへ呼ぶの？」

紗奈江は小坂の肩に手を置いた。

小坂は顔をしかめた。ムク、ムクムクッ。ジュニアが蠢動《しゅんどう》したらしい。腕立て伏せのスタイルになった。

「だからさ、ただ逃げるのじゃ、すぐ捕まってしまう。ひと思いに殺そうとしたのさ」

「だったら、どうして善光寺の戒壇で姿を消すような人騒がせなことをしたのよ？」

「しかし、美加は現に善光寺で姿を消したのだろ？　その美加が君の名前で新宿のホテルに泊まっていた。そして、彼女は姿を消し、増田の屍体が残っていた。これだけ事実があるんだ。その事実をつなぎ合わせると、嫌でもそういう結論になるじゃないか」

「ね、あなた、本当に刑事なの？　それとも気が散って、物を考える力がなくなってるの？」

紗奈江は小坂の顔をのぞき込んだ。

美加は増田から逃げたかったのか、それとも殺したかったのか。

殺そうと思ったのなら、善光寺で姿を消す必要はなかった。

紗奈江の名前でホテルを予約したのもおかしい。

紗奈江に罪をなすりつけるのならともかく、同僚の名前を使えば、捜査にヒントを与えることになる。

小坂の言うことは、まるで筋が通っていない。

「俺、集中力を欠いているらしい」

小坂は紗奈江の乳房に手を触れた。

遠慮がちなさわり方だった。

「どうせのことだったら、思いっきりさわったらどう？」

紗奈江は小坂の手の上に自分の手をかぶせ、ぐっと乳房に押しつけた。

若い頃は自慢の乳房だった。自分でも惚れ惚れするほど、見事な半球型の優美な線をつくっていた。弾力もあった。指で押すと跳ね返すような張りがあった。

今はいくらか垂れ加減になっているが、それでも、僅かに崩れたところが、かえって色っぽいと言う客もいる。

「ねえ？　集中したい？」

「集中したいです！」

「じゃあ……」

紗奈江は小坂の胸に顔を埋めた。

小坂の指が紗奈江の女にふれている。無骨で荒々しいタッチだった。

紗奈江は眼をとじた。神経を集中しようとしているのだが、小坂のリードでは集中するどころかいらいらしてくる。

新宿のホテルで殺された増田は、こういうことのベテランだった。女を扱うことに慣れていた。その増田から見ると、美加はほんの小娘だったはずだ。増田を縛りあげ、お尻の穴から用意した青酸入りのカプセルを挿し入れる。

そんなことが出来ただろうか。

第一、ホテルに泊まっていたのが美加だとして、なぜ美加は善光寺の戒壇から姿を消し、東京へ戻ったのか。それも、前もってホテルを予約していたという。

美加は増田から逃げようとしていた。にもかかわらず、ベッドの上で縛られ、殺されていたのは増田だった。

しかも、わたしの名前で泊まっていた。

紗奈江の脳裡《のうり》をさまざまな思いが駆けめぐった。

小坂は紗奈江の女体の一点に集中しようとしているが、紗奈江のほうは美加の不自然な行動に神経が集中している。

6

「従業員旅行の途中で善光寺にお詣りするってことを知っていたのは誰と誰だったの？」

翌日、新宿署にもうけられた捜査本部へ出頭する前、紗奈江は高須にたずねた。

「君の他というと麻衣子かな。そうだ、麻衣子に話したら、あいつのほうから戒壇めぐりをしようと言い出したんだ」

「…………」

紗奈江は胸の中でうなずいた。

戒壇めぐりには先頭が美加、二番目が麻衣子の順で入って行った。

真っ暗な闇を通り抜け、外へ出たら美加がいなくなっていた。

ごく常識的に考えて、麻衣子が立ち止まって時間をかせぐ。それなら、先を歩いている美加は一分か二分、皆んなより早く外へ出ることが可能だった。

麻衣子が暗がりの中でぐずぐずすればするほど、美加は姿を消すのに好都合だったはずだ。

戒壇めぐりは、前を行っている人を追い越しにくい。あの中で姿が消えたり、神かくしのように蒸発することなんかあるわけがない。麻衣子はわざとゆっくり歩き、美加を先に外へ出させた。

美加は参詣客で混みあう本堂を走り抜け、善光寺を後にした。

麻衣子の協力なしに、美加が消えることは出来なかったはずだ。

では何故、麻衣子は美加に協力したのか。

『チェックメイト・キング』で、麻衣子と美加は特別、仲が良いということもなかった。

顔立ちやからだつきが似ているため、としの若い分客の評判は美加のほうがいい。それに麻衣子はソープランド歴七年のベテランだが、『チェックメイト・キング』へ来てからは三カ月ほどしか経っていない。

川崎、雄琴《おごと》、岐阜などのソープランドを転々と移り歩き、ソープランドの水にどっぷりとつかってしまっていた。

その麻衣子が損得ぬきで、美加の蒸発に協力するとは考えられなかった。

紗奈江と高須は新宿警察署に設けられた捜査本部をたずねた。

「わたくし、四宮紗奈江ともうします。キャピタルホテルの殺人事件で名前を使われたようなのですが……」

紗奈江が訪れた用件を告げると、手持ち無沙汰《ぶさた》そうにぼんやりとソファに座っていた刑事が顔を向けた。

整った細面《ほそおもて》で痩《や》せたからだつきをしていた。年齢は三十代なかばだろう。

その刑事が立ってきて、

「あなたが四宮紗奈江さん？」

と、たずねた。

面と向かい合うと顔立ちに気品があった。顔だけでなく全身に気品が漂《ただよ》っていた。着ているスーツも色合いは地味だが、生地も仕立てもひと目で高級品としれた。場所が警察でなかったら大学の助教授か講師だと思ったにちがいない。

「はい……」

紗奈江がこたえると、刑事は穴があくような目を紗奈江に据え、

「四宮紗奈江さんというと、奈良県の山の奥で起きた偽装心中。あれを見事に見破った女性名探偵ではありませんか」

と、たずねた。

「そんな……」

紗奈江が顔のまえで手を振るのへ、

「いえいえ。警察の業界誌というか、内部だけで発行している雑誌がありますが、そこに

紹介されているのを拝読して感動しました。いやぁ、すごい名推理です」

刑事はオーバーなほど褒《ほ》めあげ、

「わたしはこういう者です。以後お見知りおきください」

古風な言いまわしの挨拶をし、名刺を差しだした。

紗奈江を見る目が変わっていた。

警視庁刑事課捜査第一課
警部補　桜小路資朝《さくらこうじすけとも》

と、あった。

警部補だから、ヒラ刑事の小坂より二階級上だ。年齢も十歳ちかくうえで、刑事としての年季もはいっているはずだが、桜小路からは警察の匂いが感じられなかった。

警視庁捜査一課の迫力がまったく伝わってこないのだ。

捜査本部は大部屋で、〝刑事〟を絵に描いたような男たちが、煙草の煙を吹きあげながら話を交《か》わしていたが、桜小路だけがその雰囲気とかけ離れていた。捜査本部がハキダメというわけではないが、桜小路の痩せたからだつきは舞い降りたツルに思えた。

「さあ、どうぞどうぞ」

紗奈江と高須をソファへ案内し、

「いま、お茶を入れます。しばらくお待ちください」

自分で廊下へ立って行った。

警部補なのだから、部下に命じたらよさそうなものなのに、腰の軽い性格らしい。

紗奈江は貰った名刺に目を落とした。

桜小路資朝。

まるで、昔のお公家《くげ》さんのような名前だ。

その桜小路はアルミのお盆に湯飲み茶碗を三つ乗せて、おぼつかない足取りで戻って来た。

茶碗のなかで、黄色いお茶がチャプチャプ揺れている。

「わたしがします」

紗奈江は桜小路に駆け寄り、お盆を応接テーブルへ運んだ。

運びながら、捜査本部の室内を見まわした。

小坂の姿を探したのだが、出かけているらしい。

「殺された増田峯夫はうちの店によく通って来ていました。いつも、この女性を指名で通っていたんですが」

高須がポケットから美加の写真をとり出した。ポラロイドカメラで撮った上半身写真。

ソープランドでは履歴書に写真をつけて保存している。

高須はその履歴書も出した。

桜小路はポラロイド写真を持って立って行った。刑事の一人に耳うちしながら、写真を手渡した。

受け取った刑事は猟犬のように部屋から走り出て行った。

「その女性だけど、変なことがあったんです……」

高須は善光寺の一件を話した。

「そうらしいですね。いや、実はうちに小坂という若い刑事がいるのですが、そいつがどこかから聞き込んで来ましてね。今朝、報告を受けたところです」

紗奈江は胸の中で微笑した。

ムクッ、ムクムクッの刑事さん。いち早く紗奈江に当てをつけてやって来たのはなかなかの勘だが、情報の出どころを話さなかったらしい。

昨夜、がむしゃらに紗奈江を抱いて腰を律動させたあと、

「こうして君をたずねて来たことは、誰にも内緒にしておいてくれよな。それと、君は奈良県で名探偵ぶりを発揮しただろ。今度も見事な推理をして、それをそっと僕だけに教えてほしいんだ」

ベッドの上に裸で正座して頭を下げた。

そんな小坂が、紗奈江には可愛く思えた。

「いいわよ。だけど、それには捜査の内容を打明けてくれないと、推理しようがないわ」

「だから、それも絶対秘密で教えるよ」

小坂は三拝九拝《さんぱいきゅうはい》するように頭を下げた。

「おやめなさいよ。男が下がるわよ」

「ここで下がってもいい。その分、刑事として男があがるのだから」

明るい顔でケロッとして帰って行った。

小坂は戒壇めぐりの一件をちゃんと報告していた。紗奈江と会ったことは口を拭《ぬぐ》って。

そこへ電話が入った。

桜小路は電話を受けると、

「ホテルに泊まっていた若い女性は、やはりこの写真の女だそうです。ホテルのフロントが証言しました」

笑顔で言った。

「刑事さん、増田って男の人が猟奇的な手口で殺されていたと新聞で読みましたけど、両手両足を縛られていた写真、見せて頂けます？」

「お見せしてもいいが、見てどうします？」

「縛り方にそれぞれの人で特徴がありますでしょ。ことにわたしたちのような職業の女性だと、すごく慣れた女《ひと》とそうでない女《ひと》があるわ」

「なるほど……」

桜小路は机の上に並んだファイルの一つをとり、開いて見せた。

紗奈江は一瞬、眼をそむけた。

全裸の男を縛りあげた写真は、ひどくグロテスクだった。

だが、その縛り方は慣れた者の縛り方だった。両手両足をからだの前で縛っている。それは縛ったあとで、尻から青酸入りのカプセルを挿入することを計算した縛り方であった。

――増田を殺したのは美加ではない。

紗奈江の胸にひびくものがあった。

美加は『チェックメイト・キング』以外のソープランドでは働いていない。『チェックメイト・キング』はSMの遊びをしない。美加にこんな見事な縛り方ができるとは思えなかった。

7

「泊まっていたのは美加で、殺したのは美加じゃないとなると、一体、誰が犯人なんだ？」

小坂が怪訝《けげん》そうに言った。

紗奈江のマンションのリビングルーム。窓ぎわに置いたテーブルを挟んで、二人は向かい合っていた。

窓の下は小名木川《おなぎがわ》。隅田川《すみだがわ》につづく運河のような川だが、江戸前の魚をとる小さな漁船や釣り船が行き交う。

もっとも、いまは夜。窓から見えるのは、錦糸町《きんしちょう》のラブホテルのネオンだった。

水のある眺めが好きで買ったマンションだった。

今日は紗奈江は休み。小坂は捜査の合間を盗んでたずねて来たのだ。

「それを探し出すのが刑事さんの役目なんじゃないの？」

「そんなこと言ったって、無から有を出すようなことは出来っこないよ」

「増田の死亡時刻は二十二日の午後八時頃だと分かったのでしょ？　その時刻にキャピタルホテルの二一〇七号室へ出入りした人間を調べることは出来ないの？」

「もちろん、それは調べたよ。だけど、キャピタルホテルのような大ホテルだと、宿泊客を一人一人、確認して部屋の鍵を預かったり、渡したりしないんだな。まして、二一〇七号室はツインルームなんだ。二一〇七とか、二一〇七の四宮だとか言えば、フロントのホテルマンがよほど変だと思わない限り、鍵を渡すって言うんだ」

「でもね、ホテルのフロントって、鍵を簡単に渡すように思うけど、あれは慣れてるからのだと思うわ。変だと感じたら、ちゃんと確認するし、瞬間的に本人かどうか見抜いているのじゃないかしら」

「何を言いたいんだよ？」

小坂は首をひねった。

「この女性が二一〇七号室に泊まった自称四宮紗奈江なのよ」

紗奈江は美加のポラロイド写真を小坂に手渡した。

「それで……」

紗奈江はその写真をとりあげた。テーブルの下で別の写真とすりかえた。

「この女性がフロントで二一〇七号室って言ったの。フロントはどうするかしら？」

「えっ？……」

小坂は写真をしげしげと眺めた。『チェックメイト・キング』で撮った写真だから、同じユニフォームを着ている。赤いブレザー・スーツ。髪型も似ていた。彫りの深い顔だち、からだつきも似ている。

違うのは年齢《とし》だけだが、それも僅か五歳。

眼力のきくフロントでも、間違えて不思議はない。

「その女性が、戒壇めぐりの最中、姿を消すことに協力した麻衣子よ。本当は協力じゃあなくて、戒壇めぐりの真っ暗闇の中で消えたらって知恵をつけたのだと思うけど」

「何のためにそんな知恵をつけたんだ?」

「それがわかったら事件は解決じゃないの」

紗奈江はやってられないなあ、というように首を傾けた。

「しかし、よく似てるね。フロントがつい鍵を渡しても不思議はないと思うな」

「今のところ、はっきりしているのは、美加と麻衣子が似てるってこと、麻衣子が美加に協力して、戒壇めぐりの最中、姿を消すようにしたということだけ……」

「この麻衣子って女は、美加が姿を消したあと、東京へ帰ってキャピタルホテルに泊まることを知ってたのか?」

「知ってたと思うわ。と言うより、しめし合わせていたはずね」

「増田にしつこくつきまとわれて美加が困っていた。麻衣子はそれに同情して、姿を消すことに協力したのか」

「さあ、どうかしら。それにしては手が込んでるんじゃない?」

紗奈江は麻衣子の履歴書をテーブルの上に置いた。店長の高須から預かって来たのだ。

「小坂さん、この履歴書で捜査をしてみなさいよ。ソープランドの履歴書なんて、本当のことは書かない。ここに書いてある経歴だって、いい加減なものかも知れないけど、川崎のソープランドで三軒、二年以上働いていたことになってるでしょ。その写真と履歴書を頼りにお得意の足で歩いた捜査ってのをしてよ。そうね。警察に増田の写真があるでしよ。麻衣子と増田との間に、かつて深い関係がなかったか。それを調べてほしいの」

「君んとこの店長の話だと、増田はソープランド嬢を食い物にするヒモを稼業にしてるそうだったな」

「してるとは言ってないわ。しているんじゃないかと言っただけよ」

「ところが現にしていたんだ。増田が一緒に住んでいる女は、新宿の『カリブ海』というソープランドで働いている。その女に貢《みつ》がせた金で『チェックメイト・キング』の美加に通っていた」

「じゃあ、その女性の前か、前の前が川崎で働いていた頃の麻衣子だった可能性があると思うわ。至急、調べてほしいの」

紗奈江はテレビの上のビデオ・デッキへ眼をやった。デジタル時計が9時02分を示していた。

「さ、新米刑事さん。ソープランドを聞き込みして歩くのは、夜でなきゃ駄目なのよ。今から川崎に飛んでちょうだい。これはいそぐの。でないと、第二の殺人事件が起きるわ」

「本当かよ？　驚かさないでほしいな」

小坂は飛びあがりそうになった。

紗奈江が大台ヶ原の事件を解決してなかったとしたら、真にうけなかったに違いない。

大台ヶ原偽装心中を見破った実績が、小坂を駆りたてたようだ。

「夜中でもいいわ。わかったら電話をちょうだい。今晩じゅうに解決しないと、第二の殺人が起きると思ってね」

紗奈江は小坂を送り出した。

本当のことを言うと、昨夜、川崎のソープランドで働いていた友だちに電話をし、麻衣子のことを聞き出していた。

麻衣子の履歴書というのも、実は紗奈江が書き直したものだ。高須から預かった履歴書には麻衣子がいたことのない店の名前ばかり書かれていた。

何人もの友だちに電話でたずね、麻衣子が本当にいた店と働いていた期間を調べたのだ。

小坂が履歴書の店を聞き込みして歩けば、嫌でも増田に食い物にされていた麻衣子の過去がわかるはずであった。

8

小坂が飛び出して行って二時間がすぎた。

夜中の十一時。

紗奈江は『チェックメイト・キング』に電話を入れた。

「麻衣ちゃん、今、手があいてるかしら？」

「たった今、お客を送り出して控室にいる」

高須の声だ。珍しくフロントに座っていたらしい。

「だったら電話に呼んでほしいの」

「ちょっと待ってろ……」

高須がボーイに声をかけた。暫《しばら》くして麻衣子が電話口に出た。

「何なの？」

麻衣子は不機嫌な声だった。

「大事な話があるの。今、わたしん家《ち》に美加ちゃんが来てるのよ」

紗奈江は嘘をついた。

だが、電話口の麻衣子が息を飲んだのが受話器につたわって来た。

「黙って聞いてね。美加ちゃんは増田を殺したのは自分じゃないって言うのよ。それどころか、善光寺で姿を消すことも、新宿のホテルに身をかくすことも、あなたに吹き込まれた。増田を殺したのは麻衣ちゃんだ、わたしに警察へ一緒に行ってくれって言うの。お店が終わったら、わたしのマンションへ来て、美加ちゃんと話してよ」

「これからすぐ行く。どうせ、今夜はもうお客がないと思うから……」

麻衣子は送話口を手でふさいだ。高須の許可をもらっているのだろう。

「店長がいいって。すぐ行くわ。あなたのマンション、錦糸町の近くだったわね」

「そう。錦糸町から真っ直ぐ四ッ目《よつめ》通りを進むの。高速道路をくぐって、新大橋《しんおおはし》通りを渡るの。その先が小名木川に架かった橋だわ。橋を渡るすぐ手前、右手。コーポ小名木橋の九〇二号室」

紗奈江がそう告げると、麻衣子は電話を切った。

かなり取り乱している様子だ。

紗奈江は部屋の中を整理した。大きな灰皿、ポット、ブランデーの瓶《びん》。凶器になりそうなものを片づけた。

もう、小坂から電話がありそうだと思うのに、何の連絡もない。

いくら新米だと言っても、頼りなさすぎる。

刑事としての適性がないのでは？

チャイムが鳴った。

「麻衣ちゃん？」

「ええ。開けて……」

ドアを開けた。麻衣子が硬い表情で入って来た。

「美加は？」

「おなかが減ったって、スーパーへ買い物にいったわ。すぐ帰ってくるでしょ」

紗奈江はさらりと言い、招き入れた。

ダイニングのソファに座り、麻衣子は毛皮のコートを脱いだ。

注意深く見たが、刃物のようなものは持っていないようだった。

「美加は何を根拠にわたしが増田を殺したって言うの？　わたしは美加が増田につきまとわれて困っているって言うから、逃げるのを手つだってあげただけよ」

「でも、あなた、増田を憎んでたでしょ？」

「わたしが？　どうして美加の愛人を憎まなきゃあならないのよ？」

「あなた、美加ちゃんを甘く見すぎたようね。美加は四宮紗奈江の名前でホテルを取ったわ。変名を使うのに、わたしの名前を使ったのは、あなたに裏をかかれないためだったと言ってたけど……」

紗奈江は自分の推理を口にした。

一つまちがえば、麻衣子に全てが当てずっぽうだと勘づかれてしまう。それを承知の上で、いかにも美加から聞いたように話しているのだ。

「わたしが裏をかくってどういうこと？」

「現に裏をかいたじゃないの。美加ちゃんの泊まってた部屋で増田を殺した。美加ちゃんに罪をなすりつけようとした……」

「そんなことをして、わたしに何の得があるって言うの？」

麻衣子は鼻の先でせせら笑うように言った。その顔には不敵な自信が浮かんでいた。

「順を追って話さなければならないようね。いいわ。話しましょう……」

紗奈江はちょっと言葉を切った。緊張から唇が乾く。

「あなたは一年ほど前まで増田と同棲していたのよ。増田に洗いざらい貢いでいた。ところが、増田はあなたを単なる金づるだとしか思っていなかった。一年前、あなたが体をこわして入院した時、あなたを捨てた。ソープランドではざらにある話なんだけど、まずいことに『チェックメイト・キング』であなたは増田と再会したのよ」

「…………」

「増田は美加ちゃんに入れあげていた。美加ちゃんは年齢《とし》は若いけど、金銭的にはしっかりしていたのね。増田を通わせるだけじゃなく、宝石を買わせたり、お金をせびり取ったり、うまくやったのよ」

「だから、わたしがどうだって言うの？」

「あなたから巻きあげた宝石やお金だってわけじゃないけど、さんざ増田に貢いだあげく、紙くずのように捨てられたあなたにしてみれば、あなたのお金や宝石が、そっくり美加ちゃんのところへ流れて行ってるように思えたんじゃない？」

「名探偵気取りでいい気分のようね。だけど、それがわたしとどう関係があるって言うのよ？」

「憎い増田を殺して、しかも美加ちゃんの貯めたお金や宝石がそっくり手に入る。一石二鳥の手を思いついたのじゃないかしら……」

紗奈江は麻衣子を見つめ、かすかに微笑した。

自分が麻衣子だったら、実行するかしないかはともかく、ひと晩や二晩、寝ないでも計画を練るだろう。

麻衣子は完璧な計画を練りあげ、美加に増田の正体を明かしたのだ。ソープランドで働く女を食い物にする吸血鬼。ひっかかったら破滅だ、増田から逃げろ、と。

9

善光寺の戒壇めぐりの闇の中から消えるのは、たあいのないトリックだ。

しかも、『チェックメイト・キング』の内部で話題になるだけで十分だった。増田の目先をくらませばいいのだ。

「問題はその後なのよ。旅行先で姿を消した美加ちゃんは着のみ着のままの状態でしょ。美加ちゃんはホテルに身をかくす。その美加ちゃんから電話で連絡を受け次第、あなたは美加ちゃんが旅行前にまとめておいた荷物をホテルへ届けてあげる。そう約束したのよ」

美加は荷物を受け取り、麻衣子の紹介する岐阜か雄琴のソープランドで、ほとぼりがさめるまで過ごすつもりでいた。

「ところが、あなたは美加ちゃんのまとめた荷物をそっくり頂く予定だったのね。美加ちゃんから預かったマンションの鍵で、荷物は自分のマンションへ運んだ。その上で増田に電話をした。美加ちゃんの隠れたところを知っている。教えてあげるから一緒に行かないか。他のことじゃあない。増田が乗ってくるのは確実だった」

「すごい推理ね。だけど、ホテルには美加がいるのよ。どうやって増田を始末するの？」

「あなたはホテルの美加ちゃんに電話をしたわ。二、三時間かかる場所を指定し、そこで会おうって。美加ちゃんがそこへ向かう。その間に、ホテルのフロントで鍵を受け取り、堂々と増田と二人、二一〇七号室に入ったのよ」

「だけど、増田をどうして縛ることが出来たのかしら。美加ならともかく、わたしが縛ったら、命が危険なことぐらい増田は承知していたはずじゃないかしら？」

「そこはあなたの一番得意なところじゃないの？　あなたのほうがヌードになって、増田に誘いかけたのかも知れないわ。増田が全裸になると、ホテルの浴衣《ゆかた》の紐《ひも》で縛ろうよって提案した。ホテルの浴衣の紐で油断させて、縛ってしまえば、後はもう、あなたのものよ。持って来たロープでがんじがらめ。その上、カプセルに入れた青酸でブスリ！」

「青酸だけど、それこそ、美加でなきゃ手に入らないわ。彼女、ソープランドへ入る前はメッキ工場の事務をしてたんだから」

「だから、問題の青酸は美加ちゃんから手に入れたのよ。ホテルに泊まったのも、青酸の入手経路も美加ちゃんなんだから、疑われるのは美加よ。現に美加は指名手配をくって、姿を現わすことも出来ないでいるわ。でも、明日か明後日には、あなたと会わずにはおれない。美加はお金を当座の分しか持ってないし、指名手配中だから銀行で下ろすことも出来ないものね」

「でも、美加はここへ来たのでしょ。スーパーへ買い物に行ったたって言ったじゃないの？」

「残念でした。あなたはひっかかったのよ。美加がわたしのところへ連絡してくるのは、最後の最後の追いつめられた時ね。そのために四宮紗奈江の名前でホテルを予約したのよ。おかげでわたしは、警察に出頭したり、いい迷惑だったわ」

「…………」

紗奈江を見つめる麻衣子の眼に凶暴なものが宿った。

「紗奈江さん、よく推理したわ。だけど、それを警察にしゃべらせるわけにはいかないわ」

麻衣子は立ち上がった。

ワンピースのベルトに手をかけると、あっと思った時、ベルトをはずし、右手にだらりと提げていた。

麻衣子の右手が振りあげられた。

何でもない婦人物のベルトが、蛇のように宙を躍《おど》った。ベルトは紗奈江ののどにからみついた。麻衣子が引っぱった。

のどにからみついたベルトは、まるで生き物だった。ぴたりと吸いつき、吸いついたまま紗奈江を引き倒した。

紗奈江は頭からフロアに倒れ込んだ。

息がつまった。眼の前が暗くなった。意識がかすれて行くのを覚えた。

紗奈江は夢中でのどへ手をやった。食い込んだベルトをはずそうとした。だが、麻衣子のほうが一枚も二枚も上手だった。

思い切り引っ張ったのだ。

紗奈江は全身から力が抜けるのを感じた。

だが、かすれて行く意識の端で、飛び込んで来た小坂の姿をとらえていた。

あと一分、いや、三十秒おそかったら？

それを考えると、ずっと後になってからでも、紗奈江は背筋が凍るものを覚える。

金沢《かなざわ》・加賀《かが》のれん殺人事件

1

隣の部屋で甲高《かんだか》い声が聞こえたように思った。

悲鳴に似た声だった。

ソープランド『チェックメイト・キング』の三階。ひとつの階に四つある個室は、配置が入り組んで造られていて、かなり大きな声でも聞こえないのだが、暫《しばら》くしてドアを手荒に開閉する音がし、廊下を走り出して行く足音が響いた。

「何してんのかしら？」

四宮紗奈江はボディ洗いの動きを止め、ドアのほうへ目をやった。

「客と喧嘩でもしたんじゃないか」

中年の客は、気にすることはないと言うように、紗奈江の腰を抱え込んだ。

「うちの店、こんなこと滅多にないんだけどね」

泡まみれでなかったら、見に行くところだった。都合の悪いことに、仰向《あおむ》けに寝た客の腰にまたがり、からだを繋《つな》ぎあわせていた。

屹立《きつりつ》した客の男が、紗奈江のからだの奥に収まり、別れることを拒《こば》んでいた。

初めての客だった。四十七、八だろうか。遊びには慣れていて、サービスしておけば、当分のあいだ、通って来てくれそうな感じだった。

このところ、ソープランドは極端に客が減っている。電話一本で女の子がホテルへ飛んで来るデートクラブもあれば、ソープよりずっと手軽なヘルスもある。ソープランドは時代にあわなくなってしまったようだ。

馴染み客を一人でも多く確保して、通って来てくれるようにしないと、商売があがったりになりそうであった。

「外の騒ぎが変だよ」

客が紗奈江の肩を叩いた。客は果て、紗奈江の体の中で荒々しかった男が急速に縮んで行った。

「ちょっと見てくるわ」

紗奈江はシャワーでからだの泡を流すと、バスタオルを巻きつけて廊下に出た。

店長の高須とボーイが隣の部屋を覗き込み、茫然と息をつめていた。

「どうしたの？」

「……！」

高須は室内へ顎をしゃくった。

その顔が引きつっていた。

紗奈江は高須の肩ごしに覗き、一瞬、息を飲んだ。

眼の前が真っ赤に燃える感じがした。

ぶちまけたように血が飛沫《しぶ》いていた。血の海の中に、全裸の女が倒れていた。

シェリーと言う源氏名の女だった。自称二十三歳。色白のグラマーで、身長は百六十五くらいあるだろう。腹を刺されたらしい。うつ伏せに倒れた腹の下から、湧き出るように血が流れていた。血の海が少しずつ広がって行く。

「救急車、呼ばなきゃ！」

「呼んでも、もう無駄だよ」

「それでも呼ぶのよ。今なら一一九番ですむけど、あと何分かたったら警察の受け持ちになるわ」

紗奈江はあとのほうの言葉を小声で言った。

高須は我に返ったように、階段を駆け下りて行った。

一一九番と一一〇番では『チェックメイト・キング』の場合、大違いだった。どっちみち警察に厄介《やっかい》をかけることになるが、シェリーの遺体が転がっているのといないのとでは、同じ現場検証でも熱の入れ方が違うだろう。第一、後始末の面倒さが、まるで違って来るはずだ。

「誰がやったの?」

紗奈江はボーイに訊《たず》ねた。

「客ですよ。三十四、五の背の高い男だ。一人で下りて来て、靴を出せって言うんです。シェリーさんが送ってこないし、おかしいなと思ってインターホンで呼んでも答えがないんで、店長と一緒に来てみたら、これです」

「馴染みのお客?」

「うちに来たのは初めてです。でも、シェリーさんは知ってるようでした。ちょっとやくざっぽかったな。角刈りで渋い男まえなんだ。それに落ち着いてて、こんなことをした後とは思えなかったけど……」

紗奈江はもう一度、部屋の中を見回した。

ドアに近いこちら半分が脱衣室兼ベッドルーム。奥の半分が湯殿。イタリアンタイルの湯殿がシャワーの飛沫でびしょ濡れになっていた。犯人が返り血を浴びたからだと凶器を洗ったのだろう。

「刃物が見当たらないわね……」

「持って帰ったんじゃないですか。そう言えば風呂敷に包んだ細長い物を持っていました。このくらいでした」

ボーイは両手を三十センチほどの長さに拡げてみせた。

階段を賑やかな声が上がって来た。控室にいた店の女たちが見に来たのだ。廊下が騒がしくなった。

「一一〇番、したの？」

「まだです」

「そっちもしておいたほうがいいわよ。わたし、お客に帰ってもらわなきゃ……」

紗奈江はそう言い捨てて、自分の部屋へ戻った。

「何があったんだ？」

客はベッドに腰掛けていた。

「女の子を刺して、お客が逃げたんだって」

「傷はひどいのかい？」

紗奈江はうなずいた。

「じゃあ、俺は退散しよう。参考人なんてのは御免だ」

客はロッカーへ眼をやった。紗奈江がみだれ籠《かご》を出すと、手早く下着をつけ、スーツを着た。内ポケットから札入れを取り出し、

「これ……」

鏡台の上に一万円札を三枚、二つに折って置いた。

「一枚、多いわ」

「いいよ。今日は仕事にならないだろう」

客が帰っていって間もなく、救急車が到着した。シェリーは虫の息だったが、病院へ運ばれていき、入れ代わりに浅草署の刑事が、鑑識係を引き連れて乗り込んで来た。

個室からは指紋がやまほど出た。その部屋はシェリーの専用と言うわけではない。その日その日で、使う女の子が違うし、ここ一週間だけでも二十人を越す客が利用している。

紗奈江たちソープ嬢はもちろん、店長以下の男子従業員も全員、指紋をとられた。店長の高須とボーイ、紗奈江は事情聴取を受けた。

シェリーが息を引き取ったと言う知らせがあったのは、紗奈江が事情聴取を受けている最中だった。

「うまくやったな」

主任の船越《ふなこし》と言う刑事が高須を睨み、

「それに、この履歴書は何だってんだ。住所も名前も本籍も、全然、でたらめじゃねえか。合っているのは電話番号だけだ」

ファイルから抜き出したシェリーの履歴書を、苛立《いらだ》たしそうに叩いた。

鑑識が現場検証をしている間に、本籍と現住所の照合をしたらしい。

「すみません。嘘をつくような女に見えなかったもので……」

高須が態度だけは神妙に頭を下げた。

よくあることだ。ソープランドで働く女の中には、身元の知れることを一切かくす者が珍しくない。店に提出する履歴書に本当のことを書くのは、正直の上に馬鹿がつくと思っている。

店にしても、うるさく言ってやめられると困るから、嘘を承知で受け取る。

未成年の場合は、児童福祉法違反の関係があるから、ある程度、慎重になるが、シェリーはどう見ても二十歳を越えていた。グラマーで色白、男好きのする甘いマスクの持ち主だった。

2

「参ったよ……」

高須がぼやいた。シェリーが殺されてから三日たっていた。

高須は連日、警察へ呼び出されている。刑事が日課のように『チェックメイト・キング』へやって来て、紗奈江たちを事情聴取して行く。

「俺たちは捜査課だから、この店が何をしてようと関係ねえんだ。気にしねえで、どんどん商売やってくれ……」

船越刑事はそう言った。

『チェックメイト・キング』のような特殊浴場は、同じ警察でも生活安全課の受け持ちで、捜査の刑事が口を挟んだり、検挙することなどないのはわかっている。

そうは言っても、高須や紗奈江たちにしてみれば、商売がやりにくかった。

早いところ事件が解決してくれるのを願っているのだが、シェリーの身元が何ひとつわからないのだ。

船越たちも最初はたかをくくっていた。

シェリーは『チェックメイト・キング』に三カ月あまり働いていた。仲の良い友達もいたし、何よりも電話を引いていた。

電話を引くのには、住民票なり戸籍抄本が必要で、身元ぐらいはすぐわかると考えていたのだが、電話は他人名義で、名前を貸した男は彼女のことを何ひとつ知らなかった。

シェリーは日野晴美《ひのはるみ》と名乗っていた。麻布十番《あざぶじゅうばん》のマンションに住み、六本木ではかなりの顔で通っていた。アドレス帳には百人を越す男の電話番号が書きこまれていたが、誰ひとりとして、本名も実家のことも知らなかった。

「二年ほど前、池袋《いけぶくろ》のキャバクラにいた」

「去年の秋ごろ、新宿のファッション・ヘルスで凄い人気だった」

「赤坂のホストで晴美に貢いでいたのがいたけど……」

そんな断片的な情報は山ほどあったし、彼女のベッドでの情熱ぶりは、誰もが口々に語ったが、彼女がどこの誰なのか、肝心《かんじん》のことは何ひとつわからない。

シェリーが殺されたとき、ハンドバッグから鍵がなくなっていた。常識で考えて、マンションの鍵だけは持ち歩く筈《はず》なのに、バッグの中にはひとつも鍵が見当たらなかった。

「被害者のマンションを知っている人、誰かいないか？」

その夜、出勤してきた五人の女に、船越が訊ね、

「わたし、二、三度行ったことがあります」

オリビアが答えた。小柄でふっくらした顔だちの若い女だった。高輪《たかなわ》に住んでいて、シェリーと帰る方向が同じだったことから、店の女の子のなかでは一番親しかった。

「じゃあ、悪いが案内してくれ」

船越は高飛車《たかびしゃ》に言い、紗奈江に眼を移すと、

「あんたも一緒に来てくれるとありがたいんだが……」

これはいくらか遠慮ぎみに言った。

地元署の刑事だけに、紗奈江の噂を聞いていたのだろう。

紗奈江はこれまでに二回、殺人事件を解決していた。別に探偵を気取っているわけでは

ない。紗奈江を取り巻く知人に事件が起こって、巻き添えを食ったのが始まりだった。

おなじ店、おなじ業界の出来事だから、知らない人間だと見過ごしてしまう小さな疑問に気がつく。そんなことが重なって、探偵の真似ごとをする羽目になったのだが、二回もとなると一種の実績になる。

船越にしてみれば、お知恵拝借とまでの気持はないにしても、利用して損のない相手だぐらいに考えても不思議ではない。

紗奈江とオリビアは、警察ナンバーの乗用車で、シェリーのマンションへ向かった。

夜の九時、いつもなら客が多くなる時間帯だが、その日は一の酉《とり》だった。交通規制でタクシーは吉原の中へ入れない。

そのため、客らしい人影は皆無に近い。普段の夜だと、眼の色を変えて客を奪い合っている客引きたちも、手持ち無沙汰をかこっていた。

人気《ひとけ》のない吉原の通りを、木枯らしが電線を鳴らして吹き過ぎて行った。

紗奈江が吉原で働くようになって五年が過ぎたが、酉の市の夜はきまったように木枯らしが吹き、底冷えがする。

シェリーのマンションは、麻布十番の商店街の裏通りにあった。

六階でエレベーターを降りると、廊下に四十年配の男が待っていた。鍵メーカーの営業マンだった。管理人の立ち合いで、部屋に入った。

六畳ふた間と、十畳ほどのリビングルーム。六畳の和室に絨毯《じゅうたん》を敷き、セミダブルのベッドが入っていた。

「豪勢なもんだ……」

船越はいまいましそうに吐き捨てた。

リビングルームのソファやテーブル、籐《とう》製の食卓や椅子、洋服箪笥《だんす》などの家具は一見して高価なのが知れた。テレビは42インチだし、DVDデッキが備えられ、ステレオには高性能のヘッドホーンがセットされていた。

「部屋の中を荒した様子はないな」

船越が同行の刑事に話し掛けた。

そこへ鑑識が到着し、手早く室内の写真を撮り、丹念に指紋を採《と》って行った。

「だけど、なんとなくムードが違うわ」

オリビアがしきりと首をひねった。

「どう違うんだ？」

船越が食いつきそうな顔つきで訊ねた。

「こんな感じじゃなかったんです」

「だから、どういう感じだった？」

「もっと落ち着いたお部屋だったと思うんだけどなあ……」

「結構、落ち着いてるじゃないの?」

紗奈江が口を添えるのへ、

「全然、違うんだなあ」

オリビアは不満そうに首を振り、

「そうだわ、あの壁に暖簾《のれん》が掛かっていたわ。大きな暖簾よ。ベージュ色だったわ。黒い色で丸の中にマンと書いてあったけど」

指で〝万〟と書いた。

「暖簾と言うのは壁に掛けるものじゃないぞ」

船越が言うのへ、

「壁に掛けたっていいじゃん。インテリアになるもん」

オリビアは唇を尖《とが》らせた。

「ベージュ色だったの?」

「日本的なベージュ色よ。ほら、老舗《しにせ》のお菓子屋なんかによくあるじゃん。黄色がかった茶色かな。洗い晒《ざら》して、色が褪《あ》せかかっていたけど、万という字が昔の千両箱かなんかに書いてあるような字でさ、すごく貫禄《かんろく》があると言うか、恰好《かっこう》よかったわ」

オリビアはダイニングの壁いっぱいを両手で表現した。

紗奈江には意外だった。

オリビアの言う日本的なベージュ色とは、柿《かき》色のことだろう。リビングの壁は横幅が二間《けん》だった。その壁いっぱいに掛かっていた暖簾が無いのだ。

オリビアが部屋のムードの違いに気づいたのも道理だ。だが、それほど大きくて、洗い晒した柿色、丸に万の字を書いた暖簾となると、そうどこにでもある物ではない。

シェリーにそんな趣味があったのが意外だった。同時に2LDKの室内に置かれた家具のひとつひとつが洗練されていた。部屋全体が落ち着きを感じさせた。

店でのシェリーは評判がよくなかった。生活も性格も無軌道だったし、紗奈江たち同僚を小馬鹿にするような態度が多かった。

だが、マンションの部屋から感じるのは、店での彼女と正反対の印象であった。

3

「あなたの店で起こった事件を担当することになったのですがね」

警視庁捜査一課の桜小路資朝が電話して来たのは、シェリーが殺されて五日が過ぎた朝だった。

朝といっても正午に近い。桜小路は紗奈江の生活時間を心得ていて、寝起きを見計らって掛けて来た。

今年の初めに新宿のホテルで起きた事件で知り合った刑事だ。名前が物語るとおり、世が世ならお公家さまの当主なのだが、何を間違ったのか、刑事をしている。

鶴のような痩身で、見るからに気品が溢れているが、刑事としての能力はゼロに近い。

「もしかすると、頼りにされているのかしら」

紗奈江がたずね返すと、

「ご明察……」

桜小路は持ち前の甲高い声で、気軽に言った。三十六歳とは思えない若い声だ。

「お生憎《あいにく》さま。シェリーのことは、わたし、なんにも知らないのよ」

「とにかく、お目もじの上、委細面談と参りたいですな。あなたに突き放されると、自慢じゃないが警視庁捜査一課、窓際刑事は、窓からこぼれ落ちてしまう。とりあえず、ベランダに出て下をながめてください」

「下に来てるの？」

「あなたの協力を仰げないとなると、小名木川へ身投げすることも考慮に入れなければなりません」

桜小路は身投げの切実さとは裏腹に、のどかな口調で言った。

「ほんとに来てるの？」

紗奈江はベランダから下を眺めた。

堀割のような小名木川に架かる橋の筋向かいから手を振っていた。

紗奈江は手早く身支度をして、下りて行った。

「この辺りに、たしか、名代《みようだい》のそば屋があったはずだが……」

桜小路は町並みを見廻した。

「名代の店なんてあったかしら？」

「あるはずです。灯台もと暗しで、あなたは御存知ないかも知れんが、ここは深川、お江戸、庶民の町でね。江戸時代からつづいている名代の食べ物屋が沢山《たくさん》あるのです」

桜小路はそう言うと、二百メートルほど行って、横町を曲がった。古めかしい二階建てのそば屋があった。

「座敷は空いていますか」

奥の襖《ふすま》で仕切られた座敷へ上がり、

「わたしはお酒、あなたは何にします？」

壁に掛かっている品書きへ顎をしゃくった。

「……ざるそばを頂くわ」

起きたばかりで、食欲がなかった。

桜小路は運ばれてきた二合徳利《とつくり》を手酌で傾け、小ぶりな湯飲みほどあるぐい飲みを一気に飲み干し、

「捜査本部はお手上げでね。かれこれ百人近く、聞き込みをしたが、被害者の身元は全くわからない。マンションからなくなったと思えるのは、例の暖簾だけです。洋服箪笥の引き出しに二百万円入っていたが、金も貴金属類も手をつけた様子がない。洗い晒しの暖簾だけ持って行ったのは、どう考えればよいのですかね？」

紗奈江の顔に目を据えた。

「常識的には、暖簾が彼女の身元を物語る唯一の証拠だったのでしょうね」

「しかし、二間もある壁いっぱいの暖簾と言うと、かなりの店のものだ。その暖簾が身元を語るとなると、被害者は並みの育ちではないことになる」

「そうなんじゃないかしら……」

紗奈江はうなずいた。シェリーのマンションから感じたのは、洗練された趣味の良さだった。家具調度は金で買えるが、センスは金で買えない。

「ですがね。被害者は天涯孤独の身だ。親もなければ兄弟もない。自由気儘《きまま》なものだと、常々言っていたそうだ。百人も聞き込みをすると、嫌でも本当のことが出てくるものでね。ところが今回に限って、それらしいものがかけらも出て来ないのですよ。それに、とにもかくにも2ＬＤＫのマンションに住んでいた。洋服箪笥もあれば、茶箪笥もある。それを全部探したが、身元を割り出せるものが、何ひとつ出てこなかった。暖簾が身元を語るぐらいなら、ほかにも何か出て来るのじゃないかね」

「それが捜査本部の見解なの？」

「痴情関係のもつれじゃないかと言うものもいる」

「痴情のもつれで、殺したあとマンションへ飛んで行って暖簾を持ち出すの？」

「だから、犯人はマンションへ行ってないのじゃないか。暖簾もたいした意味がないのじゃないかと言うんだ。聞き込みをした男の中に、被害者の部屋へ行った者が十人以上いたが、その連中は暖簾を見てないいんだ」

「だから警察って嫌なのよ」

「……？」

桜小路はちょっと戸惑った表情になった。

「オリビアさんが言ったことを疑ってるのよね。素直じゃないのよ。ソープランドやセックス産業で働いている女性だ、気紛れにちょっと掛けてみただけだ。自分たちの先入観でしか、考えないいんだから」

「その通り……」

桜小路は嬉しそうに膝を叩き、徳利を逆さに振って、最後の一杯を飲み干すと、

「捜査の刑事と言うのは、浮世ばなれしている。給料が安いんでね、暮らしぶりもつましいが、その分、発想までつましい。今度の被害者のような若い女性の感覚について行けないのですな」

「刑事さんの常識が、今の時代の常識に合わなくなってるのよ」

「お説の通りです。だから、わたしはあなたの常識と感覚を大切にしている。事件を解きあかして、犯人をそっとわたしだけに教えて頂きたい」

桜小路は拝《おが》む手つきになった。

「今度は無理よ。わたし、シェリーさんと親しくなかったし、手掛かりが全然ないんですもの。第一、シェリーさんを刺した凶器が何だったか、それさえ聞かされてないのよ」

「非常に鋭利な刃物ですね」

「日本刀の短いやつ？」

「柳刃《やなぎば》の刺身包丁と言うことも考えられるそうだ。腹を刺した傷が背中まで突き抜けていた。余程切れ味がよくないと、人間のからだはそう簡単に行かないものらしい」

「犯人はシェリーさんを刺したあと、吉原から麻布十番のマンションへ行ったのよ。吉原も麻布十番も、交通の便が悪いでしょ。タクシーを利用するしかなかったと思うけど、足取りは摑めないの？」

「さすが！　これだから頼りにしてしまうのですよ」

桜小路は眼を細めた。

「お世辞はいいの！　犯人の足取りはどうなのよ？」

「結論から言うと摑めなくてね。吉原と麻布十番をむすぶ交通機関はタクシーか、地下鉄日比谷線だが、犯行のあった夜は酉の市だった。普段なら吉原の最寄りの駅の三ノ輪《みわ》、下谷《したや》、どちらもがら空きだが、あの晩は乗客でごった返していた。犯人は混雑にまぎれて姿を消した。酉の市を計算に入れていたのじゃないかな」

「麻布十番の下車駅は六本木だから、ここはいつだって混んでるわね」

「タクシーのほうも、それらしい人物を乗せた報告はない……」

桜小路はそう告げると、あとは紗奈江に任せたと言うように、さばさばした顔つきで、

「お愛想……！」

手を上げて声をかけた。

4

「オリビアさん、食事していかない？」

店が終わって、紗奈江は声をかけた。

「そうね……」

吉原の裏路地は暗く静まり返っていた。一軒だけ、お好み焼きの店のサインボードが、ぼんやりとした灯りをにじませている。

午前三時近い。

新しい風俗営業法が出来て、ソープランドの営業は深夜零時限り、客引きは禁止など、大騒ぎしたのはこの二月だった。

ホテルやマンションに出張して行く新手《あらて》のヘルスやデート喫茶などの新セックス産業は全面禁止。鳴物入りで法律が実施されたが、十カ月たってみると、全てが元へ戻ってしまった。それどころか、取り締まりを強化するはずだった客引きは、前よりはるかに悪質になった。

真面目にやっている『チェックメイト・キング』なんかは、強引な客引きに馴染みの客まで持っていかれ、いいことはひとつもない。

「焼肉？」

歩きながらオリビアが顔を向けた。

ソープランドで働く女の子たちは、よく焼肉を食べると、週刊誌が書いていた。見当違いではないが、店が終わってからやっている食べ物屋と言うと、焼肉か寿司屋ぐらいなもので、やむをえず利用しているのだ。

「焼肉でもいいけれど、もう少しあっさりしたものがいいな」

紗奈江は表通りでタクシーに手をあげ、オリビアを振り向いた。

「だったら、美味《おい》しいお店、知ってるわ。日本料理なんだけど……」

「いいわね、どこ？」

「浅草警察のすぐ近く。シェリーさんに教えてもらったんだけど……」

「じゃあ、つれてって」

一も二もなかった。シェリーの話を聞きたかったのだ。シェリーの馴染みの店なら願ってもない。

タクシーは乗ったと思うと、すぐに停まった。

三業地《さんぎょうち》の中だった。葉を落とした柳並木の広い通りをちょっと入った路地に、小粋な軒灯《けんとう》が灯《とも》っていて『安宅《あたか》』とある。カウンターと小揚《こあ》がりだけの小さな店だった。

「渡り蟹《がに》のいいのが入ってますよ」

オリビアが見つくろってと言ったのに、主人が愛想よく答えた。

「じゃあ、それ、頂くわ。お刺身と、この前、食べたの何だっけ？」

「色の白い、派手な顔立ちの人とみえたのでしたっけ？」

主人は探るような目付きになった。

五十少し過ぎだろうか、角ばった顔に縁の太い眼鏡をかけている。眼が柔和《にゅうわ》だった。

「あの人、亡くなったのよ」

「えっ、交通事故かなんかで？」

主人が包丁を持つ手を止めた。小揚がりにいた客がこちらへ眼をやった。芸者をつれた初老の紳士だった。

浅草三業地のど真中の店だ。吉原とは目と鼻の近さだが、客筋も違えば、店のムードも違う。

「新聞に出たでしょ。悲惨なことになっちゃったのよね」

「ああ、あれが……」

主人は息を飲み、

「おい、あのお嬢さんが亡くなったってよ」

お銚子を運んで来た女将《おかみ》に言った。夫婦でやっている店らしい。

「まあっ!」

女将は顔を凍らせ、

「どうして、そんなことに……? よくお噂してたんですよ。お若いのに舌が確かだって。こう言う場所柄でしょ。材料も料理のほうも、精一杯気をつかってるんですけど、それをわかってくださるお客さままでしたからね」

「そうなんですよ。いつだったか、わさびが足りなくなってね、ちょっと間にあわせたんですよ。いいえ、粉わさびなんぞ入れやしません。内緒ですがね。胡瓜《きゅうり》をすりおろして混ぜるんですよ。見た眼には絶対わかりゃしません。食べてわかるお客だって少ないんですが、あのお嬢さん、かなり酔っていらした。それで甘く見たわけじゃないんですが、一発で見抜かれましてね……。顔から火が出る思いをしましたよ」

主人は話しながら刺身を盛りつけて出した。

甘えびと紋甲《もんごう》いか、それに火を通したたらこをあられのようにまぶした白身の魚だった。

「この甘えびは、あのお嬢さんですと、ちっとばかし気がひけますねえ」

主人は首を傾けてみせた。

「どうしてですの？」

紗奈江は箸《はし》の先にわさびをとり、甘えびにつけて口に運んだ。舌の上にとろけるような甘さがひろがった。

「決して恥ずかしいもんじゃないんですが、甘えびのことを北陸では、赤えび、さんごえびと言いまして、眼がさめるような紅《べに》色が、新鮮さの決め手なんですよ。たらこ、まぶした魚、食べてみて下さい……」

主人は紗奈江に言った。

「美味しい……！」

見た目も美しかったが、ほどよくしまった身とたらこのツブツブの口当たりがなんとも美味しい。

「魚、なんだかわかりますか」

「わかるわ」

「わたし。わかんない」

オリビアが首をひねった。

「鱈《たら》でしょ。ちがうかしら」

「こちらのお嬢さんもたいしたもんだ。お客さんをテストするようなこと言って、勘弁して下さいよ。亡くなったお嬢さんで恥ずかしい思いをしてるものでね。あの人は舌も確かなら、器《うつわ》を見る目も普通じゃなかったですね。なあ、そうだろう?」

「そこいらの板前より、よっぽど確かですよ。由緒《ゆいしょ》正しいお料理屋さんのお嬢さんでしょ?」

女将が紗奈江の顔を覗き込んだ。

「ひとりでいらした時、そうお訊ねしたことがあるんですよ」

紗奈江は思わず息を詰めた。

「そしたら?……」

「笑って答えず。『安宅』って店の名でもわかって頂けると思いますが、あたしゃ、北陸は石川県の出身でしてね。あのお嬢さんの言葉のイントネーションは、間違いなく金沢だと思うね」

と、主人はいった。

紗奈江はたずねた。

「金沢によろず屋というか、万と言う字のつく料亭、あります？」

「よろず？　万？」

主人は首をひねった。

「そうよ。百、千、万の万。丸の中に万と言う字をかいた暖簾なの。柿色に黒で書いてある。幅が二メートルじゃきかないのよ。すごい立派な暖簾。あの暖簾は一流のお店だわ」

オリビアがからだを乗り出した。

「金沢で名の通ったお店と言うと、『つば甚《じん》』でしょ。大友楼《おおともろう》、金城楼《きんきろう》、金茶楼《きんさろう》、兼見《けんけん》御《お》亭《ちん》、山乃尾《やまのお》、加賀《かが》石亭《せきてい》、鷹《たか》の羽《は》、白蝶《しろちょう》、寺喜《てらき》、瓢亭《ひょうてい》……。万のつく料亭ってのは思い当たらないね」

主人は首をひねった。

5

「行ってみよう！」

桜小路が今すぐにでも駆け出しそうに言った。

「だって、こんな時間にやってるわけないでしょ？」

「金沢へ行こうと言うんだよ」

「ええっ。『安宅』へ行ってもっとくわしいお話を聞こうって言うのじゃないの？」

「そんな必要はないね。『安宅』のおやじが、シェリーは金沢の出身だ、自分が同じ地方の出身だから、言葉でわかる、味覚の確かさは子供の頃から鍛えられたものだと、断言したんだろ？」

「そりゃ、そう言ったけど、思い違いってことだってあるわ」

「いや、わたしは逆に思い当たったよ」

「何が？」

「暖簾だよ。暖簾の本場はなんと言っても京都だが、加賀暖簾と言って、金沢も昔から暖簾にはうるさい土地柄なんだ。それにシェリーの部屋に飾ってあったのは、柿色の暖簾だったね？」

「オリビアさんはそう言っていたわ」

「黄色がかった茶色、つまり柿染めと言うのは、古来、遊女屋、料亭など水商売に使われたのです」

「そうなの？」

「白地に墨文字《すみもじ》の暖簾は菓子屋、紺《こん》、藍《あい》色は呉服屋、茶色は薬種商、煙草商と相場が決まっていたものです」

「だからシェリーさんが金沢の料亭のお嬢さんだと決めつけるのは、ちょっと飛躍し過ぎるんじゃないかな？」

「この際、多少の飛躍は眼をつむろう。急ぐのだ。一刻を争う緊急事態なんだ」

「どうして？」

「考えてもみたまえ。『安宅』がどこにあると思う？」

「浅草三業地の中でしょ？」

「と言うことは、捜査本部のある浅草署の近くだ。被害者が金沢の料亭の出身だと知られると、俄然《がぜん》、例の暖簾がクローズアップされてくる。捜査の刑事が金沢へ飛ぶ。被害者の身元が割れる。事件は解決だ。わたしがあなたをマークしていた意味はなくなってしまうではありませんか」

桜小路は一気にまくしたてた。

「ちょっと待ってよ」

紗奈江は両手で制した。

マンション近くの喫茶店。

起き抜けに捜査本部へ電話すると、桜小路がすっ飛んで来た。そこまではいいのだが、
昨夜、『安宅』で聞いた話をしたところ、

――行ってみよう！

になったのだ。

「捜査の刑事が金沢に飛ぶって、ひとごとみたいに言ってるけど、捜査本部でわけを話して桜小路さんが出張するのじゃないの？」

「わたしになんか出張させてくれないね。わけを話したら、まず百パーセント船越刑事が出張することになる」

「どうして？」

「わたしに捜査能力があると思ってくれる上司は、残念ながら警視庁捜査一課長はもちろん、傘下《さんか》百一警察署に、一人として存在しない」

「じゃあ、金沢へ行く出張費用はどうするの？」

「もちろん自前ですよ」

「金沢まで交通費だけでも、往復三万じゃきかないわよ」

「安いものです」

桜小路は涼しい顔で言った。

「そんなにお金持ちなの？」

「金はありませんがね。京都の家の土蔵に古文書がぎっしりつまっています。わたしの祖先が暇つぶしに、源氏物語とか万葉集《まんにようしゆう》とかを書き写したものですが、そんな大物を売るまでもないでしょう。紫式部《むらさきしきぶ》の短冊を一枚売れば、出張費用の十回や二十回分、簡単に捻《ひね》り出せます」

桜小路は平然と言い放った。

「紫式部？」

紗奈江は目をまるくした。

「ええ。清少納言《せいしょうなごん》の短冊も源義経《みなもとのよしつね》の色紙もあります。桜小路家にはミーチャンハーチャンの血が流れているようでして、有名人とみると手当たり次第にサインをせがんだのです。平安時代からこっち、京都や御所に関係のあった有名人はひとり残らずコレクションしています。色紙や短冊が長持ちに十棹《さお》やそこらじゃきかないんじゃないですか」

桜小路はあくまでも冷静であった。

そんな結構な身分なら、何を好き好んで刑事なんかしてるの？

のどまで出掛かった言葉を、紗奈江はかろうじて飲み込んだ。

桜小路家は平安時代の昔、代々、京の都の治安を守る検非違使《けびいし》だった。ところが、公家とは言うものの、家柄が低いため検非違使の庁でも最下級の役職しか与えられなかった。

桜小路家の悲願は、いつの日か現代の検非違使、警視庁の捜査一課長を一家から出すことなのだ。

桜小路は京都大学法学部を優秀な成績で卒業している。そのつもりなら国家公務員I種試験に合格し、キャリアの警察官僚になれたのだが、それだと警視庁捜査一課長になれない。桜小路一門の期待を一身に担《にな》い、一介の刑事になったのだ。

優秀な警察官僚になると、どうして捜査一課長になれないのか。

それには我が国の警察機構の成り立ちが深く関わっているのだが、キャリアの警察官僚は出世専門、幹部要員であり、事件捜査のような現場の実務はノンキャリアがおこなう。

おなじ警察でも、国家の存立を危うくする公安部門はキャリア、泥棒や殺人など刑事部門はノンキャリアと棲《す》み分けができている。

つまり警視庁捜査一課長はノンキャリアのポストであり、キャリアには絶対わたさない。それが不文律になっている。

だから、桜小路は京都大学法学部を卒業したにもかかわらず、ノンキャリアの道を選んだ。

桜小路一族から警視庁捜査一課長を出す。

その悲願達成のためにも、難事件を解決して、名刑事の評判をとらねばならない。

桜小路にとっては銭金《ぜにかね》など問題ではない。

今度の事件を解決しなければ、能力ゼロ、捜査一課のお荷物の烙印《らくいん》を押され、他の部署へ飛ばされかねないのだ。

「一緒に行ってくれ！　このとおりだ」

桜小路は両手を合わせた。

「無駄足を踏むだけだと思うけど……」

「いや、金沢へ行けば絶対に何かを摑める。行ってくれますね」

桜小路はレジ横のピンク電話へ立って行った。二、三本電話をかけて戻ってくると、

「役所のほうは休暇をとった。小松《こまつ》行、全日空七五五便、十三時五十五分発を予約した。今からなら充分まにあう。さあ、行きましょう。善はいそげだ」

顔面を強張らせて、伝票を摘《つま》みあげた。

6

「あの松林が安宅の関跡です」

桜小路が指をさした。小松空港から乗ったタクシーが北陸自動車道の小松インターを入ろうとする手前、左手に少し離れて松林がつづいていた。

「浅草の小料理屋さんは、この安宅をお店の名前にしたのね」

「弁慶が勧進帳《かんじんちょう》を読みあげて、源義経を救った安宅の関ですよ」

桜小路はそう説明し、

「源義経だがね、壇《だん》の浦《うら》で平家を滅ぼした後、朝廷から賜《たまわ》った位が検非違使・左衛門《さえもん》少尉《しょう》《じょう》だった……」

羨《うらや》ましそうに言った。

「少尉じゃたいした位じゃないのでしょう？」

「正七位上だから、官位としてはそれほど高いとは言えませんが、桜小路家は代々、左衛門大志《だいさかん》でした。これは正八位下です。公家の桜小路家が武士の義経より下なんだから、情けなくてね……」

桜小路はほとんど泣きそうな顔つきになっていた。

「だって、義経は一《いち》の谷《たに》、屋島《やしま》、壇の浦と平家を追い詰めたのでしょう？　当時の大スターだったし、桜小路家はお公家さんと言うだけのことなのですもの、仕方ないと思うけど」

「客観的にはその通りだが、当事者にとってはなんとも屈辱的でならなかったのです」

桜小路は検非違使の官位をながながと語った。

紗奈江にとっては、全く興味のないことだったが、左衛門の尉には大尉と少尉があり、大スターの義経でさえ、任じられたのは低いほうの少尉であった。桜小路がその検非違使にこだわるのは、都の治安をまもる役職で、現在の警視庁捜査一課長にあたるらしい。

むかし左衛門の尉、いま捜査一課長。

その地位になろうと、桜小路家は平安時代の昔から、千年以上も願いつづけて、いまだに果たすことができないでいると言うのだ。

「それはいいけど、金沢に着いてから何をするの？」

タクシーは北陸自動車道をフルスピードで金沢に向かっていた。左の車窓に日本海がひろがっている。十一月中旬の日本海は、明るい秋の日差しを浴び、のどかなうねりを繰返していた。

「機内で調べたのだが、ホテル百万《ひやくまん》と言うのがある。金沢は加賀百万石の城下町ですからね。百万とか万灯《まんとう》、万福《まんぷく》。万のつく料亭や旅館がたくさんあると思う。そうだ、金沢から白山《はくさん》のほうへ入ったところに鶴来《つるぎ》温泉と言うのがあって、そこには万寿荘《まんじゆそう》と言う高級旅館がある。そう言う店をしらみつぶしに足で捜査しましょう」

桜小路は胸を張った。

そう言えばジェット機の中で、桜小路は時刻表の後ろに付いている旅館の一覧表を見つめて、メモをとっていた。あれが調べたうちに入るのだろうか？

「その程度だったら、わざわざ来なくたって、東京から電話で問い合わせればすんだのじゃないかしら？」

「いや、捜査は足で稼ぐものなのです」

桜小路はあくまでも大真面目だった。

タクシーは金沢西インターで、自動車道を下りた。刈り入れのすんだ加賀平野を突っ切り、市街地へ入った。

「ホテル百万へやってくれ」

桜小路は重々しく運転手に命じた。

タクシーは金沢切っての繁華街・香林坊《こうりんぼう》へさしかかった。加賀百万石の城下町も時代の波には抗しきれないのか、ビルの建ち並ぶ近代的な町並みに変わっていた。

ホテル百万は繁華街の裏手にあった。

紗奈江はひと目みて、首を振った。

暖簾とは縁のなさそうな旅館だった。オリビアが見たと言う暖簾は、二間幅のリビングルームの壁いっぱいの大きさだった。

丈《たけ》は人間の身長ぐらいあったと言う。

暖簾には一定の様式があり、人の背丈ほどあったとすれば、長暖簾だろう。丈は鯨尺《くじらじやく》の五尺二寸、一メートル六十センチだ。

横幅は布を三、五、七とつなぎあわせる。七巾《はば》とすれば三メートル近い。

柿色に墨で、丸に万の字が書かれてあった。

ホテル百万の玄関にその大きさの暖簾を掛けると、暖簾負けしそうであった。

「さあ、暖簾でしたら尾張町《おわりちょう》に多いと思いますけど……、岡万《おかまん》さんなんかですと、そう言う暖簾が似合うんと違いますすか」

桜小路が旅館の玄関で訊ねるのへ、番頭ふうの男が答えた。

「金沢の料理屋か旅館で、娘さんが家出をしたまま、消息がわからんと言う話を聞いていませんか」

「聞きませんか」

番頭ふうは首をひねった。ひねるだけでなく、いぶかしそうな目付きで、紗奈江と桜小路を見比べている。

桜小路は品のいい紳士だし、着ているスーツも高価なものだし、ネクタイやカフスぼたんも垢抜《あかぬ》けしている。一見、大会社の部長タイプ、紗奈江は普段着のままやって来たが、それでも水商売と知れる派手な服だ。ふたりの組み合わせが自然とは言えないところへもって来て、桜小路が警察手帳を見せた。水商売の女を連れて、捜査に当たる刑事がいるだろうか。

「部長、岡万を当たってみましょう」

紗奈江は婦人警官の口調で言った。下手をすると、地元の警察へ通報される恐れがある。

紗奈江のほうは一向にかまわないが、桜小路は表向き休暇中なのだ。

女性同伴で見当違いの捜査をしているとなったら、窓際刑事はそれ見たことかと、窓の外へほうりだされてしまう。

「うん。そうしよう……」

桜小路はばつが悪そうに肯《うなず》いた。

『岡万』では、桜小路ひとりが入って行くことにした。

尾張町は金沢藩主・前田利家《まえだとしいえ》が城下町をひらいたとき、故郷の尾張から商人を招いて造った町だとかで、加賀藩御用達の格の高い店が多いのだが、岡万から出てきた桜小路はがっくりと肩を落としていた。

「丸に万なんて暖簾は見たことがないそうだ。だが、浅野川《あさのがわ》を渡った向かい側に東の廓《くるわ》と言うのがある。そこへ行ってみろと言うのだがね」

桜小路は気のない口調で言った。足で稼ぐのが捜査だと胸を張ってから、三十分とたっていないのに、絶望の二文字が顔に浮き出ていた。

「それよりも加賀暖簾と言うのがあるほどなんだから、その製造元の暖簾屋さんへ行って、丸に万と染めた暖簾の注文を受けたことがあるかどうか、聞いてみましょうよ」

「なるほど、そのほうが話が早そうだ」

「でも、暖簾だけを扱っているお店ってあるのかしら?」

「伝統的な工芸品なのだから、県か市の物産館で聞けばわかるだろう」

「じゃあ、物産館がどこにあるか聞いてみるわ」

紗奈江はすぐ近くにあった本屋へ入った。その紗奈江の眼に、『暖簾の伝統美』と言う本がとまった。

桜小路が物産館の場所を訊ねているのを横目に、本をめくってみた。週刊誌よりふたまわりほど大きいカラー印刷の豪華本だった。十ページほどめくって、紗奈江ははっと目をこらした。

柿色に墨で丸の中に万と染めた暖簾が、大きく出ていたのだ。

「桜小路さん！」

思わず大声で呼んだ。店の人が驚いて紗奈江を見つめるほど、大きな声を出していた。

「どうした……」

桜小路は開いたページに眼をやり、

「…………」

息を飲んだ。

七巾の長暖簾だった。

よく見ると、正確には万ではなかった。オリビアが万と間違えたのも無理は無い。現に紗奈江も万だと思ったのだ。

――一力《いちりき》　元禄《げんろく》年間（一六八八～一七〇四）創業。十二代、三百年の歴史をもつ料亭の老舗《しにせ》。祇園《ぎおん》町南側に渋い色あいのべんがら壁をみせる大きなつくり、表口にかかる長暖簾は麻地七巾の柿色染に、墨一色で丸に一力をしるし、老舗の風格をみせている。

写真の横にそう解説されていた。

「万じゃなかったのよ。一力だったんだわ」

「これだ、間違いない」

一と力の字がくっついていた。それが万と読ませたのだった。

「買うんでしょ？」

桜小路は紗奈江の手から奪いとるように、その本をレジに持って行った。

金沢で発行された本ではなかった。東京の新聞社から出版されていた。

「高い本ね。二人分の往復の飛行機代、タクシー代なんか入れたら、十万円以上したんじゃない？」

定価は二千円だった。二人で金沢まで飛んできた唯一の収穫は、東京の書店で手に入る本一冊であった。

7

「このやまは、わたしが貰った。捜査本部なんかへ渡すものか。京都へ行こう」

桜小路は頬を引きつらせて言った。

「ちょっと待ってよ。オリビアさんが見た暖簾は、これと同じものだと思うけど、まさか京都の一力へ乗り込むつもりじゃないでしょうね？」

「まさか！　いくらわたしだって、そこまで幼稚じゃない。京都のわたしの家に腰を据《す》えて、日本全国の一力と言う店へ電話で問い合わせるんです」

「それだったら、なにも京都でなくたって、金沢のホテルの電話ですむのじゃない？」

「しかし、敵は日本全国の一力ですよ。何千軒、何万軒あるかわからないでしょう？」

「一力は何千、何万かも知れないけれど、あんな立派な暖簾を持っている一力となると、数が限られると思うわ」

「なるほど……」

「桜小路さんは京都の名門だから、祇園の一力へ問い合わせたら、知ってることは教えて下さるんじゃない？　同じような暖簾を使ってるんだから、案外、暖簾分けしたお店かも知れないわよ」

「よし、ホテルへ行こう」

桜小路は紗奈江の手を引っ張るように、金沢駅前のホテルへ入り、シングルの部屋を二つとると、電話にかじりついた。

結果はあっけないほど簡単だった。

「越前大野《えちぜんおおの》の一力の一人娘が四年ほど前から家出をして、八方手をつくしても見つからないので、養子を貰うことにしたとか聞いたそうです」

と、桜小路は紗奈江にいった。

最初に電話をした一力がそう教えてくれたのだ。

「越前大野なら、ここから近いわ」

紗奈江は時刻表の地図を開いた。

福井から越美北線《えつみほくせん》で一時間ほど入った山の中に、小さな町がある。福井県に七つある市のひとつで、〝越前の小京都〟と呼ばれる古い城下町であった。

桜小路は越前大野の『一力』のナンバーをプッシュした。

「待って。わたしが話すわ」

紗奈江は桜小路から受話器をとった。

「突然のお電話で失礼とは思いますが、東京の者で四宮紗奈江と申します……」

そちらのお嬢さんではないかと思う人物に心当たりがある。年齢が二十三歳くらい、身長百六十三センチ、ふっくらした顔立ちで色白、一力の暖簾を持っている、と丁重《ていちょう》に告げた。

「わたくしどもの暖簾を持っているのでございますか」

相手の声が変わった。

「柿色の地に丸に一力と墨一色で染めたものです。ちょっと見には百、千、万の万の字のように見えるのですが……」

「それでしたら間違いなく、うちの娘でございます」

受話器から伝わって来る声に、すがるような切なさが響き、

「わたくし、鶴丸豊美《つるまるとよみ》の母でございます。すぐにでも豊美を迎えにまいりますが、どちらへ伺えばよろしいのでしょうか……」

「こちらからお伺いします。ですけど、この電話がありましたことを、わたしがお伺いするまで、誰にも話さないで頂きたいのです」

「それで、いつおいで頂けますのでしょうか？」

「今、金沢におりますので、二時間か三時間ほどで……」

紗奈江は横で耳を澄ましている桜小路に目配せした。桜小路はうなずいた。

ホテルの部屋を二つも取ったのが、無駄になりそうであった。今日はすること為すこと、無駄の連続らしい。

受話器を置くと、二人は反射的に立ち上がった。

福井までが特急で一時間弱、福井からの越美北線は列車の本数が少なそうなので、バスかタクシーになるが、それが約一時間。そんなに遅くならないうちに着けそうであった。

「どうして誰にも言うなと釘を刺したのですか」

福井に向かう列車の中で桜小路が訊ねた。

「この事件はお家騒動の匂いがするわ。犯人は暖簾を持って逃げたでしょ。シェリーさんが一人娘で、養子を貰うと言ってたのだから、多分、犯人は近いところにいると思うの」

「なるほど……」

「犯人はやくざっぽい男で、頭を角刈りにしてたわ。シェリーの傷が背中まで通っていた、柳刃の刺身包丁らしいのでしょ。そこから考えて、板前じゃないかと思うんだけど」

「そうか。板前ってのは外見がやくざっぽく見えるな」

「指紋も残っていたのでしょ。としたら、この事件はシェリーさんの身元が割れさえすれば、それで解決なのよ。桜小路さんが電話で警察のけの字でも口にしたら、犯人は逃げるか、観念して自殺するんじゃないかしら。それで、わたしが電話したのよ」

「君は名探偵だ……」

桜小路は呻《うめ》くようにいった。

「ごく常識的な推理だと思うけど……」

謙遜《けんそん》したわけではない。

紗奈江はオリビアの言葉を信じた。『安宅』の主人たちの言ったことを疑わなかった。

それだけのことだと思っている。

8

福井からタクシーを飛ばして、越前大野に着いたのは夜の八時少し過ぎだった。

料理旅館『一力』は、城山の麓《ふもと》に豪壮な門を構えていた。門には柿色染の暖簾が掛かり、丸に一力と書かれていた。うっかり見ると〝万〟としか思えない。門を入ると、広い前庭があり、その奥に見るからに格式の高そうな二階建ての数寄屋ふうの母屋《おもや》があった。

「お待ちしておりました……」

シェリーの母が玄関の式台《しきだい》に正座して迎えた。五十年配の上品そうな婦人だった。

紗奈江と桜小路は奥座敷に通された。

「豊美はどうしておりますでしょうか」

婦人は何よりも気掛かりだという表情で訊ねた。

「この写真は確かにお嬢さんですか」

桜小路がポケットからシェリーの上半身の写真を取り出した。『チェックメイト・キング』で履歴書と一緒に保管していた写真であった。

ソープランドではポラロイドカメラで顔写真を撮り、履歴書と一緒に保管するのが規則になっている。警察と保健所の行政指導で、なかば義務になっているのだ。

「豊美！……」

シェリーの母はその写真を見ただけで涙ぐんだ。

「くわしくお話しますが、その前にこの十一月六日、こちらさまに近しい方で、東京へ行かれた人はいらっしゃいませんか」

紗奈江が訊ねた。

「わたくしどもに近しいと申しますと……」

「例えば、こちらの板前さんかどなたかですが……」

「それでしたら、うちの花板をしております新見《にいみ》が、豊美を探しに東京へ行っておりましたけど……」

「その人はこの店にいますか？」

桜小路がからだを乗り出すようにたずねた。

「調理場にいると思いますが……」

「おそれいります。その板前さんを呼んで頂きたいのです」

「お安いご用ですが、何か？……」

「わけはこの四宮さんがお話します。わたしをその板前に会わせて下さい」

桜小路は立ち上がり、シェリーの母を促《うなが》した。

シェリーの母と桜小路は部屋を出て行った。紗奈江は重苦しい気分でシェリーの母が戻って来るのを待った。嫌な役目を受け持たされた。シェリーの母が戻ってくるのが、ひどく辛《つら》い。

シェリーは、いや豊美はもうこの世にいない。そう告げなければならないと思うと、この場から逃げ出したい気持がする。

だが、母親はなかなか戻って来なかった。

調理場だろうか、大きな声がした。廊下を走る物音が響いた。

紗奈江は立ち上がり、閉められていた障子を開けた。外はよく手入れされた庭であった。投光機が植え込みを照らしている。その光の中に背の高い角刈りの男と桜小路が飛び出して来た。桜小路が追いすがり、男の襟首を摑んだと思うと、男は鮮やかな弧《こ》を描いて宙に舞った。

男は枝ぶりの見事な松の幹にぶつかり、うっすらと苔《こけ》の生えた庭に倒れ落ちた。

桜小路が飛びかかって行った。

男のからだの上に馬乗りになり、手を捩《ねじ》り上げたかと思うと、手首に手錠をはめていた。

手錠が投光機の光を浴び、きらりと光った。桜小路は男から離れ、軽く息を整えた。

そうした一連の動きが、映画か何かのように見えた。桜小路の刑事らしい姿を、紗奈江は初めて見たと思う。

9

「逮捕状もなしに、大丈夫なの？」

犯人の新見の身柄を地元の警察に預け、別の旅館に落ち着いた紗奈江は、桜小路にたずねた。

板前の新見を逮捕すると、桜小路は捜査本部へ電話を入れた。

「吉原特殊浴場殺人事件の犯人を逮捕しました」

桜小路は得意満面で報告した。

捜査本部は藪《やぶ》から棒の報告に、面食らっているようだった。警視庁捜査一課のお荷物刑事、桜小路資朝が休暇の最中に事件を解決したのだ。

それも、犯人逮捕なのだ。文句なしの殊勲甲《しゅくんこう》であった。

「大丈夫ですよ。わたしはお荷物の窓際刑事だが、警察官としての地位だけは、警部補と高いのですよ。捜査の実務に当たらせてもらえないので、勉強する時間だけは充分過ぎるほどある。だから、昇進試験はいつも成績が抜群なんだ。平の刑事だと、逮捕状なしで逮捕することは違法だが、部長刑事から上は司法警察職員と言ってね、緊急逮捕の職権を任《まか》せられている」

桜小路はそう説明し、

「死刑または無期、もしくは長期三年以上の懲役、もしくは禁固にあたる罪を犯したことを疑うにたる充分な理由がある場合で、急速を要し、裁判官の逮捕状を求めることができないときは、その理由を告げて、被疑者を逮捕することができる。刑事訴訟法に明記されているのですよ」

桜小路は条文を暗唱するように言った。

暇を持て余し、源氏物語や万葉集を写本するしかなかった祖先と同じように、暇に恵まれるのは桜小路の家系の特徴かも知れない。

もっとも、これ以上、昇進試験を受けるのは、やぶへびの恐れがある。

警視庁捜査一課殺人班には、八つの係があり、ひとつの係は係長（警部）、主任（警部補）二人、部長刑事、刑事の計十二人で編成されている。

桜小路は捜査能力ゼロ、お荷物扱いされているが、それでも主任なのだ。もうひとつ昇進して、警部になると係長だ。係長が捜査能力ゼロでは、犯人検挙、事件解決どころか、係全員の士気に影響する。

警部に昇進すれば、いいとこ幸いとばかりに、他の部署、例えば警務厚生課とか、健康管理本部とかへ配属変えになるだろう。桜小路の上司はそれを期待して、手を替え品を替え昇進試験を受けるよう、勧告しているのだった。

桜小路にとってそのほうが出世だし、性に合っているのだが、検非違使の家柄の末裔《まつえい》としては、なにがなんでも捜査一課にしがみついていなければならないのだ。

それはともかく、犯人の板前、新見は越前大野きっての老舗、『一力』の養子になり、店を継ぐことが九割がた決まっていた。

シェリーの母は娘を探し出し、新見と結婚させることを望んでいた。新見はシェリーこと豊美を探し出すことを約束し、折につけては上京し、仲間の板前に頼んでシェリーを見つけ出した。だが、彼には恋仲の女がいた。

シェリーこと日野晴美、実は鶴丸豊美の気持が変わって、越前大野へ帰ってきたら、新見が『一力』を継ぐ話は立ち消えになってしまう。新見はシェリーが身元を明らかにするものを、暖簾以外に何ひとつ持っていないことを確かめた上、殺害を決意した。

「だけど、シェリーさんは二度と、この町に帰って来ないつもりだったのじゃないかな」

そうつぶやいた紗奈江に、

「それはどうかね。若い時はこう言う狭くて古風な町を嫌っても、少し分別がつくと落ち着いた暮らしがしたくなるものです。まして、店のシンボルとも言える暖簾を大事に持っていたのです。心の底では『一力』を愛していた。帰って来る日は近かったかも知れません。だからこそ、新見は殺そうとしたのじゃないですかね」

桜小路はしみじみとした声で言った。

紗奈江も同感だった。
四宮紗奈江、二十七歳。
夜の巷《ちまた》でからだを張って生きてることに、このところ苦痛を感じるようになっている。
紗奈江は窓を開けた。夜の風が身に滲《し》みる。冬の近さを思わせる冷たい風であった。

みちのく露天風呂殺人事件

1

若い女性たちの間で〝温泉ブーム〟が起こったのは、どうしてだろうか。

社会学や心理学の学者が、もっともらしい解説をしているが、ここでその理由を詮索する必要はない。

岩手県須沢《すざわ》温泉。

東北新幹線の一関《いちのせき》から、バスで五十分近く奥羽《おうう》山脈の奥深く入った秘湯だが、渓流ぞいの一軒宿は、若い華やかな女性で占領されていた。

東京吉原のソープランド従業員慰安旅行だった。

「まんず、宝塚《たからづか》が引っ越しして来たみてえだべな……」

彼女たちが着いたとき、宿の人たちは目を見張った。服も化粧も毒々しいほど派手だった。

渓谷の露天風呂は若い裸であふれ返った。

四月下旬、露天風呂の横の桜の古木《こぼく》が満開だったが、今を盛りと咲き誇っている花が色褪《あ》せて見えるほど、若い裸身は奔放《ほんぽう》で、底抜けに明るかった。

夜の宴会はそれに輪をかけたように壮烈であった。

酒が入ると、座は乱れた。歌う者、踊る者、わめく者、泣く者、宿の浴衣を脱ぎ捨て、宴会場を裸が乱舞した。

乱痴気《らんちき》さわぎがおさまったのは、十一時を回ったころだ。全員が酔いつぶれたのだ。

山峡の一軒宿は静寂さをとり戻した。

その静寂が破られたのは、翌日の明け方であった。

露天風呂で悲鳴が起こった。

「誰か……、誰か来てえ……！」

叫んだソープ嬢は、露天風呂の脱衣場に座り込んだ。腰が抜けたのだ。

岩で囲った露天風呂からは、濛々《もうもう》と湯気が立ち昇っていたが、風が湯気を吹きはらい、湯気の底から若い女性の姿が浮きあがった。

女性は半ば沈むように、湯の中でたゆたっていた。長い髪の毛が藻《も》のように揺れた。

だが、それ以上に異様だったのは、三十人ほどが入れる広い露天風呂の表面が、脂《あぶら》でギラギラと光っていたことだ。

腰を折る恰好で沈んでいる女性は、全身が赤くただれていた。

その腰のあたりに、真新しい旅館のタオルが引っかかっている。タオルの白さが、赤く爛《ただ》れた肌の不気味さを引き立たせていた。

悲鳴を聞いて駆けつけた宿の主人が、露天風呂を一目見ただけで、

「水の取り入れ口を開けておいてくれと、あれほど注意しただに……」

愕然《がくぜん》とした表情でつぶやいた。

露天風呂は煮えたぎる熱湯になっていた。

九十数度という高熱泉なのだ。渓流の水が取り入れ口から流れ込むようになっている。

その取り入れ口がふさがれていた。

九十数度の高熱泉に渓流の水が流れ込み、人の入れる温度に下がる。水の取り入れ口が閉まると、露天風呂は熱湯になってしまう。

「酔っぱらって入っただよ。取り入れ口をふさいで、そのまま寝てしまっただ。これじゃ人間スープだべ……」

宿の主人は取り入れ口を開け、用心深くその女性の手首を摑んで引きずり上げた。

その手がずるりと滑《すべ》った。

女性の手首の皮が剝《む》けたのだ。女のからだは湯の中で反転した。

宿の主人が摑みそこねた右腕から肩、乳房にかけての皮膚がずり剝け、肉が細《こま》かく砕けて湯の中に散らばった。

「お湯を抜くしかない……」

宿の主人は首を振った。

露天風呂の底に太い木の栓《せん》がはめこまれていた。だが、それを抜くためには、渓流の水で温泉がぬるくなるのを、待つしかなかった。

その頃には、騒ぎを聞きつけたソープ嬢が起き出て来て、露天風呂の周《まわ》りを取り囲んでいた。

「誰なの……?」

「わたしたちのグループとは違うわ。一人で来ていたお客なんだって……」

「こんな山の中の温泉へ一人で来る女性がいるの?」

「この温泉、テレビで紹介されたからね。新幹線で上野《うえの》から二時間半で来れるし……」

九十数度の高熱泉の中で、赤くただれた裸身が揺れている。

その裸身に渓流の冷たい水がふれると、その部分だけが白く色が変わった。

からだ全体から脂が抜け落ち、太腿のあたりは細っそりとなってしまっていた。

「まるで、人間のだしがらじゃんか……」

「気味悪いよ。部屋へ帰って寝なおそ!」

そこへ知らせを受けた警察が駆けつけた。

一時は殺人事件かと、色めき立ったが、その女性の部屋に、先週号の写真週刊誌『ファインダー』が置かれてあった。

《検挙されたソープランドに咲いた姫百合一輪！》

新宿歌舞伎町《かぶきちょう》のソープランド『ノートルダム』が検挙される写真が出ていた。

両手をひろげて、そのまま動くなと制止する刑事の肩越しに、ソープランドの事務所を写したものであった。

店長が中腰になって、ぽかーんと口をあけている。その店長と向かい合って、私服姿の彼女が写っていた。


《ソープランドに警察の手が入るのは珍しくない。そのソープランドに女子大生が働いているのも、今や何の話題にもならない。

だが、その女子大生が、お嬢さん学校で知られる名門中の名門、姫百合女子大生となると、いささか話が違ってくる。

翔《と》んでる女子大生が珍しくない昨今でも、姫百合だけはと思うのが常識だが、現実はかくもきびしい。姫百合女子大生にもソープ嬢は存在したのだ。いや、正確に言うとソープ嬢予備軍というべきか。彼女は面接に訪れたところを、不幸にも警察の手入れに遭遇、当日、出勤していたソープ嬢とともに、警察へ連行される羽目になったのである。》

彼女の顔には細い目隠しが入れてあったが、その写真の上に、

——こんなことを書かれたのでは、生きて行けません！

書き置きと思える走り書きがあった。

女性の名は恒川貴子《つねかわたかこ》、二十歳。

昨日の午後三時ごろ、予約したうえで訪れ、部屋に引きこもったまま、淋しそうに渓谷を眺めて過ごした。

夜の九時ごろ、日本酒をお銚子で七本取り寄せ、コップであおったらしい。

冷蔵庫の中のビールが三本とウイスキーの小瓶が一本、空になっていた。

「自殺だな……」

駆けつけた刑事はそう断定し、宿の主人から簡単な調書をとって、帰って行った。

昨夜、その宿を利用したのは、貴子のほかソープランド一行だけであった。吉原の『ブルーキャナリー』系列三店のソープ嬢六十五名と男子従業員九名、それに経営者の柳田幸生《やなぎだゆきお》の七十五名だ。

ソープランドとソープ嬢予備軍。

刑事は疑問を感じたらしく、柳田からも事情を聞いたが、柳田の店と『ノートルダム』は、同業とはいうものの、何の関係もなかった。

刑事が帰った後で、宿の仲居が、

「亡くなった女の人の部屋の備えつけのコップが一つ、なくなってましたけど……」

宿の主人に告げた。

「コップ一つぐらい、どうと言うこともねえべさ」

主人は取り合わなかった。

主人は露天風呂の掃除に気持を奪われていた。岩風呂に脂がべっとりとくっついていた。早く洗い流さなければならない。

奥羽山脈の奥深くにある渓谷の宿。ここの売り物は露天風呂だけなのだ。

午後には新しい団体がやって来る。それまでに掃除を終え、悪い噂が立つのをふせぎたかったのだ。

2

「でも、自殺だったのでしょ？」

四宮紗奈江は話を聞き終えると、大きく肩で息をついた。

「自殺ならもっと楽な方法がありますわ。第一、貴子が岩手県へ旅行したのは、これが初めてなんです。川の水でお湯加減を調節する温泉があるなんて、彼女の口から聞いたことがありません」

貴子の同級生だという吉永幸恵《よしながゆきえ》が、思いつめた表情で言った。

紗奈江と同じ店で働いているオリビアが連れて来たのだが、言うことに迷いがなかった。いまどきのお嬢さん学校の学生にしては、話の筋も通っていた。

色の白い細面《ほそおもて》がまぶしいほど若い。冷たく感じるほど整った顔立ちには、自信があふれ返っていた。

横からオリビアが、

「殺されたのにきまってる。考える余地なんかないわ」

ひどく断定的に言った。そのくせ、顔つきは澄ましたものだった。

オリビアはいつでもこうだ。面倒な話を持ち込んで来ては、後は紗奈江に任せっぱなし。任せると言えば聞こえがいいが、要するに無責任なのだ。

「事故死ってことだって考えられるんじゃない。酔ってお風呂の中で眠ってしまうことって、珍しくないのよ。家のお風呂で、火をつけっぱなしにしたまま寝込んで、同じようなことになった人の話を聞いた覚えがあるわ」

紗奈江は慎重であった。

風呂場はあれで危険地帯なのだ。火をつけっ放しにするのはともかく、脳溢血《のういっけつ》や心臓麻痺で亡くなるひとがいちばん多いのは家庭の浴槽だと、お昼のテレビで放映していた。湯殿なら倒れただけですむが、浴槽のなかだとからだがずり落ち、溺れて死ぬ。つまり、溺死というファクターが加わるのだ。

「それとは話が違います。あの露天風呂は渓流の水の取り入れ口を、いっぱいに開いても熱すぎるぐらいなのです。取り入れ口を閉めて、寝込んでしまうなんてことは考えられません」

幸恵が力説した。

「取り入れ口ってのは、針金でがっちりと固定してあったそうよ。何かの拍子《ひょうし》に閉じちゃうってこともないいんだって。殺した奴が閉めたんだよ。それに、マンションのお風呂と違って温泉だろ？　夜中だからって、誰が入りに来るかわからないもんね。偶然、誰も来なかったから、煮えたような姿で発見されたけど、実際は殺した上で温泉に寝かしておいたんだと思うな」

と、これはオリビア。

「誰が殺したって言うのよ？」

「それを探しだすのが、紗奈江姐さんじゃないの」

「無茶言わないでよ。須沢温泉なんて、わたし行ったことがないのよ。貴子さんって人も知らないし、警察が自殺で処理したのを、どうやって探し出すの？」

「手柄《てがら》を立てたくて、うずうずしてる刑事さんがいるじゃないの」

「それこそ無茶だわ。桜小路さんは東京の警視庁の刑事なの。岩手県の事件に首を突っ込むことなんか出来ない。警察にだって縄張りがあるんだから……」

「だけど、あの刑事さんは乗ってくるんじゃない？　いま頃はもう、タクシーでここへ向かっていると思うけど……」

横目に紗奈江を見つめて、悪戯《いたずら》っぽくウインクした。

「あなた、電話したのね……？」

紗奈江が呆れた顔を作ったとき、チャイムが鳴った。

「ほら、来たわ。さ、話は決まった。幸恵さん、もう大丈夫よ。紗奈江姐さんは警視庁でさえ一目《いちもく》も二目《にもく》も置く名探偵なの。刑事さんはおっちょこちょいのお人良し。ふたりに任しておけば、万事オーケー、間違いなしなんだから」

オリビアはソファから立ちあがり、

「じゃあ、お願いしたわよ」

ハンドバッグを摑むと、玄関へ立って行った。

オリビアと入れ替わりに、

「面白い事件だそうですな。是非、わたしに一枚、嚙ませて下さい」

声から先に桜小路が入って来た。

鶴のような痩身、仕立てのよいスーツ。気品だけは全身から溢れ返っている。それもそのはず、平安時代からつづくお公家さんの家柄なのだ。

「吉永幸恵と申します。姫百合女子大に在学していますが、何としても解決して頂きたい事件なのです」

幸恵はバネ仕掛けの人形のように飛び上がり、最敬礼をした。

スカートが揺れた。幸恵の膝の斜め下にかすかな痣《あざ》があった。肌の色が白いだけに、痣が目立った。

紗奈江は溜息をつく思いで、キッチンへ立って行った。

オリビアが勝手に呼んだのだが、来てしまった以上、お茶ぐらい入れないわけにはいかない。

「どうせのことなら、コーヒーを頂きましょう。結構なマンションですな。よく片づいているし、インテリアの趣味がいい。紗奈江姐さんの人柄のほどがにじみ出ている……」

桜小路は調子のいいことを言いながら、

「で、事件というのは？」

コーナーになったソファに浅く腰をかけ、からだを乗りだして幸恵に訊ねた。

「これなのです……」

幸恵は『ファインダー』を開いて差し出した。

「なに？　ソープランドに咲いた姫百合一輪……？」

「これは何かの間違いなんです。貴子はソープランドなんかへ面接に行くような子じゃないんです」

幸恵は全身で訴えはじめた。

露天風呂で人間スープになって死んだ恒川貴子は、母が銀座の高級クラブを経営している。政財界の実力者の利用する一流の店で、貴子は子供のころから、きびしく躾《しつ》けられた。その貴子が、どういう間違いなのか、こんなスキャンダラスな写真を撮《と》られ、その十日ほど後《のち》に、岩手県の山の奥の温泉で、考えられない〃自殺〃をした。

自殺でも事故死でもなく、誰かに殺されたのに違いないと言うのだ。

「知らせを受けて、あなたは貴子さんのお母さんと一緒に、須沢温泉へ行ったのでしたね？」

「はい。貴子が死んでいた露天風呂をくわしく見て来ました」

「自殺をすることは考えられないと、現地の警察に力説なさったそうですね？」

「はい」

「向こうの警察は、念のため死体を解剖したそうです。最初、殺しだと思ったので、部屋の指紋もとっていたし、遺留品などの保管もきちんとしていたそうです。あとは私と紗奈江さんに任せて下さい。納得の行くように捜査します」

桜小路はめずらしく筋の通ったことを言い、

「捜査の進展状況によって、もう一度、お話をうかがうことになるかも知れません。今日のところは、これで引き取ってください」

幸恵を玄関へ送り出した。

3

「今のお嬢さんには言えなかったのですが、被害者は妊娠していたのですよ。四カ月だったそうです」

紗奈江と二人になると、桜小路は痛ましそうな表情で言った。

「躾けのきびしいお嬢さんが、親にも友達にもかくしてボーイフレンドとよろしくやっていたわけ……？」

「最近のお嬢さんですから、その程度のことはめずらしくないでしょう」

「今の子もデリカシーがないわ。ソープランドなんかって言ったけど、わたしもオリビアも、ソープランドで働いているのよ。頼みに来て、あんな言い方ってないと思うわ」

「ま、それも許してやって下さい」

「いやに肩を持つのね？」

「まだ、世の中を知らないのですから……」

「世の中を知らないから、軽い気持でアルバイトでもしようと、ソープランドへ面接に行った。そう考えることは出来ない？」

「そういうこともあるかも知れないが、彼女の場合は違うね。妊娠していた。それも四カ月だ。アルバイトよりも、お腹の子供をどうするか、そちらのほうが先決問題だった」

「そうね。温泉旅行してるぐらいだから、中絶の費用を稼がなくちゃならないほど、切羽《せっぱ》つまったわけでもなさそうね」

「須沢温泉へ行きましょう。現場の警察も不審だと言っています。わたしの勘では、殺しの匂いがする」

　桜小路はもう現地へ行く気になっていた。

　オリビアが言ったように、おっちょこちょいでお人良し。後先考えずに現地へ飛んで行きたがる。

紗奈江の見るところ、捜査能力ゼロに近いのだが、家柄が家柄なので、京都の実家の土蔵には、貴重な古文書や歴史上の有名人の色紙、短冊のたぐいがぎっしり詰まっている。

それを一つ売れば、国内はもちろん、海外出張の費用ぐらい、わけなく捻り出せる。

刑事の安月給など、桜小路にとっては鼻紙代のようなもので、捜査費用はすべて自費、金だけは湯水のように使える結構な身分なのだ。

「それよりも、気になることがあるの」

「さすが、紗奈江姐さんですな。もう、事件の核心を摑んでいる」

桜小路は途端にえびす顔になった。

「警察はソープランドの手入れをするとき、『ファインダー』のような雑誌に情報を流すの？」

「原則として、流しませんね」

「それが、どうして『ファインダー』に出たのかしら？　その写真を撮っているってことは、雑誌社が事前に手入れを知っていたわけでしょう？」

「そういう理屈ですな」

「それに、新宿の『ノートルダム』って言えば、ソープ業界の最大手なの。このクラスの店になると、手入れがあるって情報を摑んでいたと思うの……」

紗奈江はソープランドで働くようになって、六年が過ぎている。業界の裏も表も知りつくしていた。

「情報を摑むとどうするのですか？」

「慌《あわ》てて店を閉めちゃうところもあるわね。だけど、それっきりやめるのならともかく、この業界でつづけて行く気持だったら、警察の面子《めんつ》も立ててあげなくちゃあね……」

「具体的に言うとどうするのです？」

「政治家とか、しかるべき有力者に頼んで、揉《も》み消して貰うのも一つの方法ね。『ノートルダム』なんか、その点、抜け目がないんだけど、有力者にばかり顔を向けていると、現場の警察官の反感を買うわ」

「その通りです」

「三度に一度は、おとなしく手入れを受けて、その代わり、被害は最小限に、メリットは最大限に……。そういう方法がなくはないのよ」

「よく分かりませんな」

「警察の手入れをくっても、その日から営業停止になるわけじゃないのよ。裁判で判決が出て、東京都の公安委員会から行政処分を受ける。それから営業を停止するの。『ノートルダム』は、今のところ店を開けているわ。それも、大入り満員だって言うわ。この写真が出たからなのよ。姫百合女子大生が面接に来るソープランドですものね。これがＰＲ効果を果たしたのよ」

「すると、この写真週刊誌に情報を流したのは『ノートルダム』なのですか？」

「わたしは、そう思う。警察の手入れを逆手《さかて》にとって、店の宣伝をしたのよ。そのCMタレントに使われたのが、殺された貴子という女子大生だったのじゃないかな」

「…………」

桜小路は考え込んだ。

「岩手県の山奥の温泉へ出かける前に、恒川貴子って女性の身元を調べてみてよ。誰が『ノートルダム』へ行かせたのか？　行かせるには行かせるで、それ相応の理由があったはずだわ。仮にも姫百合女子大生なのよ。用もないのにソープランドへ行くわけがないでしょ。その事情を調べてから、温泉へ行っても遅くないわ」

「調べてみましょう」

桜小路はソファから立ち上がった。

紗奈江は桜小路を送り出すと、奥の部屋のベッドに倒れこんだ。

ひどく疲れた気分だった。

探偵めいたことには慣れているが、好きこのんでしているわけではない。それに、これまでの事件はすべて紗奈江の同僚やかつての知人が被害者だった。

ソープランドで働き、社会の屑《くず》のように思われ、あげくの果て、虫けらのように殺された。紗奈江自身がソープ嬢だから、殺された女の無念さは痛いほど分かる。それを晴らしてあげたくて、探偵の真似ごとをしたのだが、今度は違っていた。

《ソープランドへなんか、面接に行く子ではありません……》

幸恵の言った言葉が、胸の奥に引っ掛かって揺れている。

苦労を知らないお嬢さんなのだ。

殺された貴子もそうだ。ソープ嬢を自分とは別の人種のように考えている人のために、どうして苦労しなきゃならないのよ。

紗奈江の胸は、いつになくささくれだっていた。

4

「奇妙な話を聞いたのですがね……」

桜小路が言った。

一関へ向かう東北新幹線のグリーン車の中であった。

「……？」

「被害者の女性は、やはり『ノートルダム』へ面接に来たのではないそうです。広川文雄《ひろかわふみお》という男を訪ねて来たというのですよ」

「広川文雄って何者なの？」

「それが、『ノートルダム』の店長は、まったく思い当たりがないと言うんです。被害者の貴子は、八時にあの店の事務所で、広川文雄と待ち合わせる約束をしていると言ったそうなんだ。店長は、貴子が本当は応募して来たのだが、恥ずかしくて言い出せないため、そんなことを言ってると、勘違いしたらしい」

「ソープランドの事務所で待ち合わせるとしたら、広川と言う男性は『ノートルダム』の関係者か何かとしか考えられないけど？」

「ところが、店長はそんな名前に思い当たりがないと言うのです。事務所へ入れたのは、あの若さで美人でしょ。なんとか口説き落して、傭《やと》いたいと思ったからだと言うのですがね」

「貴子って女子大生はソープランドがどういう場所か知らなかったの？」

「そうだったようです。店長が言うのには、宮殿のようなところねって、珍しそうに店の中を見回していたと……」

「すると、広川は警察の手入れがあるのを知っていて、貴子さんを『ノートルダム』へ来させたのかしら……？」

「手入れだが、やはり経営者は知っていた。『ファインダー』に写真を出してくれと頼んでいた」

「だったら、『ノートルダム』の経営者が、広川って変名を使ったのじゃないの？」

「経営者は浅香《あさか》と言う、クラブやラブホテルなんかを、手広く経営している遣手《やりて》です」

「浅香さんなら、わたしも名前は聞いているわ。金融もしてるんじゃない？」

「その通りです。闇金融ですな。月三分の利子で、ソープランドなんかに貸付けている。噂だが貸付けている金は五十億は下らないそうだ」

「吉原にも浅香さんから借りて、店を出してる人が何人かいるわ」

ソープランドはひと頃ほど儲《もう》からなくなった。ファッション・ヘルスやイメージ・クラブと言った新手が次々と誕生したからだ。

金のある業者は、店をリースに出して、家賃をとる。浅香は家賃だけでなく、保証金を貸付け、その利子まで取り立てる。言ってみれば二重に儲けている。

「恒川貴子が死んだ日に、須沢温泉へ従業員慰安旅行をしていたソープランドも、浅香が金を貸しているらしいね」

「あそこは違うのじゃない？」

「じゃあ、わたしの聞き違いかな？」

「ちょっと待ってよ……！」

紗奈江はからだを起こした。座っていたグリーン車のシートが、弾みでがたりと音をたてた。

「どうかしましたか？」

「慰安旅行をしていたのは『ブルーキャナリー』って店よ。柳田って人が経営している。としは三十を少し出たばかりだけど、なかなかの遣手なの」

「それだったら間違いない。生活安全課の刑事から聞いたのは、そのブルーなんとかだった」

「……！」

「どうしたのです？」

「どうしたもないわよ……」

紗奈江は息をつめて、桜小路を見つめた。

「わたしが何かへまでもしましたか」

「須沢温泉なんか出かけることはなかったわ」

「どうして……？」

「浅香さんに会ったのでしょ？」

「会いましたよ」

「浅香さんは手広く事業をしてるから、『ファインダー』に話をつけて、写真を撮らせるなんてケチなことをするわけがないわ。誰にそんな知恵をつけられたか？　知恵をつけた男を聞くの。その男が犯人なのよ！」

「わたしだって、それくらいの頭は回りますよ。浅香に尋《たず》ねましたが、知恵をつけられたのは警察に出入りしている正体不明の男です。いわゆる〝情報屋〟ですな。『ノートルダム』の手入れの情報を持って行った。そのついでに、『ファインダー』の話をして行ったと言うのです」

夜の歓楽街に情報屋はつきものであった。警察の情報をソープランドに流したり、その逆の行為をしたり、稼ぎたがっているソープ嬢に流行っている店や、どの店がちかく警察に検挙されそうだと教えたり、夜の世界のあらゆる情報を売り物にしている男であった。

「じゃあ、貴子って女子大生のお腹の子供の父親は分かった？」

「その線は駄目でした。貴子の母親はクラブを経営している。家へ帰るのは、毎晩、明け方近くなってからだ。貴子に掛かってくる電話も知らないというのですが……」

桜小路はふと表情を引き締め、

「お腹の中の父親は分からないが、貴子の父親は分かった。誰だと思います？」

「クイズをしてる場合じゃないわ。誰だって言うの？」

「田坂智彦《たさかともひこ》ですよ」

「ほんと……！」

紗奈江は息を飲んだ。

東日本最大の暴力団の会長であった。

「貴子の母親から聞いたのです。田坂は貴子が妊娠していたと知って怒り狂っている。妊娠させた男を探し出して、東京湾へ沈めてやると言っているそうだ」

「じゃあ、やっぱり殺されたのだわ。お腹の子供の父親は、貴子さんに結婚を迫られていたのね。だけど、結婚できない事情があった。奥さんや子供がいたのかも知れないし、仮になかったとしても、田坂の眼鏡《めがね》にかなうような職業じゃなかったのだと思うわ」

紗奈江の脳裏《のうり》には、貴子を殺した犯人が浮かび上がっていた。

推理するまでもない。

貴子が泊まった日、須沢温泉にいた男は、『ブルーキャナリー』の柳田幸生と男子従業員の九人だけなのだ。

しかも、九人の従業員は考えに入れなくてよい。

ソープランドの男子従業員は勤務時間が長い。正午から翌日の午前三時すぎまで、こまねずみのように働いている。

休みも少ない。第一、姫百合女子大に通学するお嬢さんの嗜好《しこう》に合うタイプがいるだろうか？

その点、柳田幸生は女子大生に好かれそうなタイプだった。店は繁盛している。店長に任せておけばいい。柳田は一日の売上を集めるだけで、暇はありあまるほどある。

金にも困らない。

年齢《とし》は三十を出たばかり、金にあかして、頭のてっぺんから足の爪先まで、ブランド物で装っている。

世間を知らない貴子に、青年実業家と思わせることは簡単のはずだ。

柳田は貴子には広川と名乗っていた。

ソープランドの経営者によくあることだが、変名を使うのは珍しくなかった。

実際には何の役にも立たないのだが、後ろめたさのせいだろうか。変名を使ったり、マンションを別に借りたりする。一種の変身願望なのだろう。

柳田は深い気持もなく、貴子と知り合ったとき、広川と名乗った。

姫百合女子大のお嬢さん学生と、軽いアバンチュールを楽しむのに、ソープランドの社長では話にならないと考えたのかも知れない。

後になって、柳田は変名を使った幸運に胸をなでおろした。

貴子から妊娠を打ち明けられ、しかも、父親が田坂智彦だと知ったとき、これなら田坂から逃げることが出来る。なんとかなる！

そう自分に言い聞かせ、田坂から逃げ切る方法を、慎重に考えたのだ。

5

須沢温泉は空《す》いていた。

ウイークデーだった。

紗奈江と桜小路は、名物の露天風呂に何回も入った。それしか、することがなかったからだ。

渓流は緑につつまれていた。目のさめるような新緑であった。

「やはり、現場は踏んでみるものです。いくつかの疑問点を摑みましたよ」

露天風呂に浸《つ》かりながら、桜小路が満足そうに言った。

「まず、被害者の貴子ですが、そこの脱衣場に脱いであったのは浴衣だけだった。つまり、パンティもつけずに、この風呂へ入りに来たわけだ。いくら酔ってたにしろ、姫百合女子大のお嬢さんが、浴衣一枚のスッポンポンで、深夜、露天風呂に入りに来ますかね？」

「お風呂に入りに来るのならともかく、べろんべろんに酔ってたのでしょ。と言うことは浴衣一枚で飲んでたのだわ」

「それなのです。どうやら一人で飲んでいたのではないらしい。部屋から備えつけのコップが一つ消えていた。一緒に飲んだ人物が、指紋を検出されるのを恐れて、持って出たのです」

「布団のシーツはどうだったの？」

「かなり、皺《しわ》になっていたそうです。誰か男が忍んで来た。つまり、貴子が一人で来たのは、お腹の父親としめし合せていた。子供の父親というのは、あなたの推理どおり柳田でしょうな。柳田は当日、一人だけの部屋をとっていた。ソープ嬢たちが酔いつぶれたのを見すまして、貴子の部屋へこっそりやって来た。貴子を抱き、更に酒をすすめた。正体がなくなるまで酔わせて、この露天風呂へ誘った。貴子の頭に岩にぶつけたような傷があったそうだが、ガツンと一つやったのかも知れない。その上で、そこの取り入れ口を閉めて、そっと帰って行ったのです」

「セックスをしたことは確かなの？」

「死体解剖では、男の体液は検出されなかったと聞いていますがね。コンドームをつけていたのじゃないですか。殺す気でいたのだ。その程度の用心はするでしょう」

紗奈江は桜小路の話に耳を傾けながら、渓流の少し下流へ目をやっていた。

対岸が道路になっていた。

この旅館への道路は、建物の上を走っている。何気なく見ると平屋のようだが、渓流のほうから見ると二階建てであった。

その道路とは別に、対岸にも車が通られる程度の道があり、渓流を渡る板の橋がかかっていた。

「それだけじゃない。これは決定的な証拠だと思うが、柳田が旅館の売店でタオルを買っている」

桜小路は脱衣場へ顎をしゃくった。

脱衣場の横が手拭い掛けになっていて、三十枚ほどのタオルが掛かっていた。山奥の秘湯なのだ。客の一人一人にタオルと洗面具を出さない。客は洗面具を持参するか、共用のタオルを使う。

「わたしの推理では、貴子が共用のタオルでは気持が悪いと言ったのだと思う。柳田は売店でタオルを買って、貴子に渡した。貴子が人間スープで発見されたとき、腰のあたりに新しいタオルが引っかかっていたというのは、柳田が買ってやったタオルなんだ」

桜小路はご機嫌だった。

それも当然だろう。地元の警察を出し抜いて、犯人を逮捕できるのだ。

もちろん、主捜査権は地元の警察にある。岩手県警と東京警視庁との間で、話し合いが必要だが、犯人を逮捕して、自白までとってしまえば、岩手県警は譲《ゆず》らないわけには行かない。岩手県警の黒星、桜小路の白星ということになる。

「東京に帰ったら柳田を逮捕します?」

紗奈江は訊ねた。

「いきなり逮捕とはいかないね。参考人で呼びつけて、締めあげてやる。自白したところで逮捕状請求ということになるでしょう」

「自白させる自信はあるの？」

「馬鹿にしないで下さい。わたしだって十年以上、刑事をしているのですよ」

桜小路は自信満々であった。

貴子を殺す動機はあった。貴子の父親は東日本最大の暴力団の会長なのだ。妊娠したことを、貴子が母に告げたら、柳田はただではすまない。

妊娠はすでに四カ月に入っていた。後ひと月もすれば、お腹のふくらみが目立つようになる。

柳田は追いつめられていた。

幸いなことに、貴子との関係は誰にも知られていない。

情報屋に知恵をつけて、『ノートルダム』の検挙の写真を撮らせる手筈《てはず》もつけた。

従業員慰安旅行に須沢温泉を選び、貴子を誘った。

『ファインダー』に走り書きを書かせ、自殺と見せかけて殺す。

柳田に誤算があったとすれば、当日、須沢温泉に泊まった客が『ブルーキャナリー』の一行だけだったことだろう。

「物的証拠がちょっと弱いが、お腹の子供の血液鑑定をすれば、柳田は吐きますよ。明日が楽しみですな……」

桜小路は売店で買った新しいタオルで、顔をぶるんと拭《ぬぐ》った。

「柳田幸生から事情聴取をするとき、わたしが立ち合うことは出来ないかしら？」

「警視庁じゃまずいですがね。別の場所なら差し支えありません。わたしとしても、紗奈江姐さんに立ち合って貰ったほうが心強いですから……」

「幸恵さんも呼んでいい？」

「それは結構ですが、そんな必要がありますか？」

「だって、今度の事件は幸恵さんが持ち込んで来たのでしょ。結末を見せてあげたいと思うのよ」

「それなら、ホテルの部屋をとろう。自白に追い込むまでは、あくまでも非公式の事情聴取ということにします」

「じゃあ、そうお願いするわ」

「しかし、紗奈江姐さんはわたしの女神《めがみ》ですよ。手柄は立てさせてくれる。こうして、美しいからだまで見せて頂いた。惚れ惚れしますな。才色兼備という言葉は紗奈江姐さんのためにあるのじゃないですか」

「馬鹿ねえ……」

紗奈江は睨む目付きをつくった。

おっちょこちょいのお人良し。

頼りないが、その分、母性本能をそそられるのだろうか。桜小路のことが気になり始めている。

6

日比谷ビューホテルの会議室に、桜小路と彼の部下の部長刑事が、柳田を前に座っていた。十人ほどが座れるテーブルと椅子が用意されている。

白いテーブルクロスの上に紅茶だけが置かれていた。壁に小さな油絵が掛かっているほか、何の飾りもない殺風景な部屋だった。

紗奈江は幸恵と並んで、壁際の椅子に腰掛けた。

「恒川貴子はあんたの愛人だったね？」

桜小路は気負い込んで柳田に訊ねた。

「とんでもない……！」

柳田は予想したとおり否認した。

近くで見るのは初めてだが、上から下までブランド物でかためている。知らない者の目には、青年実業家と映《うつ》るだろう。

「シラを切ると引っ込みがつかなくなるよ。貴子の腹の子は誰の子なんだ。血液型は完全に一致している」

「血液型は知りませんが、いい加減な当て推理はやめて下さい」

「じゃあ、聞くが四月二十二日、恒川貴子はどうして須沢温泉に泊まった。貴子は須沢温泉なんか知らなかった。あの日、須沢温泉に泊まったのは、『ブルーキャナリー』の一行の他、貴子ひとりなんだ！」

「だからどうだと言うんです？　どこかのお嬢さんと、たまたま泊まりあわせた。それが、わたしの責任だというのですか」

「それなら聞かせてやる。あの日、旅館の売店でタオルを買ったな？」

「買いました」

「そのタオルを貴子が使っていた。あの日、売店でタオルを買ったのは、あんたひとりなんだ。あんたの買ったタオルを貴子が使っていたんだよ。これはどういうことなんだ！」

「タオルは露天風呂で使って、あそこへ置いて出ましたよ。自殺した女が使ったとしたら、あそこに掛かっていた中の一番新しそうなのを選んだのじゃないですか」

柳田は動揺している様子を見せなかった。

むしろ、桜小路のほうがおろおろしていた。救いをもとめるような目を紗奈江に投げてよこす始末なのだ。

「刑事さん……！」

幸恵が堪《たま》りかねたように立ち上がった。

「なんですか？」

「その人、貴子を知らなかったと言うのは嘘です。わたし、その人が貴子と一緒だったのを見ています。六本木のディスコで、二、三回。上野《うえの》のステーキハウスでも見かけました」

「本当ですか！」

桜小路は救いの神に巡り合ったような声を出した。

「本当です。六本木のディスコ『ガンダーラ』のマネジャーに聞いて下さい。そう、たしか広川という名前を使っていました。結構、いい顔なんです」

柳田の顔から血の気が引いた。

「どうなんだ？　広川文雄さん！」

桜小路は勝ち誇ったように胸を張り、

「お嬢さん、この顔に間違いありませんか」

幸恵にたずねた。

「間違いありません」

幸恵は断言した。

「広川文雄さん、どうかね。面が割れてるようだが、これでも貴子なんて女は知らないとシラを切るつもりですか」

「申しわけありません。二、三度、つきあったことはあります……」

「お腹の子供はどうなんだ！」

「そ、それは……」

「浅香って金貸しを知っていますね？　『ノートルダム』のオーナーです。そこへ貴子を行かせたでしょう。『ノートルダム』が検挙された夜のことです！」

「知りませんよ……」

「いい加減にしたらどうです。ネタは全部あがってるんだよ。貴子は『ノートルダム』へ、広川文雄を訪ねて行ったのです。週刊誌に写真を撮られた。そこまでやっておいて、その写真に〝こんなことを書かれたのでは、生きて行けない〟と書かせたんじゃないですか？　自殺に見せかける細工だったんだ。須沢温泉であんたが貴子を抱いたことも、ちゃあんと調べがついている。なんなら向こうの警察から、その晩のシーツを取り寄せましょうか！」

桜小路は顔を真っ赤にして問い詰めた。問い詰めるのはいいが、真剣になればなるほど口調が丁寧になっていく。

迫力はさっぱりだが、柳田にはそれが逆に気味がわるかったようだ。

柳田の顔が真っ青になった。頬がびりびりと震えていた。

「貴子を殺《や》ったな？　白状しなさい！」

「違う！　たしかに須沢温泉に呼んだ。あの晩は、貴子の部屋へ行った。貴子を抱いたことも事実だ。だけど、俺は殺したりはしてない！　本当なんだ。信じてくれっ！」

柳田は悲痛な声をあげた。

「誰がそんなことを信じますか。手間をかけさせずにすべてを話しなさい！」

「やってないんですよ……。須沢温泉に呼んだのは、あの次の日、松島《まつしま》かどこかで、お腹《なか》の子を堕《おろ》してくれるよう、じっくり話し合うためだったんだ！」

「どうして堕さなきゃならないんだ。あんたは独身じゃないか。責任をとって結婚すりゃいいじゃないですか」

「それが出来ないんですよ……。貴子の親父が誰だか知ってますか……」

柳田は絶望的な表情で、呻くように言った。

7

「桜小路さん、わたしに少し質問させて頂きたいの……」

紗奈江は静かに口を開いた。

「何の質問です?」

「幸恵さんにうかがいたいの。あなた、貴子さんが殺された四月二十二日の夜、どこにいました?」

「家にいましたけど……」

幸恵は怪訝な顔で答えた。

「どなたか証明する人がいまして?」

「家の者が証明しますわ」

「そのことはあとで聞くとして、広川文雄が実は柳田幸生だということを、どこで知ったの?」

「それは、わたくし、調べたのです。貴子がこの男に騙されている。目を覚まさせてあげなくちゃいけない。わたくし、真剣に調べたのです」

「それで、貴子さんに話したの?」

「折りをみて話そうと思ってましたわ」

「じゃあ、わたしのことを誰から聞いたの?　誰に聞いてオリビアさんを訪ねたの?」

「だって、紗奈江さんのことは有名ですわ」

「いいえ。わたしのことを知ってるのは、吉原の女の子のほんの一部と、桜小路さんのような警察の人だけよ」

「でも、有名ですわ。ソープランドの名探偵なのですもの」

「あなた、ソープランドで働いています？」

「冗談でしょ。わたくしがそんな女だと思っているの？　怒りますわよ」

幸恵は憤《いきどお》りをあらわにした。

「じゃあ、あなたの膝を見せて頂こうかしら。膝の斜め下に黒い痣があるわね」

紗奈江は自分のスカートをたくし上げた。

紗奈江の膝の下が似たような痣になっていた。

「これはね、毛細血管が切れて、軽い内出血を起こしているの。ソープランドでタイルの床に跪《ひざまず》いて、お客にサービスするでしょ。ソープで働くと、誰にでもできる痣なの」

と、紗奈江は言った。

半年も休めば消えてなくなる。

その程度の痣なのだが、膝の斜め下の痣は、ソープ嬢だという烙印《らくいん》であった。

幸恵は無意識のうちにスカートを押さえた。

オリビアと一緒に、初めてマンションにやって来たとき、紗奈江は目ざとく見ていた。

「あなた、日曜日だけ、吉原の『乙女座宮《おとめざきゅう》』でアルバイトしてたわね？」

「……！」

幸恵は棒を飲んだ表情になった。

「あなたは名前をかくして、日曜日だけ『乙女座宮』でアルバイトしていた。誰にも秘密にしていたけど、貴子さんに知られたのよ。貴子さんは忠告した。ところが、あなたは逆恨みした。それどころか、自分の秘密を守るため、貴子さんを殺すことを計画したのよ。違うかしら……」

「そんな……、違うわ！　違う……」

幸恵は必死に言いつのった。

「あなたは情報屋から、『ノートルダム』の手入れの噂を聞いた。あなたにとって何より恐ろしいのは、警察の手入れだったのよ。だから、情報屋にお金をやって『乙女座宮』に手入れがあるようだったら、何をおいても知らせてほしいと頼んでいたのよ」

幸恵の顔から血の気が引いた。

紗奈江はつづけた。

「あなたはその情報屋に知恵をつけた。『ファインダー』を使うことを教えたのよ。そして、何も知らない貴子さんを『ノートルダム』へ行かせたのよ。柳田さんたちが須沢温泉に行くことを貴子さんに教えたのもあなただわ。その上で、四月二十二日の夜、自分の車で須沢温泉へ向かった。柳田さんが貴子さんの部屋を出て行くのと入れ違いに、貴子さんの部屋に入った。用心深く指紋は残さなかった。多分、露天風呂から旅館へ忍び込んだとき、タオルを一枚、持って入ったのだと思うわ。タオルを手に巻いてドアを開けた。でも、貴子さんを油断させるため一緒に飲んだ。そのコップを持って帰った。コップには指紋が付いていたものね。貴子さんを露天風呂へ連れ出して、酔っている彼女を岩の角に頭をぶつけて気絶させ、川の水の取り入れ口を閉じると、車で逃げたの……」

紗奈江が話し終わるまでもなく、幸恵は膝から崩れ落ちた。

桜小路と部下の部長刑事が、驚いたように幸恵と紗奈江を等分に見つめていた。

「しかし……、秘密を守るためなら、彼女は完全犯罪をしたのですよ。どうして、柳田に罪をなすりつけるようなことまでしたのです？」

桜小路が訊ねたのは、二分ほど経ってからであった。

「ところが、それだけでは気がすまなかったのよ。貴子さんがソープランドの社長とつきあっていた。その子供まで宿した。しかも、その社長に子供を殺される羽目になった。それを暴露することで、自分の秘密を知った貴子さんに復讐したかったのじゃないかしら……？」

そう言うと紗奈江は会議室を後にした。

後は桜小路に任せればいい。

紗奈江は幸恵の顔を見るのも嫌であった。

日曜日だけのアルバイトなら、ソープ嬢ではないというのか？

そう信じていたのなら、貴子に知られても悪びれることはなかったはずだ。

お金は欲しい。取り澄ましていたい。

自分のプライドのために友達を殺す。

幸恵の行為は、金や出世のための犯罪以上に、やり切れない思いを感じさせるのであった。

東京・新青梅《しんおうめ》街道殺人事件

1

女はマンションの風呂場の湯船の縁《ふち》に乗っかるようにして殺されていた。

腹を湯船の縁に乗せ、うつ伏せで顔をお湯の中へ突っ込んでいた。長い髪の毛がお湯の中で藻《も》のように揺れている。

死因は絞殺。

首にロープで絞められた跡がくっきりとついていた。

全裸であった。

もちろん、暴行されていた。

「手口からみて、犯人は変質者ですな」

所轄の名高《なだか》部長刑事が、横で眉をしかめている桜小路資朝に言った。

「被害者の身元は割れたのですね？」

「吉原のソープ嬢です。『ペンギンハウス』という店のナンバーワンだそうです。山木優子《やまきゆうこ》、二十六歳。本籍地は京都です。職業から考えて痴情のもつれという線もある……」

桜小路は山木優子の横顔を見つめた。

死後四十時間あまり経過した横顔からは、ナンバーワンの面影《おもかげ》は消えてしまっていた。化粧の剝《は》げ落ちた土気色《つちけいろ》の顔は、ただの死体でしかない。

白かった肌の色まで青黒く変色していた。

「しかし、いいおっぱいをしている……」

名高デカ長はつぶやくように言うと、

「早速、変質者の洗い出しにかかります。親しかった客もリストアップしましょう。凶器のロープはまだ出ませんが、犯人のものらしい頭髪が三、四本見つかっています。微量ですが精液も検出できたようです。物証は豊富ですから、三日もあれば解決できるのじゃないですか」

あなたなんかの手をわずらわすまでもないと、意外に自信を匂わせた。

桜小路は警視庁捜査一課の警部補だ。

知らせを受けて駆けつけたのだが、名高デカ長は本庁の刑事に、むきだしの対抗意識を持っている。刑事歴二十七年、桜小路より十一歳年上の四十七歳。

凶悪犯罪を解決した功労賞も銀メダルを一個と銅メダルを三個もらっている。所轄署では名刑事の誉《ほま》れが高い。

名高の念願は警視庁捜査一課に引き上げられることだったが、果たせないまま二十七年が過ぎた。泣く子も黙る本庁捜査一課を横目に、東京都内の警察を転々として来た。

それだけに桜小路のような本庁の刑事を見ると、〈俺の縄張りに手を出すな〉と、牽制《けんせい》するのだった。

もっとも、銀メダルならば桜小路も二つ持っている。迷宮入り寸前だった戒壇めぐり殺人事件、加賀のれん殺人事件を解決した功績だが、実をいうと桜小路は捜査能力ゼロ。事件を解決したのは知恵袋がいたからだ。

所轄署に設置された捜査本部で、打ち合わせをすませた桜小路は、署を出ると早速、携帯電話にかじりついた。

四宮紗奈江のマンションの番号をプッシュした。

幸か不幸かベルが鳴りつづけているだけであった。

それも道理。紗奈江は店に出ていた。

夕方の六時。夏のボーナスが出て間もない、六、七、八の三カ月はソープランドの書き入れどきなのだ。

紗奈江には今日ふたり目の指名客がついていた。

「いい加減に足を洗って、結婚する気にならないかね？」

指名客の野田夏樹《のだなつき》が、大理石ばりの湯船の中からじれったそうに言った。

五分刈りの頭から湯気を立てている。

最初に来たときから、プロポーズしつづけている。かれこれ二年近く通って来ているだろうか。

「ならないわ……」

紗奈江はベッドに腰かけ、からりとした声で答えた。

胸に巻きつけた、バスタオルから伸びた足が長い。足首がキュッと引き締まっていて、ソープ嬢に似つかわしくない健康なお色気があふれている。

「俺のカメラとおまえの日記で、写真構成〝両翼の天使・ソープからの報告〟ってのを出版したら、ベストセラー間違いなしなんだけどなあ……」

野田は残念そうに舌打ちした。

これも一年あまり言いつづけている。野田はフリーのカメラマンであった。

「冗談じゃないわよ。わたしはプライバシーまで切り売りするつもりはないの」

「今はプライバシーを有効に使う時代なの。おまえは欲がなさすぎるんだ」

「欲は人一倍あっても、お金は全然ないって人もいるわね」

「入った金は、全部、ここへ注《つ》ぎ込んでるんだから、あるわけないだろ？」

「あら、そんなに注ぎ込んでくれたかしら……？」

「直接注ぎこんだ分はそれほどでもないけどさ。プロポーズして振られるだろ。帰りは自棄《や》酒《け》だよ。そっちが馬鹿にならないんだ」

「だから、野田さんはわたしの趣味じゃないって言ってるでしょ。わたし、面喰いなんだもの」

「なんだよ。それじゃ、オレの面《つら》がよっぽどひでえみたいじゃねえか」

「ひどいなんて言ってないわよ。趣味に合わないって言うの。さ、そろそろ出たら？　茹《ゆ》だっちゃうわよ」

紗奈江は立って行って、野田の手をとると湯船から引っ張り出そうとした。

頭は五分刈り、顔は真ん丸と来ている。今どきめずらしい長湯で、その割にはいつも汚れた感じなのだ。

バイクで走り廻っている。その上、脂性《あぶらしょう》のため、シャツの襟なんかいつも真っ黒。石鹸でごしごし洗い立てないと、汚れが落ちない。

「同じソープの女性でも、週刊誌やスポーツ新聞に出まくって、バッカスカ稼いでいるのがいるってのに……」

〝両翼の天使・ソープからの報告〟に未練があるらしく、恨《うら》めしそうにつぶやいた野田は、

「そう言えば『ドキュメント特撮』って悪ガキ向けの写真雑誌があるんだ。編集部で一冊もらって来たんだけど、すげえ盗撮《とうさつ》が出てるんだ。盗撮された女、ペンギンハウスのレモンじゃねえか？　バッグに入ってる。見てみろよ」

ベッドの横に置いたカメラバッグへ顎をしゃくった。

「とうさつ……」

「盗み撮りだよ。見てみな。すげえんだ」

紗奈江はベッドへ戻り、バッグを開けた。どぎつい表紙の雑誌が突っ込んであった。

「後ろのほうに盗撮コーナーがある。今月の特等賞ってやつだ」

ページを開き、紗奈江はちょっと息を飲んだ。

スツールに腰かけた若い女性が、一糸まとわぬ素っ裸で脚をひろげていた。風呂あがりにスキンクリームを塗り込んでいるところを盗み撮りされていた。

両脚を大胆に開いている。左手を股間に当てがっているが、指の間から秘部がかすかに見える。中指の先が女性自身に食い込んでいた。

右手で太腿を撫《な》でている。女性の紗奈江が見るとスキンクリームを塗っているところだと分かるが、男性の目にはオナニーをしているように見えるかも知れない。

豊かな乳房が揺れているようだ。湯あがりの濡れた髪の毛が肩にまといつき、それが奇妙に生々《なまなま》しい。

うつむき加減に太腿を見つめている顔に、細い目隠しが入れてあったが、その女性は明らかにペンギンハウスのレモン嬢であった。

2

「向かいのビルから望遠レンズで撮ったと言うんだが、子供の盗撮にしては決まりすぎてるよな。ヤラセだと思ったんだけどさ、鹿沼《かぬま》が……その雑誌の編集長だけど、鹿沼は投稿だと言うんだ」

野田は湯船から出てきて、紗奈江の横から雑誌をのぞき込んだ。

からだからボトボト雫《しずく》が垂れていた。

「拭きなさいよ」

紗奈江はページをめくりながら、バスタオルを差し出した。

盗撮コーナーもあれば、アイドルコーナーもある。プライベートコーナーというのもあり、自分の恋人とか、近所の人妻と称する女性をモデルに、あらゆる卑猥《ひわい》なポーズをとらせていた。

仰向けで股をいやらしく開いているもの。崩れたお尻を突き上げているもの。四つん這いで屹立《きつりつ》した男をくわえているもの。

モデルが美人で、ポーズのとらせ方が稚拙《ちせつ》なだけ、卑猥をとおり越して汚ならしかった。

しかも、ページごとに〔スキスキ女〕銅賞¥二〇〇〇、尻好夫／栃木県といった具合に煽情的なタイトルと、投稿者の匿名《とくめい》が麗々《れいれい》しく刷りこまれていた。

盗撮コーナーはほとんどが女性の入浴シーンだった。それもブレていたり、窓枠にさえぎられて、からだが半分しか写っていない。

住宅街の風呂場の窓下にひそんでいて、若い女性だとわかると窓を開けて、シャッターを切って逃げる。

いかにも盗み撮りらしい幼稚な写真に、

《スゴイ。見事な女風呂の盗撮だ。今後も期待したい》
《ここまで撮るネバリは根性の一言。注意してやって》

といった編集者のコメントがついていた。

「ひどいわね。こんな雑誌があるの？」

「これが売れてるんだ。似たようなのが四誌あるんだけど、このドキュメント特撮が元祖でね。子供の投稿写真が毎月、五、六百点送られてくる。盗撮ブームなんだ」

「こんな雑誌を出して問題にならないの？　このコメントなんか、まるで盗み撮りを唆《そそのか》しているようなものじゃない？」

「だからさ、子供向けだけに風当たりはきついよ。警察は何とか発売禁止に持って行こうとしてるけどさ。今の世の中、やった奴が勝ちなんだ。このドキュメント特撮、十五万部も売れてるんだぜ……」

　定価が六百八十円で十五万部だから、一億二百万円。取次へ七掛けで卸《おろ》すとして、雑誌の製作原価が二千万ちょっとだから、一ヵ月の利益が五千百四十万、年間だと六億円を越すと、野田はよだれがこぼれそうな顔になった。

「レモンさん、こんな写真を盗み撮りされたこと、知ってるのかしら……」

「案外、知ってて撮らせたのじゃないか。編集長の鹿沼は盗撮だと言ってるけど、今のガキはちゃっかりしてるからね。レモンを脅迫して……、撮らせなきゃソープで働いているのをばらすとかさ。それでなきゃ、こうも決まった写真はとれないよ。この太腿のむっちりした感じ、ぐっとくるよな」

「だけど、知ってたら撮らせるようなレモンさんじゃないわ。あの人、週刊誌やスポーツ新聞にはジャンジャン写真を出すけど、それは商売になるからよ。この写真、どこかのOLとしか見えないじゃないの。レモンさんのほうが名誉棄損だって怒ると思うわ」

「むずかしい話はいいの。お前だって、こんないいオッパイしてるんだから、俺に撮らせてくれよ」

野田はそういうと、濡れたからだのまま、紗奈江を抱きしめた。

「がつがつしないの」

「じゃあ、俺と結婚するか」

「関係ないでしょ」

野田は紗奈江の肩を抱きしめた。

そんな荒っぽさが嫌いではなかった。

二年も通って来ているのに、まだわたしへの情熱を持ちつづけている。

天井の鏡にふたりが映っている。

黒くてずんぐりしたからだと、白くて細いからだ。白いからだは爪先が黒い足の向こう脛《ずね》の辺りまでしかない。

この小柄なからだで、よく六年も頑張ってこれたと思う。

来年の三月がくると二十九歳。三十の声が近づいてくる。

もうそろそろ足を洗うこと、本気で考えなくちゃ……。

この一年あまり、頭の中に引っ掛かって離れない思いが、胸を絞めつけてくる。

〈ソープランドってのは入るときは難しいと思うけど、本当に難しいのは入るときじゃなくて、やめるときなのよ〉

六年前、悩んでいた紗奈江に先輩の告げた言葉の重みが、取りついて離れない。鏡に映った白いからだは、気のせいだけではなく、疲れているように思えるのだ。

3

名高デカ長は三日で解決すると豪語したが、捜査は一向に進まなかった。東京都内の変質者をリストアップした。ペンギンハウスのレモンこと山木優子の客も当たった。

手掛かりは皆無だった。

桜小路が紗奈江のマンションへ訪ねてきたのは、事件発生から一週間がすぎた日の正午少し前であった。

「ペンギンハウスのレモンさんでしょう?」

紗奈江が先回りしていうと、

「さすが、ご存じでしたか?」

桜小路はしきりとうなずいて見せた。

このところ、以前にまして落ち着きがでて来て、気品のただよう顔立ちに、ひときわ典雅な趣《おもむき》が加っている。

仕立てのいいスーツを着て、趣味のいいネクタイ。どう見ても警視庁捜査一課の刑事とは思えない。

それもそのはず、千年以上もつづいたお公家さんの出であった。

「吉原で知らない人はいないわ。ペンギンハウスのレモンさんと言えば、吉原でも指折りの稼ぎ頭だったのですもの……」

「そのようですね。マンションの金庫を開けて驚きましたよ。何と定期預金が三千万円、株や中期国債ファンドがざっと五千万残っていました……」

「ソープ嬢の鑑《かがみ》ね。仕事は熱心だし、お店から一歩出ると男性を寄せつけない。貯金が趣味だって聞いたけど、そんなに残していたの？」

「それで困っているのですよ」

「どうして？　遺産争いでも起こったの？」

「そうじゃなくて、殺された動機も容疑者も摑めないのです。事件当日、マンションに男性がいたことは確かなのに、親しい関係の男性がまったく浮かびあがってこない……」

「警察はレモンさんが盗み撮りされたことを知ってます？」

「盗み撮り……？」

桜小路は怪訝そうに首をかしげた。

「この雑誌なの。ほら、これを見て……」

紗奈江は応接用のテーブルの下から、ドキュメント特撮を取り出した。盗撮コーナーを開いた。

「これは……、間違いなく山木優子だ。目隠ししてあるが、ひと目でわかる」

桜小路は食いつくように写真を見つめた。

「その写真、投稿したのは中野区、夢泥棒となってるでしょ。まだ子供らしいけど、レモンさんのマンションは子供が盗み撮りできるような部屋なの？」

「新青梅《おうめ》街道に面して建ってるね。たしか通りをへだててビルが向かい合っていた」

桜小路は思い出すように言った。

「じゃあ、本当に盗み撮りしたのかしら。カメラマンのお客がいうのだけど、隠し撮りじゃ、こう上手には撮れないそうよ。この夢泥棒って少年がレモンさんを脅迫して、このポーズを取らせたのじゃないかって……」

「そう言えばそうだ。この雑誌を出している出版社へ行ってみよう」

桜小路はさっと立ち上がった。

こういうところは、お公家さんばなれしている。といっても、刑事として俊敏《しゅんびん》なのではない。

せっかちで後先考えずに動きまわるのが性格であった。

桜小路は、マンションの前からタクシーを拾った。

「紗奈江姐さんのおかげで、迷宮入り寸前の事件を解決できそうです。これを解決すれば、また銀メダルをもらえる。捜査一課の刑事でも、銀メダル三個というのは、そうざらにはいない。いよいよ課長の椅子が近づいてきましたよ」

桜小路はもう半分以上は事件を解決した顔つきになっていた。

「銀メダルが幾つたまると課長になれますの？」

「メダルと昇進は関係ありませんよ。わたしの言うのは譬《たと》えです」

桜小路は苦《にが》い顔に変わった。

現在の地位は警視庁捜査一課の殺人班の主任なのだ。殺人班は八つある。係長は警部、主任は二人いて警部補。その下に部長刑事、平刑事、の計十二人で一班になっている。

しかも、捜査一課には強盗班、放火班、特殊班があり、総勢二百人。

桜小路一族が悲願にしている警視庁捜査第一課長は階級が警視正。桜小路は現在、警部補だから、警部、警視、警視正と進級しなければならない。

紗奈江の知恵をかりて、銀メダルを幾つせしめても、課長への道は限りなく遠い。

ドキュメント特撮を出している出版社は、神田神保町《かんだじんぼうちょう》の裏通りにあった。

古ぼけたビルだ。エレベーターはがたごとと嫌な音をたてて揺れた。震度五の地震に見舞われたらイチコロだろう。

そのエレベーターを四階で降りると、目の前がドキュメント特撮社のドアであった。

編集部はさすがに活気があった。

デスクというデスクに投稿らしい封筒が山積みにされ、デスクの上に張り渡したロープには、クリップで封筒や原稿が止めてある。

壁にはアイドル歌手の写真がべたべた貼られ、ご丁寧にマジックで〝やりたい！〟とか〝俺のを舐めさせたい、うーん〟など、落書きされていた。

桜小路が警察手帳を出すと、受付の若い女性が飛び上がりそうになった。ソープランドと同じように、いつ警察に襲われても不思議のない業務内容なのを、社員全員が承知しているらしい。

「わたしが編集長の鹿沼ですが……」
三十五、六の痩せた男が奥のデスクから立って来た。ぼさぼさ頭でいかにも風采《ふうさい》があがらないが、着ているものは悪くなかった。
年間六億円からを会社に儲けさせているのだ。給料はともかく、ボーナスは弾んでもらっているのだろう。

「この写真を投稿した人物の住所と電話を教えてほしいのだが……」

桜小路が切り出すと、

「困るな。ニュースソースを簡単にお教えすることは出来ませんよ」

鹿沼はぶっきら棒に言った。

「面倒なことをしたくないんだがね……」

桜小路は肩をそびやかすように告げた。

「そう。教えて頂けないとなると、盗撮 教唆《きょうさ》で大事《おおごと》になるかも知れないわね」

紗奈江が横から口を添えた。

桜小路に頼まれて、捜査を手伝っている間に、こういう押し問答の勘どころを覚えてしまった。

お公家さんの桜小路にまかせておくと、話が進まなくて苛々《いらいら》する。

「どの写真ですか？　盗撮コーナーと言っても、うちの雑誌はヤラセが多いんですがね」

鹿沼は勿体《もったい》ぶった態度で、桜小路の差し出したページをしげしげと見つめ、

「ああ、これですか。これなら分かります。トシ坊だ。ちょっと待っててください」

デスクへ戻って行き、一通の封筒を持って来た。

「この子ですよ。写真雑誌の世界では常連でしてね、いける写真を送ってくるんです。だけど、断っておきますが、この写真は盗撮じゃないですよ。ヤラセです。確認した上で掲載したんです。商売上、盗撮ということにしてありますが、この女性の承諾を得て、撮ったことは間違いないんだから……」

封筒の裏側を見せた。

中野区鷺宮《さぎのみや》三丁目……。高原敏男《たかはらとしお》と金釘流《かなくぎりゅう》で書いてある。名前の上に、鹿沼が書き込

んだのだろう。ボールペンで電話番号が走り書きしてあった。

「で、この写真がどうかしたのですか」

鹿沼はうそぶくようにたずねた。

「了解をとったというが、若い女性がこんな写真を撮られるのを承知するかね？」

「それがいるんですよ。マスコミにのるというと、ほいほい承知する女が多いんだ。今はそういう時代なんですよ」

「しかし、確かな筋から聞いたが、あなたは盗み撮りだと公言したそうじゃないか」

「それは、建て前上そう言いますよ。あくまでも営業上は盗撮なんだから……」

「だがね、この女性は殺されたのだよ。この写真が関係しているかもしれん」

「殺された……？」

鹿沼は目を見張った。

「知らなかったのか。新聞に大きく出ていたが……」

「知らないなあ。誰に殺されたんです。まさか、トシ坊じゃないでしょう？」

鹿沼は桜小路の目を探った。

「トシ坊というのは、そういうことをしそうな男かね？」

「どうですかね。電話で話した感じでは、可愛い声をしたカメラ小僧でしたが……」

鹿沼が突慳貪《つっけんどん》に答えたとき、

「編集長、電話です」

デスクから若い社員が呼んだ。

「誰から？」

「チンさんですよ。『アンゴラ』に来てるそうです」

「すぐ行くと言ってくれ」

鹿沼はそう告げると、桜小路に、

「急ぎの用がありますから……」

ピシャリと言い、背中を向けた。

4

ドキュメント特撮で教えられた住所を頼りに訪ねると、トシ坊こと高原敏男の家は、新青梅街道に面したラーメン屋だった。

桜小路はトシ坊を近くの喫茶店へ連れ出した。

ペンギンハウスのソープ嬢、山木優子と話をつけて、大胆な写真を撮った〝夢泥棒〟は愛くるしい十六歳の少年であった。

丸刈りの坊主頭が、マルコメ味噌のテレビCMを連想させた。からだつきも十六歳にしては小柄だった。

「この写真は本当に君が撮ったのかね?」

桜小路がたずねるのを、トシ坊はおどおどしながらも、

「はい……」

ちょっと胸を張って答えた。

カメラ少年としては、雑誌に掲載されたことが自慢なのだ。

「どうやって撮ったのかね?」

「だから……盗撮です……」

「雑誌の編集長は盗撮ではない、この女性の了承をえて撮ったと言っていたが……」

「…………」

トシ坊は黙りこんだ。

「この女性が殺されたのを知っているね?」

「はあ……」

「君はこの女性と知り合いだったのじゃないか。それでなきゃあ、こううまくは撮れないんじゃないかね?」

桜小路は写真を指でたたいた。

ほかの盗撮がブレていたり、からだ半分しか写っていないのに、トシ坊の写真だけが、

ピントも構図も見事に決まっている。大胆なポーズなのに猥褻感もない。

テレビの深夜映画でみたエマニエル夫人を思い出させるほど、芸術的な香りさえ感じさせた。


「盗撮です。向かいのビルから狙ったんだ。このお姉さんが昼少し過ぎに起きて、シャワーをつかったあと、クリームを塗るのを友達から聞いて……、我慢強く狙ったんです」

トシ坊は運ばれて来たコーラフロートを、ストローでかきまわしながら、口をとがらせるように言った。

紗奈江にはトシ坊と盗撮が重ならなかった。コーラフロートがぴったりくる子供なのだ。まして、山木優子に話をつけることなど、到底考えられない。

優子は世間知らずのお嬢さんでも、ＯＬでもない。

トシ坊が頼んだところで、せせら笑うのが関の山だ。野田がいったように、ソープ嬢なのをばらすと迫ったところで、逆に脅《おど》かされるのはトシ坊のほうだろう。

「君はこの手の雑誌では有名らしいね。編集長から、人に聞かれたら盗み撮りだと言えといわれているのじゃないか」

「違います……！」

トシ坊が強く首を横に振ったとき、

「桜小路さん、抜け駆けは困りますね」

大きな声がひびいて、歩み寄って来た男があった。

「名高さん……！」

桜小路が悪いところを見つかったというように顔をしかめるのを、

「本庁の主任さんの銀メダルの正体はこれですか。なるほど、ソープランドがらみの事件がお得意なのも道理だ。ソープ嬢を使って捜査するとは隅に置けませんな」

名高デカ長はにやりと笑うと、

「あとはわたしが引き受けます。おい、高原！　警察を舐めるとどういう目を見るか教えてやる。住居不法侵入と軽犯罪法違反だ。署へ来てもらおう！」

トシ坊の腕を摑んで引きずりあげた。

「どうして軽犯罪法違反なのですか」

紗奈江は名高を睨みつけた。

周りに人がいるところで、大声でソープ嬢と言ったのが腹立たしい。

「桜小路さんの知恵袋の割には法律にくわしくないらしいな。他人のプライバシーをのぞくのは窃視《せっし》なのだ。見ただけだから窃盗まではゆかないが、窃視は立派に軽犯罪法違反なんだよ」

憎々しげに吐き捨て、

「高原！　来るんだ。嫌なら学校に通報してやるぞ。言い分があるのなら署でゆっくり聞いてやる！」

トシ坊の腕をねじりあげ、

「お公家さんは見ていて下さい。こいつがどうやって写真を撮ったか、三十分で吐かせますよ」

声を飲んでいる桜小路を尻目に、トシ坊を引き立てて行った。

紗奈江は気づかなかったが、名高は桜小路を尾行《つけ》ていたらしい。

5

「高原敏男が自白したよ……」

桜小路が電話をかけてきたのは、その日の夜おそくだった。

紗奈江は公休日で、文庫本の小説を読んでいた。男と女の物憂《ものう》い情事。

ソープランドで働く紗奈江には、現実ばなれして感じるが、リッチなムードのなかで揺れる女性の心理に、どこか共感を覚える。

「自白って……？」

受話器を押しつけた耳に、

「山木優子を殺したというんだ」

桜小路のくやしそうな声がひびいた。

「まさか……」

「半年ほど前に盗み撮りしているのを、優子に見つかったそうだ。マンションの部屋に引っ張りこまれて、いいように玩具《おもちゃ》にされていたらしい。あの写真は優子がアングルを決めて、向かいのビルから撮った」

「それで、どうしてレモンさんを殺さなきゃならないのよ？」

「優子が殺された日、高原はあのマンションの部屋にいた。優子が高原に淫行していたのだ。名高デカ長が供述をとったのだが、とし上の優子がしたい放題の淫行をしていたらしい。淫行をつづけられるのが怖くなって、ひと思いに殺してしまおうと決心したというのですよ」

「だけど、あの子にレモンさんを殺せるかしら……」

「わたしもそう思うのだが、優子の体内に残っていた精液や、風呂場に落ちていた髪の毛の血液型が一致する。あの子がマンションを出たあと、誰かが入ったのならともかく、その形跡がないのでね。百パーセント、あの子の犯行だと、名高デカ長が断定したのです」

桜小路の口調には、トシ坊こと高原敏男に対する痛ましさと、犯人検挙を名高にさらわれた悔《くや》しさがあふれていた。

「わたしは違うと思うわ。あのデカ長さんが強引に自白させたのよ。あの子に人なんか殺せるわけがないわ」

「しかし、自白したんだからね。デカ長は得意になって、これから記者会見するところだ。明日の新聞に大きく出るよ。折角、あなたに手伝ってもらったのに、申しわけない」

桜小路はひとのよさまるだしに、蚊《か》の鳴くような声になった。

「記者会見なんかさせちゃ駄目よ。あのデカ長さんが恥をかくのは結構だけど、桜小路さん、頑張らなくちゃあ！　レモンさんはソープで働いていたのよ。あの小柄で可愛いトシ坊になんか殺されるもんですか。仮にわたしがレモンさんの立場だったとしても、あの子が相手なら殺されたりしないわ」

「しかし、わたしに何ができるというのですか」

「だから、真犯人は別にいる。あの子は絶対に犯人じゃない。真犯人を探しだすのよ」

「しかし……。もしも犯人だったとしたら、わたしの立場はなくなります」

「桜小路さんはどう思うの？　あの子が犯人だと思うの？」

「わたしは半信半疑ですが……」

「だったら、突っ張りなさいよ。記者会見は時期尚早だ。もう一度よく調べた上で行なおう。そう頑張るのよ！」

「紗奈江姐さんは犯人の心当たりがあるのですか？　それだったら頑張りますが……」

桜小路は泣くような声になっていた。

お公家さんの血はあらそえない。いつも紗奈江に頼りっぱなしで、刑事らしい強引さがまるでないのだ。

「今日、捜査を始めたばかりじゃないの。わたしだって犯人の当てなんかあるわけがないわよ。ただ、レモンさんって人は、度胸が据わっていたの。週刊誌やスポーツ新聞に写真をバンバン載せて、稼ぎまくって来た人よ。あんな坊やに殺されるようだったら、ソープでからだを張って、生きて来られるものですか！」

「では、頑張ってみます。その代わり、明日からわたしと真犯人探しをしてくれますね」

「お店を休んでも手伝うわ。その代わり、ギャラをたっぷり頂きますからね」

紗奈江は腹立ちまぎれに受話器をガチャリとたたきつけた。

桜小路の気の弱さが情けなかったのだ。

――それで、何が警視庁捜査一課長なのよ！　代々検非違使《けびいし》の家柄なの！　そんな弱気だから平安時代の昔から千年以上も窓際族をしてなきゃならないんだわ！

紗奈江は唇を噛み締めた。

桜小路一門が警視庁捜査一課長の地位に固執《こしつ》するのは、公家でありながら、検非違使の庁の下っ端役人にしかつけなかったからなのだ。

検非違使の尉《じょう》。

源義経が平家追討の功績で任ぜられた位なのだそうだが、公家の桜小路一門にとっては武士の下というのは我慢できなかったらしい。

何としてでも、一門から検非違使の尉を出せ。現代の検非違使の尉は首都を預かる警視庁捜査一課長だ。

一門から捜査一課長を出すためには、費用を惜しまない。

何しろ千年以上、窓際族をつづけて来たのだ。暇があり余っていた桜小路の先祖は、暇つぶしに古文書をせっせと書き写した。

それが京都の桜小路家の蔵に詰まっている。源氏物語も枕草子も、万葉集も古今和歌集も。そのことごとくが忠実な写本なのだ。

さらには、昔のお偉いさんのサインを集める趣味があったらしい。源義経はもちろん、藤原道長《ふじわらのみちなが》、紫式部、平清盛《たいらのきよもり》、弘法大師《こうぼうだいし》、小野道風《おののみちかぜ》などの書が長持ちに何ばいもある。

その一つを売るだけで、家の二軒や三軒は軽く建つ大変な財産なのだ。

この際、紫式部のサイン入りの短冊を一枚もらってしまおうか。三年や五年は何の心配もなく、遊んで暮らせそうに思えるのだ。

これまでだって、さんざん店まで休んで手伝って来た。それくらいしてもらっても、罰は当たらないだろう。

紗奈江がちょっぴり欲を出しても、当然かも知れない。

6

紗奈江は腹の虫がおさまったところで、野田に電話をかけた。

「おっ、いよいよ俺のプロポーズを受け入れる気になってくれたか！」

野田は弾んだ声を出した。

「そこまではいかないけど、相談があるの」

「どんな相談？　何でも話に乗るよ。今すぐそこへ飛んで行く！」

「ドキュメント特撮の鹿沼って編集長だけど、野田さん親しいの？」

「なんだ。例の写真か……」

野田は拍子抜けした声になったが、

「あの雑誌の仕事をしてるからね。鹿沼のことなら一応知ってるよ」

「例のレモンさんの写真、わたしには盗み撮りじゃないと言ったわ。実際に盗み撮りじゃなかったのだけど、野田さんにはどうして、盗み撮りだと言ったのかしら……？」

「俺には絶対に盗撮だと断言したぜ」

「営業上、そういうことにしてあると言ってたわ。野田さんのような内部を知ってる人にまで、営業上の建て前を貫くものなの？」

「そんな必要はないはずだけどな。あの雑誌は悪ガキ相手だろ？　営業上の建て前も秘密もありゃしねえよ」

「だったら、あの写真に限って、何のために野田さんに本当のことを隠したの」

「どうしてだろう？　明日、鹿沼に会って聞いてやろうか」

「今のところは黙っててほしいわ。あの雑誌のバックナンバーを持ってる？」

「三、四冊はあるかも知れねえな……」

「それを調べてほしいの。レモンさんが前にも写されてると思うのだけど……」

「お安いご用だ。見つかったら電話すりゃいいのか」

「ええ、すぐ知らせて。待ってるわ」

紗奈江は甘い声を出した。

野田はカメラマン仲間を走り回ってでも調べるだろう。

紗奈江はトシ坊が撮った写真が前にも掲載されたと思うのだ。

ペンギンハウスのレモンこと山木優子は、盗み撮りされたのを知って、トシ坊をマンションに連れ込み、淫行の相手にしていた。

だが、優子の淫《みだ》らな姿は、向かいのビルからしか撮れない。盗み撮りに気づいたとしても、追いかければ当然、トシ坊は逃げたはずだ。

優子がトシ坊を摑まえたのは、ドキュメント特撮に載っている写真を見て、編集部を訪れ、投稿したのが誰か、鹿沼に問い質《ただ》したに違いないと思うのだ。

鹿沼は優子と面識がある。

それを野田に知られたくなかったのではないか？

野田は取材でソープランドにくわしい。

鹿沼は優子と会ったことを野田に隠しておきたかった。

それがなぜなのか？

紗奈江は引っかかるものを感じるのだ。

三十分と経たずに電話が鳴った。

「出てるよ。半年ほど前の号だ。こっちはどう見ても盗撮だな。レモンがパンティ一枚で背伸びをしている写真だ。やっぱり望遠で撮ってるけど、望遠レンズをこなし切れないでブレてるね」

「それも夢泥棒なの？」

「そうだ。夢泥棒は他の雑誌にも結構、投稿してるぜ。そっちもまとめて届けようか」

野田は届けたがっていた。

「いいの。保管しといて。何だったら、お店へ届けてよ」

「店じゃ意味ねえよ。今すぐ届けるからマンションを教えろよ」

「お生憎《あいにく》さま。野田さんに教えると、今度はわたしが殺されることになるんじゃない？」

「かもな……。殺したいくらい愛してるよ。この気分、分かってくれねえかなあ」

「気持だけ頂くわ。ありがとう……」

紗奈江は電話を切った。切ったついでに差し込み電話になっているコンセントを引き抜いた。これで明日の朝まで、電話のベルにわずらわされる心配はない。

明日の朝は一番で、桜小路が電話してくるだろう。

それまでにじっくり作戦を練っておかなければならない。

人の大勢いる喫茶店でソープ嬢だとせせら笑ったデカ長の鼻をあかすためにも……。

7

紗奈江は鳴りつづけているチャイムの音で目をさました。

朝の十時。

チャイムを鳴らしたのは桜小路だった。

「新聞を見ましたか……」

ドアを開けた紗奈江に、桜小路は食いつきそうな顔でたずねた。

「今、たたき起こされたばかりよ」

「名高デカ長は記者発表をしたのですよ。新聞に大きく出ている！」

「止められなかったの？」

「止めましたよ。激論したのです。これで真犯人を挙げることが出来なかったら、わたしは大恥をかく。それどころか、名高デカ長は本庁から飛ばしてやると息巻いたのです。紗奈江姐さん、本当に大丈夫ですか」

桜小路はめずらしく顔を真っ赤にしていた。いつものおっとりした気品は影をひそめてしまっている。

「大丈夫って言いたいけど……」

「そんな頼りないことを言わないで下さい。本庁から飛ばされたら、桜小路一門の悲願はどうなるのです？」

「とにかく、出かけましょう。レモンさんの写真を持ってるわね？」

「あの雑誌だったら名高デカ長に取り上げられましたよ」

「雑誌じゃなくて、被害者の顔写真よ」

「それなら持っています」

桜小路は内ポケットから山木優子の顔写真を取り出した。

「それだけが頼りだわ」

紗奈江は手早く身仕度してマンションを出た。タクシーでドキュメント特撮社へ向かった。

「真犯人は誰なのです？」

桜小路は居ても立ってもおれない様子だった。

第三者の紗奈江から見ると、桜小路一門の悲願は実現不可能な夢としか思えないのだが、本人は大真面目なのだ。

「多分、編集長の鹿沼だと思うのだけど」

「鹿沼……？」

「あの男が臭いと思う」

「鹿沼が優子を殺したというのですか？　動機は何です？」

「分からないわ」

「分からない？　それでどうして犯人だと決めつけるのです？」

「女の勘なの……」

「だから、勘の根拠は何なのです？」

「なんとなくだけど……」

「ああ……！」

桜小路は絶望的に呻いた。頭を抱え込んだ。

「だって、桜小路さんがいけないのよ。刑事のくせして、あんなデカ長に尾行られたのに気がつかないんだもの。トシ坊からくわしい話を聞いて、その上で鹿沼を追いつめようと思っていたのに、肝心《かんじん》の証人を持って行かれちゃったでしょう」

「今さらそんなことを言っても始まりませんよ。わたしはデカ長に宣戦布告してしまったのです。鹿沼が犯人でなかったら、桜小路一門の悲願は水の泡ときえてしまう。ああ、もう絶望です！」

桜小路はお公家さんの気品も優雅さも忘れたように、頭をかきむしった。

タクシーはドキュメント特撮社の横手についた。古ぼけたエレベーターで四階へ上がった。

編集部はがらんとしていた。受付の若い女性が一人、手持ち無沙汰に座っていて、二人を迎えると、

「編集長は十二時過ぎにならないと出社しませんが……」

おびえたように言った。

「じゃあ、待たせて頂くけど、あなた、この女性に見覚えがない？」

紗奈江は優子の顔写真を見せた。

「あ……」

受付の女性の表情が揺れた。

「見覚えがあるのね？」

「二度か三度、訪ねてみえたことがあると思いますけど……」

「鹿沼編集長を訪ねてきたのね？」

「はい」

「いつ頃……？」

「最初は半年ほど前だと思いますけど……。そうですわ。盗撮の写真が掲載されているって、抗議にみえたのでしたわ」

「それで、編集長と話はついたの？」

「さあ？　そういう立ち入ったことは、わたしには分かりませんけど……。でも、あれは二度目のときだったかしら、この方がしつこく編集長を責めてたとき、編集長に電話があって……、そうだわ。編集長が『アンゴラ』でお客さんと会うのに、どうしても一緒に行くと言って、ついて行ったのを覚えています」

「アンゴラ……？」

「近くの喫茶店です」

「編集長はアンゴラをよく利用してるの？」

「ここは落ち着いて話ができないでしょ。打ち合わせなんかは、たいていアンゴラでしています。あ……」

「……？」

受付の女性は何かに思い当たったようだ。

紗奈江は女性を見つめた。

「そのときの電話はチンさんからでした」

「チンさん？」

昨日訪ねて来たときも、チンさんからの電話で、話が打ち切りになった。

「チンさんってどういう人……？」

「さあ？　チンさんというのですから、中国人じゃないですか。チンさんはいつも電話でアンゴラへ編集長を呼び出すんです。会社へ来たことは一度もありませんけど……」

ドアが開いた。飛び込んで来たのは野田だった。

「野田さん、チンさんって人、知ってる？」

紗奈江がいいとこへ来てくれたというようにたずねると、野田の顔色が変わった。

「知ってるのね？　チンさんって何者なのよ？」

紗奈江が詰め寄ると、

「参ったな。チンさんのことをどうして喋《しゃべ》っちゃうんだよ」

恨めしそうに受付の女性を睨みつけ、

「台湾人だよ。いや、香港かな。とにかく中国人なんだ」

「そのチンさんで、どうして顔色がかわるの？　麻薬かなんかやってるの？」

「じょ、冗談じゃない。そんなだいそれたことじゃないんだ。台湾や香港で日本のアイドルがブームになってるの、聞いてるだろ？　アイドルの写真を買ってくれるんだ。俺もたまにサイドビジネスにしてるけどさ」

紗奈江はそう聞いた途端にピーンと来るものを感じた。

「アイドルの写真だけ？」

「そりゃ、少しは他の写真も売ることがあるけどさ」

「ポルノなのね？」

「まあね……」

野田が曖昧《あいまい》にうなずいたとき、鹿沼が出社して来た。

りゅうとしたスーツに身を包んでいた。

8

紗奈江は桜小路に耳打ちした。

桜小路は鹿沼の前に立ちはだかり、

「山木優子殺しの容疑だ。警視庁まで来てもらおう！」

甲高い声で叫んだ。

「俺が山木優子を殺した？　何を証拠にそんな言いがかりをつけるんだ！」

鹿沼はギョッとした顔になりながらも、虚勢を張るように薄ら笑いを浮かべた。

「あなたは山木優子に脅迫されていたのよ」

紗奈江は鹿沼に投げつけた。

「何で……？　例の写真の件でかい？」

「山木優子はあなたの秘密を知ったのよ。あなたも野田さんも、サイドビジネスのつもりだったけど、投稿の写真の中から、アイドルタレントや盗み撮りのきわどいポルノを、チンさんに売っていた。その行為は厳密にいうと肖像権や、著作権の侵害なのよ。優子は週刊誌やスポーツ新聞に写真をジャンジャン撮らせていただけに、記者連中と親しかったから、法律に触れることを知っていたのよ」

「よしてほしいな。読者からの投稿写真については、著作権はうちの会社に帰属すると、断ってあるんだ。著作権の侵害にはならないね」

鹿沼は鼻でせせら笑った。

「そう。ドキュメント特撮社に帰属するかも知れないけど、あなたが自由に売っていいとは誰も認めてないわ。それに、優子がメジャーの週刊誌やスポーツ新聞の記者をそそのかして、あなたのしたことを書き立てさせたら、ただでさえ風当たりの強いドキュメント特撮なんて雑誌は、マスコミの袋叩きにあって、出せなくなるわ」

「それで俺が山木優子を殺したというんですか。殺したのはトシ坊だろ？　新聞にでっかく出てるじゃないか」

「あなたは山木優子がトシ坊を脅迫して、玩具《おもちゃ》にしていたのを知っていた。そうよね？」

「そんなこと知らねえよ」

鹿沼は肩をそびやかした。

「本当に知らなかった？」

紗奈江が念をおすと、鹿沼は急に歯切れが悪くなった。

「そりゃあ、薄々は知らないでもなかったけどさ」

「あら、急に態度が変わったわね。それもそのはず、知らないと言うと、トシ坊の供述次第で、あとになって困ることになると気がついたからよね。山木優子が殺された日、あなたはトシ坊に電話を掛けたでしょう？」

紗奈江のあてずっぽうだった。

だが、鹿沼は返答につまっていた。

「どうなの？　掛けたの、掛けないの？」

「それがどうしたっていうんだ？」

「掛けたか掛けないか、はっきり答えたらどうなの！」

「覚えてないね？」

「じゃあ、山木優子に脅迫されていたことはどうなの？」

「…………」

鹿沼はまたも答えにつまった。

「桜小路さん、この人を緊急逮捕してください。トシ坊とチンさんから裏をとってあるでしょ。この人は事件当日、トシ坊が山木優子のマンションで淫行されることを知っていた。それを承知でトシ坊がマンションを出るのと入れ替わりに優子の部屋を訪れたのよ。優子の脅迫に負けた。金を届けに来た。そう言って部屋に入った。そして、優子を絞め殺したのよ。優子は裸同然だったし、ベッドからトシ坊の髪の毛を拾って来て、風呂場へ置いておいた。あの日、トシ坊は優子のマンションのお風呂を使わなかった。それなのに髪の毛が風呂場に落ちていたのは、この人がトシ坊に罪をなすりつけるためにしたことなのです」

鹿沼の顔が引きつり、からだからガクリと力が抜け落ちた。

紗奈江の言ったことは、ほとんどが当て推量だった。トシ坊からはもちろん、チンさんなる人物から裏をとるのは、これからの話なのだ。

だが、鹿沼は紗奈江の言葉を真に受けた。すでに裏を取られていると思ったのだ。

本職の刑事なら、こんな危なっかしい捜査は出来ないだろう。紗奈江だから無責任に出来ることであった。

いや、そう考えるのは、警察に好意的すぎるかも知れない。

名高デカ長はもっと強引に記者発表までしてしまっている。

「鹿沼さん、あんた運が悪かったんだよ。この紗奈江姐さんは、ソープランドのことなら裏も表も知りつくしている凄い名探偵なんだ。山木優子からあんたのことを打ち明けられていたんだ。へたに足掻《あが》くと、あんた、死刑になるぜ。おとなしく自白するのが身のためだと思うよ」

横から野田が調子よく言った。優子から打ち明けられていたなんて、口から出まかせもいいところだ。

「恐れ入りました……」

鹿沼はあっさりと、両手を前に突き出した。


三日後――。

紗奈江は桜小路に銀座の高級料亭に招待された。

「いやあ、紗奈江さんは叡知《えいち》神の如き名探偵です。お蔭でわたしは面目を保つことが出来ました。この通りです……」

桜小路は上機嫌で平伏してみせた。

かたわらに紫の袱紗《ふくさ》に包んだ大きなお土産が用意されていた。

紫は紫でも、紫式部の短冊ではないらしい。

「ただ、注意してください。名高デカ長が紗奈江姐さんを恨んで、地団駄《じだんだ》踏んで悔しがっています。紗奈江姐さんのソープランドを急襲するかも知れません。姐さんに迷惑がかからないといいのですが……」

「そんなの平気よ」

紗奈江は軽く受け流したが、胸の中ではもうこの辺りがソープランドのやめどきかも知れないと思っていた。

紫式部の短冊をもらえたら、何の心配もなしに、身の振り方が決まるまで、当分ゆっくり出来るのだが……。

世の中、そこまでは思い通りに運びそうもない。

隅田川《すみだがわ》に消えた女

1

眼が醒めたのは十二時少し過ぎだった。

四宮紗奈江はベッドの中で手を伸ばし、差し込み電話のソケットを入れた。

途端に電話が鳴った。

「どうしたのです？　朝から何度、掛けたか知れません。ベルが鳴りつづけているのに出ないから、ポックリ病か何かで死んだのじゃないかと心配しましたよ」

桜小路資朝の人懐《なつ》っこい声が伝わって来た。

いかにも仰々《ぎょうぎょう》しい名前だが、それもそのはず、平安時代のむかしからつづくお公家さん、桜小路家八十二代の当主なのだ。

それでいて警視庁捜査一課の刑事をしている。

「今、起きたところなの。寝るときは電話を切っちゃう。いたずら電話やセールスの電話で、寝てるところを起こされるんじゃかなわないでしょ」

紗奈江は笑いながら答えた。

用がない時は、差し込み電話のソケットを抜いておくのが習慣になっている。

ソケットのほうにもベルが付いているが、そっちのベルは鳴らないようにしてある。

吉原のソープランドで働いているため、夜と昼が逆さまになっている。

電話は向こうの勝手で掛けてくるから、そうでもしておかないと、ぐっすり眠ることができない。

「なるほど。紗奈江姐さんに電話を掛けるときは、時間帯を選ばないと駄目ということですか」

桜小路はのんびりといった。

「何の用なの……？」

「いいお天気ですよ。小春日和《びより》というのは今日のような日をいうのでしょう。散歩しませんか」

「だって、今、起きたばかりよ。これから顔を洗って、コーヒーを飲んで、お化粧をしなきゃあ、外へなんか出れないわ」

「コーヒーはわたしが奢《おご》りましょう。十分もあれば出て来られるのじゃないですか」

「気安くいわないでよ。今日は早番なの。三時にお店に入らなきゃならないでしょ。気忙《きぜわ》しくて刑事さんと呑気《のんき》に散歩なんかする気になれないわ」

「そんなつれないことをいわないで、一時間で結構です。つきあって頂きたいのです」

「だから、何の用なの？」

「決まってるでしょう。お知恵を拝借したいのです」

「また……？」

紗奈江は眉をしかめた。

桜小路は警視庁捜査一課の主任だ。お公家さんの家柄で、見るからに気品が溢れているが、捜査能力ゼロ。窓際からこぼれ落ちそうなのを、必死にかじりついている。それも、自分の力でかじりついているのではなく、紗奈江の推理で四度、事件を解決した。

それに味をしめて、何かというとお知恵拝借にやって来る。桜小路が必死なのは分かるが、紗奈江にとっては迷惑以外の何物でもない。

「いつものように下に来ています。あなたの協力を仰《あお》げないとなると、今度こそ小名木川に身投げしなければならなくなりそうだ」

紗奈江が窓から覗くと、堀割のような小名木川に架かった橋の筋向かいから、携帯電話を片手に、身投げとはおよそ縁のなさそうな気軽さで、手を振っていた。

紗奈江が手早く身仕度して下りて行くと、

「参りましょう」

桜小路はタクシーを呼び止め、紗奈江を押し込むように乗った。

「遠くは困るわ」

「すぐそこです」

ポケットから新聞の切り抜きを取り出し、

「この事件ですがね。簡単に解決しそうでいて、意外に難しい。迷宮入り寸前なのです」

そういいながらも、明日にでも解決しそうな顔つきになっていた。

紗奈江を引っ張り出すことさえできれば、どんな難事件もたちどころに解決する。

桜小路はそう信じ込んでいる。

紗奈江は新聞の切り抜きに目を落とした。


隅田川に若い女性の水死体、痴情か怨恨か？　複雑な男性関係！


五段抜きの見出しで、その女性、酒折須美子《さかおれすみこ》の発見状況と、彼女のプロフィールを報じていた。

新宿歌舞伎町のソープランド『キリマンジャロ』で働いていた二十三歳のソープ嬢だった。

「伊豆《いず》の西海岸に田子《たご》という港町があります。父親は遠洋漁業の船を三隻も持っているというから、田子ではちょっとした網元ですね。ミッション系の短大に進学したが、在学中から風俗営業の店で働いていたらしい。事件というのは被害者の身元が割れると、八十パーセント方、解決したようなものですが、この事件は身元が割れてから、かえって難しくなった……」

「男性関係が複雑だから？」

「それもあります。酒折須美子は白金台《しろがねだい》に家賃が二十五万円もするマンションを借りていて、アドレス帳や名刺が出た。それをもとに二百人近い関係者に当たったのですが、容疑者らしい人物は浮かび上がってこない。足で捜査するのが刑事の宿命とはいうものの、この寒空を歩き回るのは楽じゃありませんよ」

桜小路はうんざりした表情になり、

「そこでストップ……！」

清洲橋《きよすばし》の手前を右に折れ、小名木川に架かる萬年橋を渡ったところで運転手に告げた。

小名木川が隅田川に合流する地点だった。

斜め左に吊橋型の清洲橋が眺められた。

隅田川に架かる橋の中で、最も美しいといわれている橋だ。ライン川に架かっていたケルンの吊橋がモデルだそうだが、本家のほうは世界で最も美しいというからスケールが違う。

だが、桜小路は清洲橋を見ていなかった。

清洲橋に背中を見せ、

「あそこに水門がありますね。二月三日の朝、あの水門に引っ掛かっていたのです。首を絞められて殺された上、隅田川に投げ込まれた。殺されたのは前日の夜です」

と、指を差した。

高潮や洪水で隅田川の水位が上がった時、閉め切って町を守るための水門であった。何しろ、紗奈江の住んでいる江東区《こうとう》は海抜ゼロメートル。かつては水害の常習地帯だった。

酒折須美子はその水門に引っ掛かっているのを、二月三日の早朝、東京湾へ出漁して行く釣船に発見されたのだ。

2

「これが酒折須美子ですがね」

近くの喫茶店に入ると、桜小路は内ポケットから手札判《てふだ》の写真を取り出した。

色白で彫りの深い顔立ち、目鼻立ちがはっきりしている。

「ハーフなの？」

紗奈江がたずねたのは、日本人ばなれした美貌だったからだ。

背中まで垂らしたストレートな長い髪の毛が、清純な印象だった。

「両親も、そのまた両親も純日本人ですよ。写真では分からないが、からだつきは小柄でね。身長が百五十三センチ、体重が四十二キロ、スリーサイズというのですか、上から七十三、五十二、八十だったそうです」

「としは二十三だったわね。羨《うらや》ましいわ」

紗奈江は溜息をつきたくなった。

若くて美人でチャーミング。プロポーションも小柄ながら理想的だ。

新宿のソープランドで人気の的《まと》だったろう。怖いもの知らずで、若い人生をエンジョイできたと思う。

それに引き替え、紗奈江は二十八歳。

自分ではまだ若いつもりでいるが、ソープランドでは高年齢になりかかっている。

「何を羨ましがるのです？　紗奈江姐さんのほうが、遥かに美しい。あなたの美しさには深みがありますよ」

「ありがとう……。新宿のお風呂で働いている友達に、この子のこと、聞いてみるけど、警察が調べて分からなかったのですものね。それ以上のことが分かるかしら……？」

紗奈江は首を傾げた。

「警察は、というより、わたしたちはこういう若い女性の事件が苦手でね。常識も生活感覚もまるで通じないのです。ほら、あなたの電話。呼び出しのベルが鳴っているのに出ないと、わたしなんかは素直に留守だと思う。何度か掛けて、それでも出ないと、何か悪いことがあったのじゃないか？　そう考えてしまう。差し込みを抜いているなんてことは、まったく思いつかないのですから……」

「痴情か怨恨か？　そうでなかったらお金目当て。殺人事件の動機というと、パターン化した考えしかできないっていいたいのでしょ？」

紗奈江は桜小路の口癖を先くぐりしていった。

刑事の発想が、時代の変化について行けなくなっている。その点、紗奈江は現代の真っ只中で生きている。だから紗奈江の協力が必要だというのが桜小路の口癖であった。

「その金ですがね、マンションから貯金と株が三千万近く出た。銀行預金は七百万ほどですが、中期国債ファンドというのを、毎月七十万から百二十万、積み立てています。番台のないお風呂で働くと、そんなに稼ぎがあるのですか」

「独り暮らしで、つましくやってれば、それくらいはできるはずだけど、実際に貯金している子は少ないわね」

「暮らしぶりはかなり派手だったようです。マンションの家具調度も高いものだったし、衣類はすべてブランド物です。それにホストクラブなんかにも、よく出入りしていたらしい」

「それで貯金までしてるのだったら、すごい売れっ子だったのだわ」

「酒折須美子のような女性が、店以外で収入を得る方法というと……？」

桜小路は紗奈江に気をつかって、ソープ嬢という言葉を遠慮している。

ソープランドという言葉も滅多に使わない。番台のないお風呂とか、ネオンのきらびやかなお風呂といった表現を使う。

平安時代のむかしから続くお公家さんの家柄ともなると、口のきき方まで雅《みや》びで、デリカシーが行き届くのだろうか。

「お風呂よりお金になるアルバイトなんてあるかしら？　よっぽど素晴らしいお客さんがついていたのじゃない？」

「どういうお客です？」

「例えば一日貸し切りなんてお客。『キリマンジャロ』は入浴料とサービス料の合計が、確か五万円だと思ったけど、開店からラストまで、その子を買い切っちゃうの。十二時間だと六本分、三十万よね。もっとも女の子の取り分は十八万円だけど、そういう場合はお店が気をきかして、外出オーケーなの」

「三十万円ですか……」

桜小路は溜息をついた。

「それにホテル代とか、食事代とか、大変だけど、でも、銀座のホステスさんを口説くのは、クラブへ通う費用が馬鹿にならないでしょ。まして二号さんとなると、マンションを借りてあげたり、月々のお手当てから、あれが欲しい、これを買って……」

「別れるとなると、手切れ金だとか慰謝料をこってり取られますな」

「それどころか、子供ができたとか、別れるのが嫌だとか、揉《も》めだしたらきりがないわ。その点、わたしたちと恋人気分になってる分には、一回の費用が大きいようでも、そのとき限りで責任がないから、結果的には安く上がるのじゃない？」

「理屈ですな……」

桜小路は感心した表情になった。

「この子なら、そういうお客を四、五人持っていたとしても不思議じゃないわ」

「実はその手の客が五人いました。一人は長野県に住むお医者さんで、月に二回平均で酒折須美子を買い切り、その都度、五十万円渡していたそうです」

「なあんだ……。人にさんざ喋《しゃべ》らせておいて実はだなんて、人が悪いわよ」

紗奈江はちょっと睨む目つきになった。

「その五人もシロです。となると他《ほか》にどういうケースが考えられますか？」

「ケースよりも、酒折須美子って子の性格が問題なんじゃない？　わたしが、これまでに何件か探偵の真似ごとをできたのは、被害にあった女の子の性格を知っていたからだわ。

今度はとても無理よ」

紗奈江は首をひねった。

いくら同業とはいえ、酒折須美子について何の予備知識もない。手札判の顔写真一枚でお知恵拝借といわれても、貸すことのできそうな知恵は、出て来そうになかった。

「そんな心細いことをいわないで下さいよ。紗奈江姐さんだけが頼みの綱なのですから」

桜小路はいとも悲しげな顔をつくった。

「どこで殺されて、隅田川に投げ込まれたか。それも分からないの？」

「川の流れや潮の満ち引きから考えて、言問橋から白鬚橋《しらひげばし》のあいだで投げ込まれたと推定されるそうです」

「投げ込まれた時間は？」

「夜中の十一時から十二時のあいだだそうです」

桜小路は自信なさそうにいった。

「あの辺りは高速道路が隅田川ぞいに走っているけど、高速道路から投げ込んだのかしら？」

「そういう意見もありました。十二時頃ですと、車の通行量が多いし、高速道路から投げ込むと水しぶきなんかも派手に上がるでしょうが、人間は意外にひとごとには無関心なものらしいですね」

「桜小路さんこそ、ひとごとのような口ぶりだわ」

「わたしは真剣ですよ。この事件は何としても、わたしの手で解決したい。この前の事件で、三個目の銀メダルを貰いました。桜小路一門でこんなに表彰を受けたのは、わたしが初めてです。母が喜びましてね……」

桜小路の頬にかすかな赤みが射した。

桜小路家は平安時代のむかしから、代々検非違使《けびいし》の庁に勤めて来た。

検非違使の庁は、現代でいえば警視庁と裁判所を一緒にしたような役所だったらしい。ところが桜小路家は、公家とはいうものの家格が低く、検非違使の尉《じょう》になることができなかった。

検非違使の尉というのは、平家を追討した源義経がついた位で、現代でいうと警視庁捜査一課長がそれに当たるとか。

警視庁捜査一課長を出すのが、桜小路家の悲願なのだ。

もっとも、銀メダルをいくつ貰ったところで捜査一課長になれるわけではない。銀メダルとは刑事部長賞のことで、難事件を解決したときのご褒美《ほうび》だ。刑事としての名誉には違いないが、昇進とは無関係だ。しかも、桜小路の場合、銀メダルを貰ったこと自体、警視庁の七不思議と噂されている。

つまり、桜小路の捜査能力を信用する者は彼の同僚にさえ、皆無に近いのだ。

「帰りに食事してかない？　聞いてほしい悩みがあるんだ……」

ラストの客を送り出した紗奈江に、控室の入口でオリビアがいった。

「わたしもオリビアさんに聞きたい話があったの」

「じゃあ、早いとこお店、出ちゃおう」

オリビアが悪戯《いたずら》っぽい感じで舌を出した。

ぐずぐずしていると、時間はずれの客が飛び込んで来る恐れがある。

数年前、鳴物入りで新風営法が施行され、午前零時以降の営業は禁止されたが、そんなのを守っている店は一軒もない。

現に時計は午前二時を廻っている。

紗奈江とオリビアは店を出た。

3

ネオンの消えた暗い通りを、タクシーが数珠《じゅず》つなぎに並び、それを縫って客引きたちがどぶねずみのように動き回っていた。

「久しぶりに『安宅《あたか》』にする？」

「そうね……」

二人は浅草三業地の中にある『安宅』へ行った。カウンターと小揚がりだけの小さな店だが、職人肌の主人が吟味《ぎんみ》したものを食べさせてくれる。

小揚がりに向かい合って座り、バイ貝の壺煮《つぼに》を肴に日本酒をくみ交わしながら、紗奈江がたずねると、

「悩みって何……？」

「あたし、不倫をしてるの」

オリビアはオーバーに溜息をついた。

「不倫？　恰好いいじゃない？」

「そう思ったんだけど、実際にしてみると切ないわ」

あどけなさの残るふっくらした頬が、言葉とは逆に輝いていた。

「どういう人？」

「それがよく分からないのよ」

「分からないって？」

「広告関係の仕事をしているらしいんだけど、会社も電話番号も教えてくれないのよ」

「だったら、連絡のしようがないじゃないの？」

「向こうから掛かって来る電話を、ただ待つしかないのよ。ホテルで会って、ホテルで別れ……。まるで歌謡曲だわ。それも、あの歌の主人公は相手の電話番号、知ってるのよ

ね。掛けると叱られるっていうんだもん。あたしの場合はそれさえ知らないんだから、参っちゃうのよ」

「そんなの不倫でもなんでもないわ。遊ばれてるだけじゃないの」

紗奈江は突き放すようにいった。

気のおけないオリビアだからだ。第一、不倫だなんて深刻ぶっているが、根は明るい性格なのだ。

「だからさ、今度会ったとき、そーっと尾行してやろうかと思ってるの」

「電話番号を教えてくれっていったら？　それも教えないのだったら、もう会わないっていって、……」

「いったのよ。だけど、その人、奥さんが怖いんだって。あたしが家へ乗り込んで行って、ご主人を下さいっていうんじゃないかって心配してるのよ」

「その人、いくつなの？」

「三十五、六かな。会うと奥さんの悋気《のろけ》ばっかいっちゃってさ。憎らしいったらないの」

「そういうの不倫っていうのかなあ？」

紗奈江は馬鹿々々しくなった。

オリビアのそれは恋をしているうちにも入らないだろう。恋を恋してるとでもいうのだろうか。

「奥さんのいる男性と恋をしてるのだから、絶対に不倫よ」

オリビアは唇をとがらせた。

「だけど、お風呂へ来るお客はほとんどが家庭を持ってるでしょ。お風呂で遊ぶのを不倫だなんていわないわよ。浮気のうちにも入らないんじゃない？」

「じゃあ、不倫ってどういうのをいうの？」

「人間として、してはいけないと思いながら止められない恋かな？　相手の奥さんに申しわけないっていう深刻な悩みがあるのじゃないかしら」

「お姐さん、したことある？」

「さあ……、どうかしら？」

紗奈江は言葉を濁した。

「聞きたいわ。お姐さん、どうしてお風呂で働くようになったの？　女子大を出てるんでしょ。お姐さんのような頭のいい人が、どうしてお風呂で働くようになったのか。前から一度聞きたいと思っていたのよ」

「不倫の恋に悩んだあげく、自分で自分を抹殺《まっさつ》したくなったなんて……。そんなドラマチックな出来事はなかったわね」

紗奈江ははぐらかした。

深刻なことは嫌だ。

今の仕事をつづけていれば、いつか深刻な問題に突き当たるに違いない。お風呂で働くことは、それ自体がいけないことなのだ。それが長ければ長いほど、清算するときの苦痛は大きいだろう。

そう思うだけに、深刻な問題はなるべく避け、せいぜいのところ、桜小路が持ち込んで来る事件を考える程度ですませておきたいのだ。

「お姐さんの話って何？」

オリビアは話題を変えた。

けろっとして話を変えることができるのは、不倫とかの悩みもたいしたことはないのだろう。

「新宿のお風呂で働いていた子が殺された事件、知ってる？」

「知ってる。あの子、二年ほど前に吉原にいたのよ。『アメジスト』のナンバーワンだったわ」

「この子よ……」

紗奈江はハンドバッグから写真を取り出した。桜小路から預かったものだ。

「そうそう。この子だわ。お店へ通って来るのに、真っ白なベンツ450で来るのよ。可愛い顔してるでしょ。それに頭がいいんだ。中年のお客が多かったわ」

「オリビアさん、『アメジスト』で一緒だったの？」

「三カ月ぐらいかな。あたしは『アメジスト』のような高級店は向かないのよ。だから、自分から辞めたんだけど、この子はクビになったわ」

「どうして？」

「不倫よ」

「不倫……？」

「お客さんを好きになっちゃったのよ。そのお客さんというのが若いお医者さんでさ。もちろん、奥さんも子供さんもいたわ。ところが、この子、結婚して下さいって、家へ押し掛けて行ったのよ。お医者さんの家は大変よ。結局、何百万円かの慰謝料で解決したんだけど、お医者さんのお父さんって人が県会議員か何かをしていて、その筋からクレームが来て、『アメジスト』が手入れを受けるとかって大騒ぎになったの。覚えてない？」

「そんなことがあったの？」

　紗奈江はふーんという顔になった。

　ひとくちに吉原といっても百八十軒からのソープランドがあり、二千人近いソープ嬢が働いている。吉原であったことを、すべて知ることは無理だが、その点、オリビアは地獄耳であった。

「この子、クビになると、川崎のお店に替わって行ったけど、その後、ちゃっかり新宿へ戻って来てたのね」

「自分さえよければ、他人やお店に迷惑かけたって、知っちゃいないって人?」

「そんなふうにも見えなかったけどね。とにかく可愛い顔してるし、口のききかたなんかだって、上品なのよ。いかにも育ちがいい感じなんだよね」

たしかに育ちはよかった。

伊豆の網元の娘なのだ。

「そのお医者さんと、本当に結婚する気だったのかしら?」

紗奈江は首を傾げた。

お風呂で働く女だって、いつかは結婚を真剣に考える時が来るだろう。だが、二年前といえば、酒折須美子は二十一歳だった。

若かったから一途に愛したのかも知れないが、お風呂で働く二十一歳の美貌のナンバーワン嬢ともなれば、結婚なんかより楽しいことがあり過ぎて困るほどだったはずだ。

家まで押し掛けて行ったという須美子の行為に、紗奈江はどこか不自然なものを感じていた。

4

「紗奈江姐さんの情報で、早速『アメジスト』の店長に会って聞いたのですが、これから問題のお医者さんに話を聞きに行こうと思うんですよ。一緒に行って貰えませんか」

　桜小路が電話して来たのは二日後だった。

「どこなの？」

「沼津《ぬまづ》です。新幹線で三島《みしま》まで行って、あとはタクシーを飛ばします。往復が三時間で、現地での話が一時間。五時には東京へ帰って来れます」

「どうして、わたしが一緒に行かなきゃならないのよ？」

「酒折須美子というのは、としに似合わず、かなり複雑な女性のようでして、わたしなどには到底、判断できそうにないのですよ」

　持ち前のおっとりした口調だが、桜小路に相談を持ちかけられると、紗奈江は断るのにひと苦労する。

　ぬらりくらりと食い下がって来るから、断るよりさっさとすましたほうが早い。

と同時に、警視庁捜査一課自称窓際刑事、鶴のように痩身で気品が溢れているが、捜査能力ゼロの桜小路を見ていると、手伝ってあげないとすまないような気持になって来る。

　桜小路は三十六歳、紗奈江よりとし上だが、母性本能をかきたてられるのだ。

　桜小路は紗奈江の気持を読み取ったのか、

「今からですと、十二時二十一分発の《こだま四二九号》に間に合います。グリーン車に乗って下さい。じゃあ、くわしいことは列車の中で……」

一方的にいって電話を切った。

東京駅へ駆けつけると、桜小路は若い刑事と二人でホームに立っていた。

「新宿署の印南《いんなみ》さん……」

桜小路が紹介した。

「ああ、例の信州善光寺の事件を解決した方ですね。よろしくお願いします」

印南は丁重《ていちょう》に頭を下げた。

一メートル八十近い長身で、三田村邦彦《みたむらくにひこ》に似たハンサムな青年だった。

善光寺で起こった事件は新宿署の管轄であった。

その事件以来、紗奈江の名探偵ぶりが知られるようになったのだった。

「紗奈江姐さんが乗り出せば、どんな難事件もたちどころに解決です。わたしに権限があれば、警視庁捜査一課の顧問にお迎えするのだが……」

桜小路は真面目な表情でいった。

「しかし、桜小路さんは恵まれてますね。捜査費用は湯水のように使えるし、こんな美しい知恵袋がついている。自分は新幹線のグリーン車に乗るの、生まれて初めてです」

印南はまぶしそうな眼つきで、紗奈江を見つめた。

捜査費用を湯水のように使えるといっても、桜小路の場合、すべて自腹を切っている。

本人が窓際刑事なら、桜小路の先祖は代々検非違使の庁の下級役人。

いまも昔も、役人が暇をもて余すのは共通らしく、暇つぶしに、源氏物語や古今和歌集、検非違使の庁の記録などを筆写した。

その写本が京都の桜小路家の蔵にぎっしり詰まっている。

それを一冊売れば、何十万、何百万なのだ。現代の検非違使の判官《ほうがん》、警視庁捜査一課長を出すことを一門の悲願とする桜小路家は、捜査費用をどんどん送ってくる。

三人はグリーン車に乗り込んだ。

三島から沼津まで、タクシーを飛ばした。

この往復で『徒然草《つれづれぐさ》』か『方丈記《ほうじょうき》』が一冊、消えただろう。

目指すお医者さんの家は、沼津港の近くにあった。

桜小路と印南が事情聴取をしているあいだ、紗奈江は港で海を眺めていた。

よく晴れて風が強い。海は白波が立ち、寒かったが、振り向くと松原の上に真っ白な富士山が聳《そび》え立っていた。

葛飾北斎《かつしかほくさい》の描く浮世絵のように、富士山がひどく近く見えた。松原のすぐ上に覆いかぶさり、倒れかかってきそうなほど、近く大きく見えるのだった。

「いい富士ですね。葛飾北斎はデフォルメしたわけじゃなかったんだ。天候の加減か何かで、そそり立って見えることがあるのですな」

事情聴取を終えて出て来た桜小路が、感心したようにつぶやいた。

「お医者さんから何か聞けた……？」

「人間も富士山と同じですね。立場の違った人の話を聞くと、今まで聞き込みをした酒折須美子と、まったく別の女性像が浮かびあがって来た」

「酒折須美子はかなりしたたかな女ですよ」

桜小路ののんびりした顔つきとは対照的に、印南は気負い込んでいた。

「したたか……？」

紗奈江がたずねた。

「酒折須美子とそれほど親しい関係ではなかったというのです。曽根省二《そねしょうじ》が……、須美子に脅迫された若い医者ですが、曽根省二が『アメジスト』へ行ったのは、僅か二回だけだそうです。気立てのよさそうな女性だったので、名刺を渡した。すると、ひと月ほど経ってから電話を掛けて来た。是非会いたい、会って話したいことがあるといって来たそうです」

印南が要領よく説明した。

「……？」

「曽根省二は軽い気持で会ったところ、ホテルへ誘われ、ベッドで愛情を告白されたというのです。好きだ、奥さんと別れてくれ、そうしてくれなければ、二人の関係を奥さんにぶちまける。そんなやりとりがあって、その半月ほど後で、あの家へ乗り込んで来て、曽根の眼の前で、睡眠薬を飲んだのです。それも致死量だったそうです」

「まあ……」

紗奈江は息を飲んだ。

「曽根は医者ですからね。目の前で致死量の睡眠薬を飲んでも、すぐ手当てをする。現に曽根は、その場で胃洗浄をした。救急車で病院へ運び、それでも二日ほど寝込んだそうですが、そういうことをすべて計算した上での芝居だったと曽根はいうのです」

「それで、曽根さんはお金を払ったの？」

「慰謝料という性格の金ではないのですが、また、やって来られて、今度は首でも吊られた分には大事《おおごと》ですからね。酒折須美子のほうから要求したわけではないが、一千万円を払ってあと腐れがないよう手を打ったというのです」

「一千万円も……？」

「曽根の父親は県会議員でしてね。選挙の最中にやられてごらんなさい。落選確実です」

桜小路がいつになく明快にいった。

「非常に上手な脅迫ですよ。酒折須美子はこれに味をしめた。同じようなことを二度、三度とやっているはずです」

横から印南が断定的にいった。

「だけど、これまでの捜査では、そういうことが出て来なかったのでしょう？」

「なかった。われわれは酒折須美子の交遊関係をくまなく洗ったつもりでしたが、こういうケースは一件もなかった」

印南がいい、

「二百人もの関係者に当たったって、似たケースが一つもないのはどうしてかしら?」

「だから、紗奈江姐さんにお任せしなければならないのですよ」

桜小路はあくまでも気楽にいった。

「任せられたって困るわよ。何人もの刑事さんが足を棒にして調べたのに、それ以上のことが、わたしに分かるわけがないわ」

「そこですよ。わたしたち刑事は、若い女性について無知ですからね。わたしたちの盲点があるはずです。ほら、紗奈江姐さんの差し込み電話ですよ。ああいう簡単な盲点を考えて下さい」

桜小路はのどかな顔をしていた。

5

「酒折須美子は頭の切れる子だって聞いたけど、曽根さんのお宅で致死量の睡眠薬を飲むなんて、度胸のほうも大したものだわ」

帰りの列車の中で紗奈江は、向かい合って坐った二人の刑事のどちらへともなくつぶやいた。

「頭のいい女性だったことは、聞き込みをした人たちの誰もが認めていました」

印南がうなずいた。

「お医者さんでお金がある。その上、父親が政治家だから、ひとの目も気にしなくちゃならない。でも、二十一歳の女の子がそこまで読んで、芝居を打てるかしら。知恵をつけた人はいなかったの？」

「該当する人物は捜査線上に見当たりませんね」

印南は自信満々に断言した。

「人間って一度成功すると、同じことをするっていうわよね」

「そうです。犯罪の手口で犯人が分かるというのは、そのことなのです」

「でも、それにしては、二百人もの人に当たって、今までに曽根さんと似たような話が出なかったのはどうしてかしら？」

「酒折須美子が『アメジスト』で働いていたことさえ、我々はつかんでいませんでした」

印南がいった。

「どうしてですの？」

「彼女は店を何軒も移っていますからね。全部つかみきることは無理です」

「じゃあ、『アメジスト』はそうとして、この子、簡単なお芝居で一千万円も手に入れたのよ。それから二年も経ってるでしょ。そのあいだに同じようなことをしてると思うけど、それが捜査にまったく引っ掛かって来なかったのは、どうしてかしら？」

紗奈江はハンドバッグから酒折須美子の写真を取り出し、膝の上に置いた。

あどけない顔だった。

沼津まで押し掛けて行き、致死量の睡眠薬を飲んでみせる女とは思えない。

だが、酒折須美子は贅沢な暮らしをし、したい放題に遊びながら、三千万円もの貯えを持っていた。

その金は沼津のお医者さんとおなじように、脅迫をしてつかんでいたとしか思えないのだ。

「……？」

二人の刑事は顔を見合わせた。

「例えばの話ですけど、会社なんかに裏帳簿というのがあるでしょ？　この子がアドレス帳を二つ持っていたというのは考えられないかしら？　刑事さんたちがマンションで見つけたのは、表のアドレスなの。それとは別に裏のアドレスがあった。裏のアドレスには、曽根さんのような恐喝というか、ひとつ間違えば犯罪になりかねない人たちの電話番号や住所が書かれてあった……」

「ネオンきらびやかなお風呂で働く女性には、そういう習慣があるのですか」

桜小路がたずねた。

「ないわ。お風呂の女の子は人が善いの。悪くいえば、そこまで頭が回らないんだけど……」

紗奈江は苦いものを飲む思いでいった。

ソープランドの経営者たちが、

〈クラブのホステスは男をだますヒト。お風呂の女は男にだまされるヒト〉

と、よく口にする。

だますより、だまされるほうがツミがなくていいと思う。

だが、身近で見ていると、どうしてこう人が善いのかと、はがゆくなることがめずらしくない。

毎日、男と接し、男がどんなものか、いやというほど知っているはずなのに、仕事を離れると稚《おさ》ないほど男を信じ、男にだまされ、悲惨な影を引きずっている。

酒折須美子はその点、めずらしいほど変わりダネであった。

「酒折須美子が裏アドレスを持っていたとして、マンションからも、『キリマンジャロ』からも出て来なかった。ということは殺した人物が、裏アドレスを処分したのですかね」

印南が膝を乗り出した。

「アドレス帳を処分しても、名刺が彼女のマンションから出て来たら、当然、刑事さんたちが当たったわけでしょ？」

「名刺もありましたよ。あれで二百枚じゃききませんでしたね？」

印南が桜小路へ顔を向けた。

「ダイニングボードの引き出しにほうりこんであった」

桜小路がいった。

「預金通帳なんかは？」

「押し入れに小型の金庫があった。その中にしまってありましたよ」

「睡眠薬を常用していました？」

「マンションからは発見されませんでした」

桜小路はのどかに答えた。

考えることは紗奈江に任せた。桜小路の顔はそう語っている。

「睡眠薬を常用してないのに、どうして致死量を知っていたのかしら？」

紗奈江はたまに飲むことがある。

行きつけの医者で貰うのだ。寝つきをよくする薬だが、二錠飲むと死んだようにぐっすり眠れる。

医者は二週間分、二十八錠をくれる。

ということは、その程度は致死量にほど遠いのだろう。

「バルビツール系の催眠剤だったそうです。ハンドバッグから小瓶を取り出して、六十錠ほどをあっという間に飲んだそうです。静かに飲んだので、何をしだしたのか分からなかったのが、十二、三分して、コトンというように眠りだしたので、慌てたといっておりましたが……」

「その睡眠薬、どこで買ったのでしょう？」

「何軒かの医者で貰えばいい」

印南はこともなげにいった。

「そうね……」

紗奈江は素直にうなずき、桜小路に目配せを送った。

何軒もの医者を回って睡眠薬を集めると考えるのは、堅気の人間の発想であった。

ソープランドで働く女性はそんな面倒なことをしない。

職業柄、絶対に欠かせないピルにしても、医者へ貰いに行くのを面倒がる。

こっそり売ってくれる薬屋があるのだ。

酒折須美子はその薬局で睡眠薬を買ったのだと思う。

それに、桜小路がしきりに口にする差し込み電話だが、それに似たようなお風呂の女ならではの盲点に、紗奈江は気づいたのだ。

裏アドレスの隠し場のことだ。

そこさえ、見つけだせば酒折須美子が脅迫した人物が分かる。そして、事件は解決するはずであった。

事件を解決することは同じでも、桜小路の手柄にしてやりたかったからだ。

6

「何をつかんだのですか」

東京駅の中央通路で二人の刑事と別れ、山手線のホームに立っていると、桜小路が追って来て、紗奈江と一緒に緑色の電車に乗った。

「わたしの勘だけど、曽根さんのお宅で飲んだ睡眠薬、お医者さんで貰ったのじゃないと思うわ」

紗奈江はソープ嬢と薬局の関係を話した。

「何処《どこ》で買ったのです?」

「行きつけの薬屋だと思うわ」

「睡眠薬は医師の処方箋がないと、薬局では売りませんよ。厳密にいうと薬事法違反ですね」

「ピルだって同じことでしょ。お風呂の女の子たちはピルなしでは仕事にならないわ。最初はお医者さんで貰うけど、面倒だから町の薬屋で買うようになるし、ピルを売ってくれる薬屋だったら、睡眠薬だって欲しいだけ買えるわ」

「しかし、今、捜査しているのは、酒折須美子を殺した犯人です。二年前に彼女がどこで睡眠薬を買おうと、今度の事件とは関係ないでしょう」

「二年前に一度だけ脅迫をした。芝居がかった大騒ぎをして、一千万円もの大金を手に入れたのに、それっきり脅迫めいたことをしてないと思う？」

「わたしたちの捜査では、そういう形跡はまったくなかったですね」

「だから、彼女は表の顔と裏の顔を使い分けていたのよ」

「番台のないお風呂屋さんの女性に、そういう例は多いのですか」

「表の顔と裏の顔を使い分けるというほど大層なことじゃないけど、一番多いのは親兄弟にお風呂で働いていることを隠しているケースね。お風呂の女性だって最近はまともな家庭の女の子が少なくないでしょ。そういう子は安いマンションをもう一軒借りて、肉親にはそこしか教えないの。酒折須美子は頭の切れる女性だったというから、裏アドレスを保管したり、脅迫する相手を信用させるためのマンションを、別に借りていたのじゃないかしら」

「なるほど、わたしたちの捜査は酒折須美子の表しか見ていなかった。彼女の裏の顔が分かれば、その中に犯人の手掛かりがある。こういうわけですね」

「そう思うわ。彼女はすごく用心深い性格だったのよ。現に彼女の両親は、曽根さんを脅迫したことを知らなかったのでしょ？」

「その通りです。曽根のほうも酒折須美子の実家が、同じ静岡県の網元だということを知らなかった」

「知っていれば、県会議員をしてるのだから、実家と話し合うことだってできたと思うわ」

「しかし、酒折須美子がもう一軒借りていたマンションですが、それをどうやって探し出すのですかね？」

桜小路は不安そうな顔になった。

「だから、彼女がピルや睡眠薬をどこで買っていたかを調べるのよ。曽根さんのお宅で飲んだ睡眠薬は、『アメジスト』にいた頃だから、吉原の近くの薬屋さんだわ。わたしが買ってる店だと思うけど……」

「じゃあ、その薬屋へ行ってみよう」

桜小路は急に張り切りだした。

二人は鶯谷《うぐいすだに》で電車を降り、タクシーに乗った。

吉原は鶯谷からワンメーターの距離だ。

薬屋は吉原の入口にあった。

薬屋の主人は最初、口が重かったが、薬事法の調べでないことが分かると、

「この子は『アメジスト』を辞めてからも、ずっとうちでピルを買っています。住まいが白金台で遠いので、いつも車でやって来ますね。ええ、白いベンツです」

素直に話した。

「白金台のマンションに住んで、新宿のお風呂に働いているのよ。白金台はともかく、新宿の薬局でピルは手に入るはずなのに、どうして二年この方《かた》、吉原まで買いに来たのかしら？」

紗奈江は薬局の主人にたずねた。

「わたしも不思議に思って訊いたことがあるのですよ。そうしたら、この近くへ来ることがよくあるといってました……」

主人はそういい、思い出したように、

「そうそう、二カ月ほど前でしたかね、押上《おしあげ》駅前のパチンコホールの包みを持っていたことがありましたよ。うちの紙バッグをくれといいまして、中味を詰め替えた後、パチンコホールの包みを捨ててくれといって、置いて行ったことがあったな」

と、いった。

「押上……？」

桜小路は怪訝な顔を作り、紗奈江はピーンとくるものを覚えた。

酒折須美子は押上のパチンコホールの包みを持っていた。

パチンコをするために白いベンツで押上へ通って来たのだろうか。

そうではなく、白金台とは別にもう一つ、押上にマンションを借りていたのではないか。

「酒折須美子の場合は押上のマンションが裏アドレスの隠し場だったんじゃないかな」

「それですよ！」

桜小路は飛び上がりそうな声をあげ、

「押上は言問橋や白鬚橋に近いね。あなたがいうようにマンションを二つ借りていたとしたら、殺された夜、そこのマンションで犯人と待ち合わせたのじゃないか」

「可能性はあるわ」

「よし、押上近辺のマンションを洗おう。マンションが分かれば、裏アドレスが出てくるはずだ」

「それよりも押上界隈《かいわい》の駐車場を洗うほうが早いのじゃないかしら。マンションは偽名で借りてるかも知れないけど、駐車場は車のナンバーで登録するわ。押上界隈には駐車場つきといった大きなマンションがないし、酒折須美子はお金に困ってなんかいないから、すぐ近くに借りているはずだわ」

「駐車場なら話は早い」

桜小路はうなずいた。

7

紗奈江が想像した通り、酒折須美子は偽名で2Kの小さなマンションを借りていた。

ベッドも家具も使い古したものを置いてあったが、そのマンションから二十枚ほどの名刺が出た。

その名刺から、酒折須美子を殺した犯人が割り出された。

中条紀男《なかじようのりお》、四十二歳。一流会社の経理課長であった。

実直で、それだけに小心そうな男だった。

「忘年会の流れで『キリマンジャロ』へ行ったのです。可愛い子なので、一週間ほどのちにもう一度、指名で行ったところ、店の外でデートしようと誘われたのです」

そのデートの時、聞かれるままに会社の電話番号を教えた。

そして、半月ほどした日、デートの電話が掛かって来て、浮きうきした気分で出かけたところ、

「おじさまが好きになったの……」

思わぬ愛情を告白された。

しかも、どこでどう調べたのか、酒折須美子は中条の自宅の住所と電話番号を知っていた。

「わたくし、おじさまと結婚したい。奥様にお願いにあがりますわ」

中条は震えあがった。

若くて美しく、チャーミングな酒折須美子に愛を囁かれるのは悪い気分でなかったが、中条にとって須美子は、ほんの軽い気持で浮気しただけの相手だった。

「冗談じゃないよ」

「だって、わたくし、おじさまなしでは生きて行けない！」

中条が避けると、須美子は毎日のように会社へ電話して来た。

「無理なことはいわないでくれ……」

「わたくし、真剣なんです」

「しかし……」

中条は須美子をなだめた。

だが、須美子は中条の自宅を訪ねて、妻と話し合うといって聞かない。

中条は須美子をどう処理してよいのか分からなかった。
一、二度、浮気をしたことがあるが、女性を扱うことに慣れていない。しかも、中条の妻は潔癖な性格で、須美子のような女性と接したことが分かると、それだけで家庭は崩壊する可能性があった。

中条は須美子を殺すしかないと決意した。

須美子とデートを約束し、自分の車で彼女のマンションへ送ることにし、車の中で絞め殺した上、高速道路から隅田川へ投げ込んだのだ。

事件は解決した。

後味の悪い解決であった。

解決した日の夜、紗奈江は桜小路と会った。浅草に新しくできたホテルのレストランであった。

「酒折須美子は本気で脅迫するつもりだったのかしら……?」

レストランから下町の夜景が見下ろせた。

国際通りのネオンの向こうは、浅草寺の闇が拡がり、その向こうに酒折須美子が投げ込まれた高速道路のライトがつながっていた。

高速道路を走る車のライトが、近代的な夜景を見せている。斜め左手に吉原のネオンが光芒《こうぼう》をにじませていた。

「裏アドレスの客たちは、皆それぞれに脅迫されていました。どの男にも共通していたのは、家庭第一のマイホーム・パパだね。三百万から五百万程度の金で穏便《おんびん》にすませたようだが、中条は真面目すぎて、そういう交渉もできなかったのですよ」

「だけど、お風呂の女はそういうことをしないのが常識だったのよね」

紗奈江は暗澹《あんたん》とした思いでつぶやいた。

「酒折須美子は変わり種なのは確かだけど、これからはそういう女性が出て来ても不思議ないわね」

「というと……？」

「不倫の恋というのが、マスコミで持て囃《はや》されているでしょ。してはいけないから不倫なのに、しないのは流行遅れみたいに扱われているじゃない？　からだを売るということはしてはいけない、恥ずかしいことだという気持がなくなって来ているのよ」

「…………」

桜小路は答える言葉に困っていた。

目の前にからだを売っている女がいるのだ。どう返事しても紗奈江を傷つけることになる。ひとの善《よ》い桜小路としては、相槌《あいづち》を打つわけにもいかないのだろう。

「それに……」

この二、三年、客は減る一方だった。

紗奈江が差し込み電話をはずしておくのも、ひとつには続きそうな客だとみると、マンションの電話番号を教えるからだ。

紗奈江は正真正銘のひとり暮らしだからいいが、同棲している男性のいる女たちは、電話を二本引いて、一本は客用にしている。そちらは同棲している彼が絶対に出ない。店に出る時は差し込みを抜いておく。

クラブのホステスの常套《じょうとう》手段なのだが、最近はお風呂の女たちがそれを使うようになっている。

お風呂の女はホステスと違って、からだを与えてしまっている。からだを切札にして、何度も通わせるという手は通用しないはずだが、客の心理は微妙なもので、自宅の電話番号を教えられると、愛されていると思うのだろう。お返しに会社の電話を教えてくれるし、紗奈江のほうから掛ければ、一度や二度の無理は聞いてくれる。

商売柄、からだを開くのは当然だとしても、心まで開いているのは、自分に対してだけだ。客がそう思ってくれれば、ソープ嬢にとって都合がいい。

ソープランドが不景気になり、客が少なくなるにつれて、それ相応の頭を使わなければならなくなった。

それだって、ソープ嬢もお客も、嘘と承知で恋愛ごっこをしているようなものなのだ。

ところが、オリビアは嘘を本気にしたようだし、酒折須美子の場合、もっと悪質だった。

「わたしだって、それなりに客を呼び返すテクニックを使うわよ。だけど、そういうことをすべてひっくるめて、お風呂の遊びはそのとき限りの現金決済なの。大手を振ってしていいことじゃないから、あと腐れがないよう現金決済するの……」

お風呂で遊ぶ男は、あと腐れがないから、気軽にストレスを発散できる。

それが、お風呂のルールなのだ。

気軽な遊びに、いちいち尻を持ち込まれたのでは、客のほうは堪《たま》ったものではない。

と同時に、一度や二度はともかく、二十人もを脅迫したなら、いつかはとんでもない結果を見ることになるだろう。

酒折須美子は当然の報《むく》いを受けたのだ。

「とすると……」

桜小路は急に真面目な顔つきになった。

「わたしがお知恵拝借をするのも、一回一回、現金で決済するのがいいのですかね？」

「そんな心配はいらないわよ」

紗奈江は笑って首を横に振った。

「しかし、紗奈江姐さんにとって、骨を折るだけで何の得もない。いつも迷惑がっているじゃないですか」

「だけど、結構おもしろがっていることも確かなのよ。今度の事件は楽しくなかったけどね……」

嫌な事件だったと思う。

酒折須美子を殺した中条が気の毒だった。罠《わな》に掛けられ、もがいた結果、人ひとり殺す羽目になった。

悪いのは須美子のほうなのだ。

だが、結果的には須美子が被害者で、善良なマイホーム・パパの中条が加害者になってしまった。

「しかし、昔から盗人《ぬすっと》にも三分の理屈といって、罪を犯した人間にだって、いい分があるものなのです。それを気にしていたのでは刑事という職業は成り立たない。今度の事件は少し後味が悪過ぎましたが、胸を張って事件解決の祝杯をあげられる事件を持って来ます。その節はよろしく……」

桜小路はシャンペングラスを眼の高さに掲《かか》げた。

「そうお願いするわ」

紗奈江は笑顔を作った。

お風呂で働いていることが、今の紗奈江には息苦しかった。

わたしもそろそろ、本気で考えなければならないようだ。いつまでもお風呂で働いていて、いいわけがない。

といって、何をすればよいのか。

今の紗奈江には、これといった当てがなかった。

深刻なことは嫌いだ。楽しく過ごそう。それをモットーにしてきた紗奈江だが、深刻に考えなければならない時期が近づきつつあることは確かであった。

出雲藍染《いずもあいぞ》めの謎

1

客を送り出して、控室へ戻ろうとした四宮紗奈江に、

「店長がお呼びです……」

ボーイが小声で告げた。

夜の九時をすこし回っている。

ここ数日、『チェックメイト・キング』はめずらしく客の入りがいい。

六月中旬に夏のボーナスが出ると客足が上向きはじめ、七、八月と好調がつづくのは毎年の例だが、新風営法の施行以来、落ち込みっぱなしだっただけに、ボーイもソープ嬢たちも、忙しさに追い立てられていた。

紗奈江は事務所のドアをノックした。

「どうぞ！」

店長の高須が答え、

「今日の夕刊、読んだか？」

応接用のテーブルの上にひろげてある新聞の社会面を指さした。

社長夫人殺される
事務所の押し入れ、風呂敷に包まれて
松江《まつえ》

四段抜きの見出しと、殺された社長夫人、杉上小夜子《すぎがみさよこ》の顔写真が、紗奈江の目に焼きついた。

「これがどうかしたの？」

「つい三十分ほど前に、松江の警察から電話があったんだが、カトリーヌが犯人らしいんだ」

高須は棒を飲んだような顔でいった。

「カトリーヌさんって、半年ほど前に辞めた？」

紗奈江は頬をこわばらせた。

高須はデスクの引き出しから、保存してあったカトリーヌの履歴書を取り出し、紗奈江に差し出した。

ポラロイドカメラで写したカトリーヌの上半身写真がホチキスでとめてある。

細身の美人だが、どことなく淋しい顔立ちであった。

性格も顔立ち同様、地味でおとなしかった。

『チェックメイト・キング』で一年ほど働いていたが、美人の割りには客受けせず、今年のはじめ、店をやめて郷里の島根県へ戻って行った。

履歴書に書かれてある本籍地は、島根県松江市乃木《のぎ》町宇賀《うが》。

本名は星野浩美《ほしのひろみ》、二十五歳であった。

「何かの間違いじゃないの。この子、殺されることはあっても、人を殺すようなこと、できっこないわよ」

紗奈江はそういいながら、新聞の記事に目を落とした。

殺されたのは松江市外中原《そとなかばら》町《ちょう》の杉上工販＝杉上昭二《しょうじ》社長（三五）の妻、小夜子さん（三二）で、事務所二階の従業員休憩室の押し入れの中から、出雲藍染《いずもあいぞ》めの大きな風呂敷に包まれて死んでいるのが、昨夜九時ごろ発見された。小夜子さんはサマーセーターにズボン姿で、腹部に刺し傷が数カ所あるほか、顔に首を絞められたとみられるうっ血《けつ》があることから、松江署は殺人事件と断定、同署に捜査本部を設置、島根県警捜査一課の応援を求め、本格的捜査を始めた。

これまでの調べによると、夫の昭二さんはこの十一日、仕事で広島市に出張、十二日昼すぎ帰宅したところ、小夜子さんの姿が見えないため、翌十三日朝、松江署に捜索願を出した。

発見された小夜子さんは、着衣が乱れておらず、事務所や休憩室も荒らされていないことや、休憩室はふだん外部の人が利用していないことなどから、捜査本部は内部の事情にくわしい者の犯行との見方を強めており、また同社の女子従業員が十一日ごろから会社の金、百数十万円を持って行方《ゆくえ》をくらましているとのうわさもあり、同本部で関連を調べている。

杉上工販は建物の内装工事を行なっており、小夜子さんは同社の取締役を兼ねていた。杉上さん夫婦は十年ほど前から同所に移り住み、小学四年生の長女（九）と三人暮らし。夫婦仲はむつまじく、小夜子さんは小柄な美人で近所の人は「愛想の良い明るい人」と話している。


新聞にはそう書かれていた。

「この百数十万円を持って行方をくらました女子従業員が、浩美だっていうの？」

「うん。警察の話では殺された社長夫人が、カトリーヌの男友達のことで注意しているのを見た人がいた。その男性について心当たりはないかというんだ」

「あるの？」

「俺は知らないよ。君なら知ってるんじゃないかと思ったから来て貰ったのさ」

「わたしだってないわ。というより、浩美にはそういう男性はいなかったと思うけど……」

紗奈江は首をひねった。

第一、浩美は他人の金を持ち逃げするような女ではなかった。間違ってソープランドへ入って来たとしか思えないほど古風な性格だった。

「警察はカトリーヌが東京へ逃げた、その男にかくまわれているのじゃないかと考えているらしい」

「今日は十四日でしょ。浩美はいつ姿を消したの？」

「さあ、社長夫人が殺されたのが十一日午後だといってたから、その直後じゃないか。カトリーヌのような内向的な性格の女は、普段、我慢しているだけに、爆発すると押さえがきかないんだ」

高須は浩美が犯人だときめてしまっている口ぶりだった。

「わたしは何かの間違いだと思うわ」

「しかし、現に姿を消しているんだからな。こんなにでっかい記事が新聞に出てるんだ。やってないのだったら名乗り出てくるのが常識だろ？」

「それはそうだけど……」

紗奈江は言葉をにごした。

ここで高須といい争っても仕方ない。東京の新聞でさえ、これだけ大きな記事が出ているのだ。

地元の新聞はもっと大きく取り上げているだろう。テレビのニュースでも、当然、報じているはずだ。

何かの間違いで浩美が姿を隠しているのなら、新聞を見て名乗り出てくる。

浩美が関係していなかったら、この事件も毎日のように起こっている殺人事件の一つで、紗奈江が気を揉むことも、高須といい争うこともないのだ。

紗奈江は控室へ戻った。次の客が待っていた。今夜は忙しい。

こんな時、せい一杯サービスをして新しい客を馴染みにしておかないと、客足が落ち込む秋になって、ひまを持てあます羽目になる。商売商売。

忙しさに追われて、紗奈江はいつとなくその事件を忘れていた。

2

たて続けに鳴るチャイムの音で紗奈江は眼を醒まし、

――あっ、いけない！

飛び起きた。

その前の晩、『チェックメイト・キング』に松江署の捜査本部から二度目の電話があり、

「明日、上京するから捜査に協力してほしい」

と、いって来た。

店長の高須は、かかわり合いになるのを嫌い、

「それでしたら、うちの店に四宮紗奈江というホステスがおります。女子大卒のインテリでして、これまでに六回も殺人事件を解決して、警察でも評判の女性ですから、その四宮に協力させましょう」

紗奈江に押しつけたのだった。

捜査本部の刑事は、代わって電話に出た紗奈江に、

「わたしは樋口《ひぐち》と申します。明日、十時ごろ伺いたいと思うのですが……」

「でしたら、わたしの自宅へ来て頂けます？」

「ご迷惑ですが、よろしく」

事務的な口調でいった。

紗奈江はマンションの部屋番号を告げた。

捜査のためとはいえ、島根県からはるばる上京して来るのだ、早目に起きて対応しようと思っていたのだが、つい寝すごしてしまった。

紗奈江はインターホンで、

「すみません、ちょっとお待ち下さい」

そう断って、手早く顔を洗い、身づくろいをした上で、遠来の客を迎え入れようとドアを開け、思わずエッという顔になった。

ドアの外に立っていたのは桜小路であった。

「わたしは道案内です。こちらの刑事さんが、お話をうかがうことになっています」

桜小路は斜め後ろに立っている刑事へ、顔を振り向けた。

四十少しすぎだろう。浅黒い顔立ちが緒形拳《おがたけん》に似ていた。

「朝早くからご迷惑をおかけします……」

リビングルームへ通ると、

「島根県警の樋口です」

名刺を差し出した。

「四宮紗奈江です。わたし、名刺を持っていませんので……」

「結構です。お名前も噂も充分すぎるほど聞いております。殺人事件を六回も解決なさったとか」

樋口は愛想よくいった。

「そうなんです。このとおり美しいが、美しいだけでなく、たぐい稀《まれ》な知識と勘の持ち主です。こちらが出馬したら、どんな事件も即座に解決します」

桜小路は胸を張るように、樋口へいった。

「ちょっと失礼。商売柄、朝が弱いんです」

紗奈江はキッチンへ立って行き、手ぎわよくコーヒーを入れ、二人にすすめた。

自分の分はモーニングカップに入れた。

「結構なマンションですね」

樋口は無遠慮な視線で室内を眺め回した。

ソープランドで働く女性の部屋を訪ねるのは、おそらく初めてなのだろう。

もっとも、紗奈江の部屋はソープ嬢の部屋らしくなかった。

リビングルームにはスライド式の本棚が置かれ、文化人類学や民俗学の全集とともに、録画したビデオテープがぎっしり詰まっている。

32インチのテレビと、最新型のＤＶＤデッキ。

テレビの横には二メートルほどに成長した鉢植えのベンジャミンが置かれ、リビングルームの窓からは小名木川が見下ろせた。

清洲橋のたもとで隅田川に合流する運河だ。

狭い川だし、お世辞にも綺麗な流れとはいえない。

それでも、水のある風景は心をなごませてくれる。

「早速ですが、昨日、星野浩美は捜査本部へ一一〇番して来ましたよ。『わたしがやった。自首するから少し時間をくれ』。そういって来たのです」

樋口刑事がいった。

横に座った桜小路が、悔しそうな顔をしている。

道案内をして来ただけだと断ったが、隙あらば捜査に乗り出したい。紗奈江に推理させて、犯人逮捕へ漕《こ》ぎつけたい。

そんな気持が顔に浮き出ている。

「でしたら、どうして東京へいらしたんですの？」

「その電話は東京から掛けて来たのですよ」

桜小路がしきりに目くばせしながらいった。

捜査の主役は島根県警であり、樋口刑事だが、せめて逮捕だけでも、自分にさせてくれ。

桜小路は目でそう告げていた。

「でも、それは誰か別の女性が、浩美の名前を使ったのじゃないかしら」

紗奈江は祈るような思いでいった。

星野浩美が人を殺すような女でないことは信じている。また、そうあって欲しくない。

その気持が、浩美の名前を使った別の女性だといわせたのだった。

「いや、それはないですよ。星野浩美は東京のどこかに潜んでいる。自首しようかどうか、迷っているのだと思いますね」

樋口は確信ありげにいった。

「お言葉ですが、わたし、浩美は人を殺したり、他人のお金を持ち逃げするような女性だと思えないんです」

「しかし、現にしているんですよ」

樋口は薄笑いを浮かべていった。

「何かの間違いなのだと思いますけど……」

「われわれの捜査が間違っているというのですか」

「そんな失礼なことは申しておりません。でも、ソープランドで働く女性って、殺人や横領のようなことができないから、自分で自分を切り売りする商売に入るんです。発作的な犯罪ならともかく、社長の留守を見計らって、大胆な犯罪をするなんて、わたしには考えられないんです」

「発作的な犯行ですよ。死体を事務所の押し入れに隠す。その上、百五十万円を持って逃げる。計画性のある人物がこんな見えすいた犯行をすると思いますか」

樋口は自信たっぷりにいった。

横に座った桜小路は、ちょっぴり渋い顔で、紗奈江と樋口を見比べている。

こういうとき、桜小路は口をはさまない。

議論やトラブルは嫌いな人柄なのだが、それでいて人の意見をちゃっかり頂く。

お公家さんの出の桜小路は、波風が立つとき、じっと身をすくめていて、結論が見えたとなると途端に乗り出してくる。

捜査能力ゼロ、気品抜群が売り物なのだが、そこは何百年ものあいだ、権力闘争をくぐり抜けて来たお公家さんなのだ。処世の遺伝子を持っていても当然かも知れない。

「ひとつ、伺わせていただけます？」

紗奈江は議論をさけるため話題を変えた。

「どうぞ……」

「浩美がソープランドで働いていたこと、誰からお聞きになりました？」

モーニングカップ一杯のコーヒーで、頭がいくらかすっきりして来た。寝起きのもやもやがとれ、頭の回転がよくなったようだ。

「どういう意味ですか」

　樋口は紗奈江の心のなかを探る顔つきになった。

「浩美、自分のことを話したがらない性格でした。ソープランドで働いていることを、神経質なほど気にしていましたわ。故郷の松江へ帰ってOLになったでしょう。ソープランドのことは絶対の秘密にしていたと思うんです」

「さすが、鋭いですね」

　樋口はにこやかな表情で紗奈江をおだて、

「たしかに秘密にしてましたよ。杉上工販へ勤めたときの履歴書にも記入していません。ですが、殺された社長夫人の小夜子さんが、女の直感というんですかね、星野浩美がどこか垢《あかぬ》抜けしていることから疑問を持って、問い詰めたあげく、やっと聞き出したそうです」

「でも、奥さんは亡くなったのでしょう」

「ですから、生前、旦那さんにだけ、そっと打ち明けていたのですよ」

「もう一つ質問させて下さい。新聞の記事には、奥さんの死体が大きな風呂敷で包まれてあったと書いてありましたけど、人間のからだをすっぽり包むほど大きな風呂敷って、どんなものですの？」

「それはね、出雲市の特産ですが、出雲藍染めといって、むかしからの方法で染める風呂敷です。嫁入り道具の桐《きり》の簞笥なんかに、すっぽりかぶせる風呂敷があるでしょう。紺地に白で鶴亀や松竹梅などめでたい絵を染め抜いたものですが、出雲地方では嫁入り道具にはかかせない品でね、家の紋を中心に、めでたい絵柄を染め抜いて、昔は嫁入り行列の先導の長持《ながもち》には、必ず出雲藍染めの風呂敷を掛けたものです。殺された夫人を包んであった風呂敷は星野浩美のものでしたよ。星野家の家紋の丸に九枚笹が染め抜いてあった」

「…………」

紗奈江はうなずいた。

浩美は結婚にあこがれていた。

もともと、間違ってソープ嬢になったとしか思えないほど、地味な性格だった。『チェックメイト・キング』をやめて、松江へ帰ることに決めた時も、

「わたしを貰ってくれる人が現われるまで、真面目に働くことにするわ……」

と、紗奈江に告げた。

「それが一番よ……」

紗奈江は心からそう答えた。

一度でもソープランドで働いた女は、入る時よりもやめる時のほうが何倍も何十倍もむずかしいことを知っている。

ソープランドは日銭稼業だ。店へからだを運んでさえ行けば、最低でも四、五万、多い

日は十万を越す収入になる。働き始めた最初のうちこそ抵抗があるが、馴れてしまえば月に二十日前後働いて、悪くても百五十万を越す収入になる。

他にいい仕事があるのならともかく、やめたからといって誰が喜んでくれるわけでもない。その気なら、いつでもやめられるという気安さが決断を延び延びにさせ、無計画にだらだらと日銭稼業を続け、心までふしだらな女になって行く。

そうした女たちを無数に見てきただけに、すっぱりとやめて行った浩美に、かつての同僚という以上の好意を持っていた。

3

「我々としては、星野浩美は東京のどこかに潜伏していると考えているのですがね……」

樋口は『チェックメイト・キング』で働いていたころの浩美について、根掘り葉掘りたずねた。

紗奈江は高須から浩美の履歴書を預かっていた。本籍と現住所、学歴、職歴を書いただけの簡単なものだったが、それを樋口に渡した。

「浩美、正直に書いてると思いますわ。この住所と、前に働いていた会社を当たっていただけば、何か分かるのじゃないかしら……」

「ソープランドで知り合った男がいるんじゃないですかね？」

「もし、そうでしたら、松江へ帰って花嫁道具に掛ける風呂敷を大切に持ってたりしないと思いますけど？」

紗奈江は皮肉まじりに答えた。

ソープランドで知り合った男と結婚すること自体は、決してめずらしくはない。だが、そういうケースなら、一度、実家へ戻って堅気の職業につくといった面倒なことをする必要なんかないだろう。

その日から同棲してもいいはずだ。

世間体をつくろうため、堅気の会社に勤めなければならないような家柄の男が相手だとすれば、その男が殺人犯で指名手配されている女をかくまうわけがない。

樋口は浩美をソープ嬢だったという先入観で見ている。それが紗奈江には腹立たしかった。

「星野浩美はどうしてソープランドで働くようになったのかね？　何か聞いてませんか」

「女がああいう場所で働くようになる理由は、百人が百人、お金のためですわ。なんのためにお金が必要になったかというと、これが判で捺《お》したように男のためです。分かりきっているので、いちいちたずねる気にもならないんですけど、浩美も履歴書に書いてある会社で失恋か何かをして、半ば自棄《やけ》になっていたんじゃないかしら……」

紗奈江は苦いものを飲む思いでいった。

紗奈江にも思い出したくない過去がある。それは失恋というような甘い出来事ではないが、他人の目から見れば愚かだと思われても仕方ないことかも知れない。

「しかし、週刊誌なんかで読むと、ハワイでサーフィンをしたいとか、恰好いい外車を買いたいとか、馬鹿馬鹿しいような理由でソープランドへ入って来る若い娘がいるそうじゃないですか」

「開放的というか、性が自由になりましたからね……。でも、そんなルンルン気分の女の子の場合でも、愛している男性のためとか、そんなライフスタイルで決めなければ、仲間はずれになってしまうって焦《あせ》りがあるんじゃないかしら。浩美はそういう馬鹿な女ではなかったですけど」

「どうもありがとう。参考になりました」

樋口はソファから立ち上がった。

浩美が勤めていた会社や、住んでいたアパートを訪ねるため気持がいそいでいるのだろう。

「あの……」

紗奈江はのどまで出かかった言葉を飲み込んだ。

女がソープランドへ入る理由は男のためだ、といったが、恨みがましく思われたのでは

によって傷つき、人生を誤っているにちがいない。
女が男のために傷つくことは事実だが、それと同じか、あるいはもっと多くの男が、女
によって傷つき、人生を誤っているにちがいない。

男と女。

女だけが被害者ではない。まして、紗奈江自身が被害者意識の持ち主だと思われるのは、ソープランドで働いていること以上に恥ずかしく思えたのだ。

樋口はそんな紗奈江の気持を察したかどうか。

足で捜査する刑事らしく、桜小路を促《うなが》してせかせかと立ち去って行った。

だが、結果は思わしくなかったようだ。

浩美は東京には潜伏していなかった。

四、五日して、樋口は事件が解決した旨《むね》を電話で報《しら》せてきた。

「出雲大社からバスで三十分ほど先に、日御碕《ひのみさき》という断崖の岬があります。星野浩美はその断崖から飛び込み自殺をしました。日御碕から八キロほど東に鷺浦《さぎうら》という淋しい漁村がありますが、その鷺浦の磯に星野が遺体になって上がりました。ええ、遺書もありました。申しわけないことをした、すべて私のしたことです。自分で責任をとります。星野浩美と、会社の便箋に書いた簡単なものですが、自首する勇気がなくて、自殺の道を選んだのでしょう……。いろいろお世話になりましたが、自動的解決というやつですよ」

樋口は自嘲的にいった。

「それで、浩美の遺体は？」

「一応、司法解剖をした上で実家へ引き渡しました。解剖の所見ですが、海水をたくさん飲んでおりまして、三日あまり海底に沈んでいたようです。腐乱するとからだの中のガスが膨張して、浮き上がるのです。わたしが東京へ出張した翌日、日御碕で星野の靴が発見されまして、わたしは急遽、現地へ呼び戻された次第です」

「…………」

紗奈江は受話器から流れて来る樋口の報告を聞きながら、松江へ行こうと思った。

浩美は人を殺したり、他人の金を持ち逃げする女ではない。紗奈江はそう確信している。

だが、樋口は紗奈江の主張に耳を貸そうとしなかった。

ソープランドで働いていた女。その先入観が捜査を最初から曇らせたのではないか。

——そうして、ください。紗奈江さん！　私は殺人なんかしていません！　私の汚名を晴らして下さい！

紗奈江は浩美が呼んでいるように思った。深い深い海の底から、浩美は何日も前から呼んでいたのだ。その呼ぶ声を無視することが紗奈江にはできなかった。

4

紗奈江の乗ったジェット機は、ゆるやかな弧《こ》を描く弓《ゆみ》ヶ浜《はま》を見下しながら大きく旋回し、米子《よなご》空港に着陸した。

東京から僅か一時間十五分の空の旅だった。米子空港といっても、米子の市街からはるかに離れた弓ヶ浜の先端近く、境港《さかいみなと》市の郊外にあり、紗奈江の乗ったエアポートタクシーは、境港の対岸へ架けられた橋を渡ると、中海《なかのうみ》を左に眺めて、のんびりと走り続けた。

ジェット機に乗っていた時間より、タクシーのほうが長いのではないかと思えるほど走り、軽くひと眠りして眼を醒ますと、

「松江のどこへ着けますか？」

家並みの建てこみ出した町筋を走っていた。

「松江で一番賑やかな商店街へ着けて下さい。古くからある風呂敷を扱っているお店、ご存知ない？」

「さあ、風呂敷屋いうのは知りませんな。デパートでどうですか」

「じゃあ、デパートへお願いします」

タクシーは繁華街の角に建つデパートに着いた。

紗奈江は風呂敷のコーナーをたずねた。呉服売場にあったが、彼女が求める出雲藍染めの風呂敷は扱っていなかった。

「出雲藍染めを今もやっているのは出雲市で一軒だけになってしまいましてな。あれは注文がほとんどないらしいようです。松江の市内で扱《あつこ》うてるところいうと、県の物産館だけやと思いますけど……」

係の店員がそう説明し、物産館の場所を教えてくれた。

繁華街を五十メートルほど北へ行った角であった。

物産館の壁に大きな紺の風呂敷が張られてあった。ひと目で藍染めと知れた。

「これ、出雲藍染めでしょうか？」

紗奈江は係の女性にたずねた。

「はい、そうでございます」

「おめでたい時に使うと聞いたのですけど、今でも結婚する時、花嫁道具に掛けて運ぶのですか？」

「さあ？……ちょっとお待ち下さい」

若い女性は責任者らしい中年の男性を呼んで来た。

「出雲藍染めは昔はお祝いごとにかかせんものでしてね。ですけど、花嫁道具に掛けたのはこちらの油箪《ゆたん》だと思いますが……」

いかにも地方公務員らしい中年の男性は、左右が房《ふさ》のようになった鮮やかな紫色の布地を指さした。

「あの家紋なんかは、注文で染めてもらうのでしょうね？」

紗奈江は風呂敷の紋をさした。

「そうです。今は風呂敷そのものとしてよりも、壁掛けとかインテリアに使う人が多いから、紋はどこの家の紋でもかまいませんが、婚礼用となると結婚する相手の家の紋を染め抜いて、嫁入衣裳を包んだのですよ。藍染めには虫がつかんというて、本当に虫は藍の匂いを嫌うのです。そんなわけで、相手の家の紋は決まっているのじゃから、注文で染めてもらうしかありませんわな」

係の男は当然だというように微笑した。

「お嫁入りの衣裳やそれを包む風呂敷の紋は相手の家の紋を染めぬくのですか？」

「そらあそうでしょう。結婚すればご婦人は名前が変わる。嫁いだ家の人間になる。実家の姓も紋も捨てて、夫の家の姓、紋をつけるのです。自分の家の紋を染め抜くのは養子を取る場合ですな」

紗奈江はうなずいた。

それは当然だが、樋口刑事から話を聞いた時、その当たり前のことにどうして気がつかなかったのだろうか。

出雲藍染めという古風な言葉に気を取られていたからだが、浩美は自分の家の紋、丸に九枚笹を染め抜いた風呂敷に殺した社長夫人を包んだという。

浩美は結婚にあこがれていた。

だが、相手がいなければ紋を染め抜こうにも、その紋が決まらない。もちろん、浩美は養子を貰わねばならないような立場でもなかった。

「風呂敷を注文する時、紋を指定しなければいけないんですか。例えば、紋はなしで、他の絵だけではいけないのでしょうか？」

「そんなことはないですよ。この風呂敷なんか鶴亀と松竹梅の組み合わせですな。こちらは宝船です。嫁入り道具に掛ける油箪とちがって、風呂敷は紋のないのがいくらでもあります」

としたら、浩美の物だという風呂敷は誰か別の人物の物だったのではないか？

樋口刑事は風呂敷に星野家の紋が染め抜いてあったから浩美の物だといった。話はどうやら逆で、浩美が結婚にあこがれて注文したとすれば、星野家の家紋である丸に九枚笹だけは除外したはずであった。

「この出雲藍染めを染めている家は、一軒しかないそうですね？」

「ええ。出雲市の長田《ながた》染工場だけになってしまいました。住所ですか？　このパンフレットに電話番号も書いてあります」

係の男性は島根県物産案内のパンフレットを手渡してくれた。

行ってみよう。

紗奈江は腕時計に眼を落した。二時五十分をちょっと過ぎたばかりだ。

出雲市までJRの各駅停車でも一時間とはかからない。それにたしか私鉄もあるはずだった。

紗奈江はハンドバッグの中に、浩美の写真を持って来ている。樋口刑事に履歴書を渡した時、ホチキスで止めてあった浩美の写真をそっとはずしておいたのだ。

浩美は『チェックメイト・キング』をやめて、半年にしかならない。出雲藍染めの風敷を注文したのも、半年のあいだなのだから、調べてもらえば分かるはずだ。

本当に浩美が注文したのか。樋口刑事は家の紋に気を取られて、浩美のものだと思い込んでしまったのではないか。

紗奈江は出雲市へ向かった。

長田染工場はすぐに分かった。染工場といっても製造販売を一手に行なっている。ちょっぴり古風な商店であった。

用件を話すと、人のよさそうなおかみさんが、

「それでしたら、前に松江の警察署から照会がありましてな。五月の初めに注文を受けて、月の末にお渡ししました」

注文帳を開いてみせてくれた。

四つ巾《はば》風呂敷。丸に九枚笹、星野浩美さまと書かれてあった。

「四つ巾といいますと、一メートル三十センチ四方ですな。風呂敷ですから左右でちょっと寸法に違いはありますけど、あれがそうですよ」

おかみさんが指さした壁に、斜めに竹を走らせ、藍と茶に染め分けた見事な風呂敷が下がっていた。かなり大きいものであった。

「それで、注文に来た星野浩美ですけど、顔を覚えていらっしゃいますか」

紗奈江は浩美の写真を出した。

おかみさんはしげしげと写真を見つめ、

「さあ、どないやろうか。はっきり覚えていませんけど、もう少しとしがいってはったように思いますな。細面《ほそおもて》の綺麗な人でしたけど、そうね……。こんな若い人とは違いましたな」

「ありがとうございます……」

丁重に礼をのべて長田染工場を出た。

出雲市から松江市へ戻った紗奈江は宍道湖《しんじこ》畔の袖師《そでし》町へ行ってみることにした。東京を出発する時に買ったガイドブックで宍道湖夕景観賞地帯という場所があることを知ったからだ。

5

時刻はちょうど夕暮れどきに近かった。

松江は宍道湖に臨む町だ。宍道湖は大橋川という川で中海につづき、中海は狭い海峡で日本海につながっている。

松江の町は宍道湖と中海をつなぐ大橋川の北側が市街地で、駅のある南側はここ二十年くらいの間で急速に賑やかになったらしい。

袖師町は松江駅の西南一・五キロほどで、以前は袖師ヶ浜と呼ばれたが、今は国道九号線が堤防のように走っていて、夕景観賞地帯というのには、いささか殺風景すぎる感じがした。

だが、西の空が茜《あかね》色に染まり、黄金色に変わると、宍道湖にぽつんと浮かんだ嫁《よめ》ガ島《しま》がシルエットを描いた。十数本の松がはえているだけの小さな島だが、その嫁ガ島の彼方《かなた》へ、夏の太陽が沈んで行く。

空は朱《しゅ》色に変わった。

中空にたなびいている筋雲《すじぐも》がまばゆい茜色から紫色のパステルカラーに変わり、朱色の空が少しずつ暗く沈んで行く。

それにつれて、嫁ガ島のシルエットがただよい始めた夕闇の中に姿を消して行く。刻々と変わる光のシンフォニー。

コンクリートの堤防が殺風景だが、堤防を背にしてしまえば、宍道湖特有の夕景を心ゆくまで眺められることも事実だった。

紗奈江は国道へ出た。タクシーが通りかかったら止めようと見守っていたのだが、道路の向こう側に止まったタクシーがクラクションを鳴らしたので目をやると、桜小路が窓からからだを突き出すようにして手を振っていた。

「どうしたのよ?」

紗奈江は国道を突っ切って、桜小路の乗っているタクシーへ走り寄った。

桜小路はタクシーから降りて来た。

「どうしたじゃありませんよ。何度、電話してもベルが鳴りつづけているし、店へ問い合わせたところ、休みをとったという。松江へ行ったに違いないと睨んで追いかけて来たのです」

桜小路は並んで立った紗奈江にいった。

「でも、よく分かったわね？」

「これでも捜査の刑事ですからね。飛行機の乗客名簿を調べたのです。米子空港でエアポートタクシーを当たった。風呂敷屋を聞いたあげく、デパートで降りたと聞いて、風呂敷売り場から県の物産館と、探し歩いたのですよ」

桜小路は得意そうに胸を張った。

「わたしを気づかって、追いかけて来てくださったのね」

紗奈江の胸に熱いものが込み上げて来た。

星野浩美の事件は島根県警に捜査権がある。警視庁の桜小路が出る幕ではない。それなのに、松江まで追って来たのは、捜査のためでないことは明らかだった。

「いや、わたしなんかが気づかわなきゃならないような紗奈江姐さんじゃないでしょう。紗奈江姐さんがどういう捜査をして、どう推理するか。後学のために拝見させていただきに来たのですよ」

桜小路は宍道湖のほうへ顔を向けていった。

「ありがとう。桜小路さんって素敵よ」

紗奈江は心から礼をいった。

自称、窓際刑事の桜小路だが、捜査能力はともかく、紗奈江のことを心配してくれている。それでいて紗奈江に気持の負担をかけまいと、本心を隠して、見学に来たなど、呑気《のんき》なことをいうデリカシーが、紗奈江の胸にしみたのだ。

「それで、何か収穫はありましたか」

桜小路は紗奈江に顔を戻した。

「出雲市の長田染工場へ行ってみたんです。藍染めの風呂敷を注文したのは、浩美じゃなくて、星野浩美の名前を使った別の女性でした」

「本当ですか！」

桜小路は飛び上がりそうな声をあげた。

「はっきりしたことは分からないの。でも、長田染工場のおかみさんに浩美の写真を見せたところ、もう少しとしのいった女性だったように思うっていうのよ」

「それは間違いないですよ」

桜小路は紗奈江を信頼していた。

「それにね、結婚にあこがれていた浩美が、嫁入り道具用に藍染めの風呂敷を注文するのはともかく、もしそうだとしたら、自分の家の紋を染めないでしょう？　結婚する相手の家の紋を染め抜くのが常識でしょ？」

紗奈江は物産館で聞いた知識を受け売りした。

「その話は樋口刑事から聞きましたよ。捜査会議でも問題になったそうです。ですが、いまの若い女性は嫁入り道具に使ったりしない。室内インテリアにすることのほうが多いようですね。それなら自分の家の紋でも不思議はないという意見がとおったらしいのです。しかし、注文したのが別の女性となると、これは大問題です」

「浩美は無実だわ。それどころか、浩美は利用された上で殺されたのよ。彼女がソープランドで働いていたことを知っていた人物が、その先入観をうまく使って計画的な完全犯罪をしたのよ」

「くわしい話をうかがいましょう。たしか、この裏に洒落《しゃれ》た喫茶店があったはずです」

桜小路が案内したのはアンティックな喫茶店であった。

二人は奥まった席に座った。紗奈江はエスプレッソを頼み、桜小路はアメリカンを注文した。

「それで、誰が利用したと考えます？」

桜小路がたずねた。

「常識的に考えて、社長夫人が殺されて利益を受ける人よね。社長夫人に金額の大きい保険がかかっていたとしたら、その受取人が怪しいし、社長に恋人がいて、相思相愛だったとしたら、二人が共謀して奥さんを殺した……」

「保険はかかっていなかったそうです」

「杉上工販って会社の経営状態はどうだったのかしら？」

「わたしが聞いた範囲では、割にうまく行っているようです。島根県の人は家に金をかけるのが県民性でね。杉上工販はそれにうまく乗ったらしい」

「会社の経営がうまく行けば行くで、社長が道楽の一つもしてみたくなるんじゃないかしら」

杉上工販の社長は、三十五歳だと新聞に出ていた。

三十代半ばで金が入れば、遊びのほうも激しいのではないか。

紗奈江が見る限り、金を持った人間のすることは誰しも似たようなものであった。

男は女遊びかギャンブル。女は衣裳やブランド物に凝《こ》る。そのどちらも、形こそ違っても、物欲であることに変わりはない。

「松江は町が狭いですからね。そんなことがあれば、すぐ町の噂になりますよ」

桜小路はいつものようにのどかだった。

「松江で遊ばなくても、米子へ足をのばすってことだってあるわ。すぐお隣じゃないの」

「紗奈江さん。あなたは杉上の女が誰なのか。もうあてをつけていますね」

桜小路はからだを乗り出した。

そう来なくっちゃというように目が輝いていた。

「長田染工場に出雲藍染めの風呂敷を注文した女よ。細面で綺麗な人だったと染工場のおかみさんがいってたわ。丸に九枚笹が浩美の家の紋だと知って注文したのだから、浩美のことを知っていたのよ。しかも、殺されたのが社長夫人でしょ。浩美に罪をなすりつけるためだと思うわ」

「そうでしょうね」

「そうよ。完全犯罪にしなければ意味がなかったのよ。つまり、事件が解決して、疑われることが何ひとつないようにできると考えたから殺人までしたのだと思う」

「そういえば……」

桜小路は居住まいを正した。

「何か聞いていています?」

「日御碕で星野浩美の遺書が発見されたでしょう。キャンプがてらに海水浴に来ていた大学生が見つけたのですが、遺体が海岸へ打ち上げられたのと、遺書が発見されたのは、おなじ日だったそうですよ」

「おなじ日?」

紗奈江は頬が強張るのを覚えた。

「そうです。わたしはそう聞きましたよ」

「遺体が上がるまで三日もあったのよ」

紗奈江は全身を乗り出した。

浩美の遺体が上がるまで三日あったのはともかく、日御碕の断崖の上に置かれていたという遺書は、三日間、どうして発見されなかったのだろうか。

断崖の上なら風も強いはずだ、風に吹き飛ばされることもなく、三日も経って発見されたのはなぜなのか。

「捜査本部は星野浩美が東京へ逃げたと考えた。遺書が発見されていたら、島根県警の刑事が東京へ出張することもなかったはずです」

「浩美の遺書は、会社の便箋に書いてあったと、樋口刑事さんがいってたけど、筆跡は間違いないのかしら」

「それは間違いないそうです」

桜小路は気安く請け合った。

「だとしたら、犯人はもう分かったようなものだわ」

紗奈江は弾んだ声でいった。

日御碕の断崖の上に残されていた遺書というのは〝申しわけないことをした、すべて私のしたことです。自分で責任をとります。星野浩美〟と簡単に書かれてあったという。

捜査本部は状況から判断して、遺書だと考えた。

だが、殺人事件や浩美の溺死死体がなかったとしたら、それを遺書だと思っただろうか。

それは遺書ではなかった。

始末書だったのではないか。

始末書を遺書に見せかけたのだとしたら、浩美は殺されたのだ。

そして、浩美を殺した人物が、社長夫人の小夜子を殺したと考えるのは常識以前の問題であった。

6

折角、松江へ来たのだから、料理のおいしいことで有名な日本旅館に泊まりたかったが、行動しやすいようにホテルに部屋をとった。

レンタカーを借りた。

ホテルの部屋から杉上工販の社長、杉上昭二に電話をかけた。

「社長の杉上さんですね。わたし、社長に殺された浩美の友だちで四宮紗奈江といいますが、浩美から聞いてますけど小さなミスをとがめて始末書を書かせましたわね？　申しわけないことをした、すべて私のしたことです。自分で責任をとります。星野浩美……。あの始末書がどうして遺書になったんですか？」

電話の向こうで息を飲む気配がした。

紗奈江の思ったとおりだ。

浩美は社長に仕事上のミスをとがめられ、始末書を書かされた。

文面は社長のいうままだった。

浩美は多少の不審さを感じたものの、まさか遺書に利用されるとは思わなかった。

「社長は広島へ出張した日、浩美にある用事をいいつけましたね。浩美は何の疑問も持たず、社長にいわれた通りのことをしたわ。だけど、社長からこんな用事をいいつかった。信頼されてるからだって感謝してわたしに電話して来たの。どうやらその電話が社長にとって致命的だったようね……」

紗奈江は軽く笑い声を洩らした。

実のところは冷汗をかいていた。社長がどういう用件を浩美に命じたのか、紗奈江は知るよしもない。

事件の経過から考えて、細面の美しい女性の所へ行かせたのだと思う。浩美はその女性に監禁された。そして、日本海へ沈められたのだが、それを口にして、事実と少しでも違っていたら、杉上社長は引っかかってこないだろう。

浩美と電話で話し、事件の裏を知っていると思わさなければ、紗奈江のもくろみは失敗に終わる。きわどい賭けであった。

「馬鹿なことをいうんじゃない」

杉上は平静をよそおって答えたが、声が上ずっていた。

「馬鹿なことかどうか、社長が一番よく知ってるはずよ。出雲藍染めの風呂敷を浩美の名前で注文した女性……。その女性がすべてを知ってるわよね。そのひとの名前をいいましょうか？」

「…………」

電話線を異常な緊張が伝わってくる。杉上社長は息をつめているに違いない。

「今夜十一時、外中原の法眼寺《ほうがんじ》の前にいらっしゃい。赤い日産《にっさん》スカイラインに、わたし、乗っているわ。来なかったら、そのまま警察に乗りつけちゃう。いい？　法眼寺の前よ」

紗奈江は一方的に電話を切った。

杉上は来るだろう。

紗奈江に警察へ飛び込まれたら、杉上にとって破滅が待ちうけている。来ないわけにはいかない。代わりの誰かをさし向けるとしたら？

細面の美人が来るか？　彼女がクラブのホステスかママだとしたら、夜の世界の代理人が来るのではないか？

それはない――。

紗奈江は首を振った。

夜の世界の代理人、つまり、暴力団関係者に依頼したら、今晩のところは何とかしのげるかも知れない。だが、恐ろしい連中にそれ以上の秘密を握られてしまうことになる。

ここは杉上が来るしかない。

紗奈江はそう信じていた。

十一時十分前、紗奈江はレンタカーのスカイラインを外中原町の法眼寺の前に停めた。

レンタカーを借りたとき、ひと回りしてその場所に決めたのだが、杉上工販に近いのと、少しは民家が建っていて、しかも秘密の会合にふさわしいムードの場所だったからだ。

松江は県庁所在都市だが、市街地らしいのは大橋川と松江城との間の一画で、外中原は繁華街から見ると城の裏手に当たる。

鬱蒼《うつそう》と繁る松江城の森を右に見て、外堀の四十間堀を渡ると、町は急にひっそりとして来る。

まして、夜の早いローカル都市の十一時は人通りも途絶え、ぽつんぽつんと灯っている街灯の明りが、かえって淋しさをかきたてるのだった。

計器盤の時計が十一時を指した。

ドアがノックされた。眼をやると小太りで丸顔の男が窓の内をのぞいていた。

紗奈江は窓を五センチほど下げ、

「どなた？」

と、たずねた。

「杉上だ。開けてくれ！」

紗奈江はドアを開けた。丸顔の男が助手席に入り込んで来た。

「あなたが杉上さんなの？」

「どうでもええじゃろうが……」

男は吐き捨てた。男臭さとともに汗のにおいがした。半袖の作業用のシャツを着ていて、胸のポケットの上に「脇田《わきた》」と縫い取りがしてあった。

「杉上さんに頼まれて来たの？」

「頼まれたんかどうか。可愛い姐ちゃんが車を停めていて、只でカーセックスをやらせてくれるいうから、ほんまか嘘か来てみたのじゃ」

脇田と名前の縫い取りのある男は、腕をのばして紗奈江の手を握った。

「杉上工販で働いているの？」

紗奈江はたずねた。

汗ばんだ男の手のひらの感触が気持悪い。

だが、聞き出せることは聞かねばならない。

「まあ、そうじゃ」

「星野浩美って事務の女の子、知ってる？」

「知っとるよ」

男は紗奈江の手を引っ張った。力が強い。抱き寄せられそうになった。

「ちょっと待ってよ。いくらカーセックスといっても、少しはムードがほしいわ。それに、どこの誰とも分からない人じゃ空恐ろしさが先に立って、気分が出ないわ。名前ぐらい教えて？」

紗奈江は甘え声でたずねた。

汗ばんだ手、汗くさいにおい。丸顔だが童顔ではなく、目が血走っている。横に座っているだけでも鳥肌立つ思いだが、ソープランドではもっと粗野で荒々しい客がめずらしくない。

ソープランドでなら、自分の感情を殺してビジネスに徹することができる。

だが、こんな場所で、けだもののような男に抱かれるのは、まっぴらだった。

「あなた、杉上工販で長いこと働いているの？」

紗奈江は相手の手を握り返した。

握り返しただけで、男は安心したらしい。

「三年ほどかな……」

「三年も働いていたのなら、社長の家の内のこと、よく知ってるわよね。社長、奥さんとあんまりうまく行ってなかったのじゃないの？」

「最近は仲がよかったよ。仲が悪かったのは半年ほど前だ」

「どうして仲が悪かったの？」

「知らないよ」

「嘘？　教えてくれないんだったら、わたしだって、あげないわよ」

紗奈江は握った手に力を入れ、甘えるように肩をゆすった。

「社長はプレイボーイじゃからな……」

「それに、彼女、綺麗なひとですものね。細面の日本美人だわ」

紗奈江は溜息をつくようにいった。

「なんじゃ。知ってるのじゃないか」

「そうよ、女のわたしが惚れ惚れしてしまう……。彼女のクラブへ連れてって貰ったこと、あるのでしょ？」

「ないよ。米子、朝日町《あさひ》の『朝霧《あさぎり》』といえば一流のクラブじゃ。俺なんか入れて貰えやせん」

男は紗奈江の肩に手をかけた。伸《の》しかかるようにからだを預けて来た。

「ここじゃ無理だわ。後ろのシートへ移りましょうよ」

紗奈江は男の耳もとに甘く囁いた。

この程度のことは店で慣れている。男は骨まで溶けたような顔つきになり、ドアを開けると車の外へ出た。

その一瞬を紗奈江は見逃さなかった。

力いっぱいアクセルを踏んだ。

車は勢いよくダッシュした。

計器盤の時計は十一時二十分すぎを指している。米子まで突っ走ろう。クラブ『朝霧』の閉店に間に合うかどうか。明日になれば、今の男から話を聞いて、杉上が細面の美人に連絡するに違いない。

今夜のうちに問題の女性と会い、決着をつけなければ手遅れになる。

7

松江から米子へ通じる国道九号線ぞいのドライブインで、紗奈江はクラブ『朝霧』の電話番号を一〇四で聞き、ナンバーをプッシュした。

「はい、『朝霧』でございますが……」

「いつもお世話になっています。松江の杉上の使いの者ですが、ちょっと……」

紗奈江は殊勝《しゆしよう》な声でいい、受話器を耳に押しつけた。

「とよちゃーん、電話よ」

電話を受けた女性が呼びかけている。

とよ子という名前らしい。紗奈江はそっと受話器を置いた。

『朝霧』のとよ子。それだけ分かれば十分だ。あとは『朝霧』に乗り込んで、とよ子という女性と対決するだけだ。

ドライブインを出ると、米子へ向かってスカイラインを飛ばした。

『朝霧』はすぐ分かった。

小ぢんまりしたクラブだが、外から眺めるだけで高級店と知れた。

紗奈江は店に入り、カウンターの隅の腰高椅子に座ると、

「とよ子さんをお願いします……」

バーテンに告げた。

奥から薄い紫色の絽《ろ》の着物を着た三十歳前後の女性が立って来た。紗奈江を怪訝そうに見つめた。

細面の美人だった。

長田染工場へ藍染めの風呂敷を頼みに行ったのはこの女だ。ぴーんと感じるものがあった。

「初めまして。あなたに殺された星野浩美のことでお話があるの……」

隣の椅子に座ったとよ子の耳もとに小声で告げた。

とよ子は弾かれたように紗奈江を見つめた。

「あなたは何もいわなくていいのよ。わたしが話すわ。違ってるところがあったら、遠慮

なく違うといってよ」

「……?」

「杉上社長は奥さんの小夜子さんとの仲がうまく行ってなかった。で、このお店へ通ううち、あなたと恋仲になった。あなたは結婚してほしいって杉上社長に迫った。そこから事件は始まったのよね」

「何のお話なの?」

とよ子がとぼけるのへ、紗奈江は押しかぶせるようにつづけた。

「奥さんさえいなくなれば杉上社長と結婚できる。でも、完全犯罪でないと結婚どころか、男女、別々の刑務所で離れて暮らすことになってしまう。あなたたちは杉上工販に勤めた星野浩美を利用することを考えた。浩美は地味な性格だったけど、まえに東京で水商売をして生きて来ただけに、松江の普通のＯＬとどこか違っていた。浩美の過去がソープ嬢だと分かったとき、あなたは舌なめずりする思いになった。世の中の人は、以前ソープランドで働いていたというだけで、白い目で見るわ。ソープランドで働いていた女なら、何をしても不思議はない。世の中の人がそう思うことをあなたは読んだのね」

「いい加減にしてよ。何の話かさっぱり分からないわ」

「だったら、杉上社長に電話をしたら? 変な女がいる。浩美の友達だといってるけど、どうしたらいいかって?」

とよ子はちょっと迷ったようだ。電話を掛ければ、それが紗奈江の思うツボにはまることになるかも知れない。喋るだけ喋らせ、その後で電話をしてもいい。そう思い直したようだ。

「……？」

「杉上社長に浩美のことをくわしく聞き出すようにさせ、その一方、杉上夫婦が外から見ていかにも仲むつまじいよう努力させた。奥さんを殺すのですものね、仲が悪かったとなれば杉上社長が疑われることになるわ。その上で、浩美が結婚を夢みていることを知ると、出雲藍染めの風呂敷を注文した。浩美の名前を使って……。ただ、浩美には特定の男性がいなかった。嫁入り衣裳を包む藍染めの風呂敷なら相手の男性の家の紋を染め抜くんだけれど、仕方ないから浩美の家の紋にした。そうでしょ」

「出雲藍染め？　そんなの知らないわ」

「知ってるか知ってないかは、後ではっきりさせるわ。浩美の過去、家のことなどくわしく調べたのは杉上社長ね。それに始末書まで書かせた。始末書は浩美を殺した後、遺書に使う計画で、それらしい文面に書かせたのよ」

「それがどうしてわたしと関係があるの？」

とよ子は唇をゆがめた。

「あなたが決定的な役割を果たしたのは、杉上社長が出張した日の夜よ。十一日の夜、あなたは店を休んだわね。杉上社長から命じられて、浩美があなたのマンションへお金を届けに来た。これが大事よ。浩美の友達がそこまで調べあげているって、電話をしたら?」

紗奈江はかさにかかっていった。

とよ子の表情から、その推理は確信になっていた。

浩美が持ち逃げしたという百五十万円。それは、とよ子に届けられたのだ。

とよ子の表情から血の気がひいていた。

「あなたは浩美をマンションに監禁した。そして翌日の昼少し前、杉上工販に出かけて行った。従業員が作業に出かけ、事務所にいるのは奥さん一人なのは杉上社長から聞いていた。二階の従業員控室で、あなたは小柄な奥さんの首を絞めた。ぐったりしたところを刃物で刺した。持って来た出雲藍染めの風呂敷で殺した奥さんを包み、押し入れに隠した」

杉上社長は広島に出張していて、アリバイがある。

とよ子は表面に出ていない。疑われるのは姿を消した浩美だ。その計画どおり、警察は浩美を追った。

8

話すだけ話すと、紗奈江は『朝霧』を出た。十二時をとっくに回っていた。

近くのクラブやバーはネオンを消し、町は闇に支配されている。紗奈江はスカイラインに乗った。ゆっくりと発車させた。

尾行してくる車をバックミラーでとらえていた。白のBMWだった。ルームライトが消えているが、多分、とよ子だろう。

米子の街を通り抜け、国道へ出た。

右手が中海、左手が穂の出そろった稲田《いなだ》。蛙《かえる》の鳴き声がうるさいほど響いている。

時折、かぼそい光が空を舞う。蛍《ほたる》だろう。尾を引くように光が舞い、舞っては消える。

蛍を見るのは何年ぶりだろうか。

だが、紗奈江はバックミラーを凝視《ぎようし》している。三十メートルほど離れて尾行《つけ》てくる白のBMW。

紗奈江は車を停めた。エンジンをふかして、車体を揺さぶらせた。

故障を起こしたふりをしたのだ。その上で、車から降りた。スカイラインの後へ回り、車体の下をのぞくポーズをとった。

目は油断なく、白のBMWへそそいでいる。BMWは突然、スピードをあげた。紗奈江に向かって突進して来たのだ。

紗奈江は跳びはねた。

蛙の鳴いている稲田へ飛び込んだ。

その紗奈江の後ろで激しい衝突音がして、ＢＭＷがスカイラインのトランクへのめり込んだ。

蛙の鳴き声がやんだ。

紗奈江は稲田の中からＢＭＷを見守った。

運転していたのは、矢張りとよ子だった。

とよ子は衝撃のためか、気を失っていた。

後から来た長距離便のトラックが停まり、

「ひでえなあ！」

素頓狂《すっとんきょう》な声をあげた。

そのトラックの後ろに、小型の国産車が停まった。車から桜小路が降りて来た。

「桜小路さん、ここよ」

紗奈江は稲田から国道へあがった。

膝から下が泥まみれだが、かすり傷ひとつ負っていない。

「交通事故を起こした罪で、とりあえずあの女性を逮捕しなさいよ。杉上と組んで、社長夫人を殺し、その上、浩美を海に沈めた連続殺人犯よ」

「それは分かっています。ただ、交通事故の現行犯では、わたしに緊急逮捕する権限がないのですよ」

桜小路は顎に手を当てて考え込み、

「そうだ。あなたを殺そうとした殺人未遂なら、逮捕の理由が立つ。殺人未遂の証人になってくれますね」

桜小路はニッコリと微笑んだ。

「もちろん、なるわ！」

「じゃあ、逮捕しよう」

桜小路は気を失っているとよ子をＢＭＷから引きずり降ろし、

「殺人未遂容疑で逮捕する！」

とよ子の手首に手錠を振り下ろした。

その上で長距離便のトラックの運転手にたずねた。

「ここは島根県ですか。それとも鳥取県ですか」

「鳥取県だね。一キロほど先へ行くと島根県だけどな」

運転手が答えた。

「ありがとう」

桜小路は運転手にいい、紗奈江を振り向くと、

「ますますありがたい。わたしは通りがかりの刑事ですが、この事件は杉上小夜子、星野浩美、二人の殺人事件とは別個です。運よく通りかかって、殺人未遂を目撃したわけで

す」

えびす顔でヌケヌケといった。

十時すぎから、紗奈江のあとをつけていたくせして、通りがかりだといっている。

「交通事故だと逮捕できなくて、殺人未遂だと逮捕できるの？」

紗奈江は桜小路にたずねた。

「そうなのです。逮捕状なしで逮捕するのを緊急逮捕というのですが、それには条件があります。三年以上の懲役、もしくは禁固に当たる重大な罪を犯したことが、はっきりしている場合がそうなのです。殺人罪は文句なしに三年以上ですからね」

桜小路は得意そうにいった。

「それだったら、この人、二人も人を殺した犯人なのよ」

「ですから、そちらは島根県警の事件です。わたしがこの女性を逮捕するのは、紗奈江さんを殺そうとした別の事件の容疑ですよ」

「だけど、そんなことをいったら、ここは鳥取県だし、桜小路さんは東京の刑事さんじゃないの？」

「そう。事件の発生した場所の警察が処理するのが原則ですが、警察一体といいましてね。鳥取県だ東京都だと縄張り争いをすることもないでしょう」

桜小路は勝手な理屈をこねた。

「だけど、桜小路さんの手柄になるの？」

紗奈江はちょっと心配だった。

警察一体の理論はともかく、もともとは道案内を買って出ただけのはずだ。

それが、紗奈江を追って松江、米子と捜査している。

余計なお節介を焼いたことにならないのだろうか。

「さあ、それはどうでしょうか。ただ、島根県は杉上小夜子殺しの幕を引きましたからね。その事件を私用で旅行中の刑事が解決した。それがはっきりすれば、鳥取県と島根県の警察から、感謝されても不思議じゃないでしょうよ」

桜小路がそういったとき、パトカーのサイレンが近づいて来た。

鳥取県警のパトカーだった。

「犯人はあちらへ引き渡しますか……」

桜小路はちょっと残念そうにいい、

「しかし、紗奈江姐さんの眼力には、あらためて敬服しました。しかも、度胸もすごい。交通事故に見せかけて殺そうとさせたのですからね。ここまで見事にやられると、犯人はいい逃れができませんよ」

紗奈江に深々とお辞儀をした。

パトカーがその桜小路の横に停まった。

桜小路は警察手帳を示し、松江で起こった殺人事件の犯人だと説明した。

パトカーの警官が、驚いて無線で米子の警察に連絡を取った。

その警官の頬が緊張した。

桜小路をみつめた顔が輝いている。

鳥取県の警察としては、お隣の島根県警を出し抜いたのだ。

これで島根県警に貸しが一つできた。

無線で連絡した上司が、そういったのだろう。

どうやら、警察一体はタテマエにすぎないようだ。

「度胸がいいなんて無責任なこといわないでよ」

紗奈江はパトカーの警官に聞こえないよう、小声でいった。

「無責任じゃないから、紗奈江姐さんのあとをつけたのですよ」

「それにしては、法眼寺の前で、よく飛び出して来なかったわね」

紗奈江は横目で桜小路を睨んだ。

「あれぐらいのことは、紗奈江姐さんなら、どうにでもさばくと信頼してましたよ」

「ほめられてるのか、軽蔑されているのか、複雑な気分だわ」

「ほめているのですよ。それにしても紗奈江姐さんはすごい。出雲藍染めの風呂敷一つをヒントに、真犯人を割り出したのですからね。じつにたいした推理力です」

桜小路はしきりに首をひねって感心している。

「推理じゃないと思うわ。浩美の性格や人柄をよく知っていたからよ。警察は浩美を疑うところから出発したけど、わたしは信じるところから出発したのだから……。当然、犯人はほかにいる。そう考えるのは当たり前でしょう」

「ですから、そこまで人を見る目を持っているというのですよ」

「あんまりおだてないで……。名探偵のような錯覚を持つのが、自分でも恐ろしいわ。わたしとおなじ職場で働いていた人の事件だから、自分の身に引き比べて考えることができたのよ。ほかの世界の人のことは、到底、推理なんかできっこないわ」

紗奈江は空を仰いだ。

夜空は満天の星であった。天の川がミルクを流したように横たわり、その星の群落を縫うように流れ星が舞った。

流れ星だけではなく、東京では見ることがなくなった蛍が、我がもの顔に闇を飛びかっていた。

連続殺人事件など嘘のような牧歌的で静かな田園がひろがっている。

摩周湖《ましゅうこ》殺人事件

1

梅雨《つゆ》あけが近いのだろう。

雷をともなった土砂降りの雨が、一枚ガラスの広い窓をたたいていた。

二十メートル以上ある広場のような岸壁の向こうは海。

晴れていれば、晴海《はるみ》から有明《ありあけ》にかけての東京港の灯が真っ正面なのだが、激しい雨の幕が視界を閉ざしている。

当然のことだが、四宮紗奈江の店『クレッセント』は、客がまばらだった。

「なんとかなりそう？」

カウンターの腰高椅子にチョコンと座ったオリビアが話しかけた。

紗奈江がはたらいていた吉原のソープランド『チェックメイト・キング』のソープ嬢。

高輪《たかなわ》に住んでいるので、毎晩のように来てくれる。

「おかげさまでね」

紗奈江は明るい顔で答えた。

「ほんとかな。いつ来てもガラーンとしてるじゃないの」

「だって、始めてから、まだ一ヵ月とちょっとでしょ。でも、昨日なんか結構よかったのよ。雑誌が紹介してくれたので、少しずつだけど上向いている」

「家賃ゼロだもんね」

事情を知っているオリビアは、したり顔でウインクした。

桜小路資朝警部補が、権利、敷金、家賃ゼロで、貸してくれた店なのだ。

東京は港区海岸通り、日《ひ》の出桟橋《でさんばし》に近い倉庫の一画を仕切ったスナック。

軽い食事とアルコール、客のリクエストがあればディスコミュージックを流して、広いフロアがディスコに変わる。夜明けのコーヒーを飲もうという若いカップルが気軽に立ち寄ってくれそうな店だ。

場所が場所で、知る人ぞ知るという頼りない店だから、気長にやって行くしかない。

「桜小路さん、来る？」

「来ないわね。来ないから助かってる」

「いえてる」

ケラケラと笑い声を上げたオリビアが、声をひそめて、

「ね、窓際のテーブルのお客、ちょっと気になるんだけど」

胸の前で親指を指した。
三十二、三。地味な服装の女性が、一人でもう一時間近く、空になったコーヒーカップへ目を落としていた。
ドアが開いた。

雨と風が吹き込んだ。

ズブ濡れの男が駆け込んで来て、窓際の女性の顔がパッと明るくなった。

「と、いうことか」

オリビアは心配して損をしたというように唇をゆがめた。

ところが、事態はオリビアが期待した方向に進みだしたようだ。

「いやよ、いや！　そんなの絶対にいや！」

甲高い声で女性が叫んだのだ。

オーダーを取りに行こうとした紗奈江が、思わずためらったほど、大きな声だった。

もっとも、この程度で遠慮していたのでは商売をやって行けない。

「何をお持ちいたしましょう？」

紗奈江はおしぼりとお冷《ひ》やを男の前へ置いた。

「水割り」
三十五、六の野性的な男だった。
適度にハンサムで苦みのある顔立ち。それでいて、どこかナヨナヨしている。

「だからさ、この夜更けまで金をつくるのに走り回っていたんだ」

テーブルに背を向けた紗奈江に、男の声が聞こえた。

「いくらいるの？」

「とりあえず五百万……」

後は聞こえなかった。

カウンターで水割りをつくる紗奈江に、

「あのタイプ、一番ヤバイんだよね」

オリビアは眉をひそめた。

目がいきいきしている。

他人の不幸は鴨《かも》の味。あちらがどうなろうと、オリビアには関係ないことだが、世の中に不幸というものが存在するのを見るだけで、自分の人生、満更《まんざら》でもない。

ちょっぴり、優越感にひたれるのだ。

紗奈江は水割りを運んで行った。

「五百万、あったら解決するの？　それぐらいなら、わたし、なんとかするわ」

「いや、君に出させるわけにはいかない」

「だって、二人の問題じゃないの！」

「気持はありがたいけど……」

男は水割りに手をつけなかった。

コーヒーと水割りの代金、千二百円を置いて出て行った。

女の肩を抱いて。

土砂降りの雨のなか。一本の傘を傾けるように差して。

「絵に描いたような結婚詐欺だね」

オリビアが男の背中を睨んだ。

「経験者は語る……」

「ちょっと演技過剰だよ。この雨のなかを傘も差さずに、ズブ濡れで駆け込んで来るなんてさ。だけど、女ってああいうのに弱いんだよね」

紗奈江にも、おおよその筋書きは読めている。

調子よく近づいて、女の気持をつかんだところで、結婚を断る。

愛している。君が好きなんだ。

だから、君を不幸にさせたくない。

小出しに金に困っていることを匂わせておいて、さっきのが仕上げ。

この後、彼女のマンションで、狂ったように抱いて、明日の朝、五百万円の貯金を下ろさせ……。

それっきり。

オリビアも紗奈江も、そういうのを何度も見て来た。

騙した男が悪いのか。信じた女が馬鹿なのか。

演歌の世界が現実にはいやというほど転がっている。

2

その翌日――。

ランチタイムが終わって、紗奈江がいったん店を閉めたところへ、昨夜、オリビアがいっていた桜小路がやって来た。

「北海道警から照会があったのですが、摩周湖《ましゆうこ》で飛び込み自殺をした女性がいました。身元が確認できなくて弱っているらしい」

警視庁捜査一課の警部補は、いつものとおり飄々《ひようひよう》としていた。

鶴のような痩身、抜群の気品。

気品抜群なのは、京都のお公家さんの出だからだ。

その代わりといっては悪いけど、捜査能力ゼロ。

この倉庫を権利、敷金、家賃ゼロで貸してくれたとき、条件が一つだけあった。

紗奈江が、今後も桜小路の捜査に協力するということなのだ。

「そんなこと相談されたって、答えようがないわよ」

「ところがあるのです」

桜小路はポケットから一枚のコピーされた領収書を取り出した。

「これ、ここの領収書だわ」

「そうでしょう。飛び込み自殺をした女性のポケットに入っていたのです。手掛かりはこれだけだそうでして。この女性に見おぼえがありますか」

今度は写真だった。

キャビネ版。

目を閉じている。髪の毛が濡れていた。

摩周湖から引き上げられたとき、撮ったものだろう。

紗奈江は写真を見つめた。

年齢は四十前後だろうか。ベージュ色のブラウスにモスグリーンのスカート。花柄の刺《し》繡《しゅう》の入った白のカーディガンを羽織っていた。

「このカーディガン、バランタインじゃない？　すごく高いわよ」

「ご明察！」

桜小路は持ち前の甲高い声で叫び、

「これだから頼りにするのですよ。ブラウスとスカートはイタリア製でした。靴もそうです。上から下までブランドずくめです」

「自殺なの？　この人、靴を履いたままだけど……」

「それなのですよ。片一方の靴は摩周湖の斜面に転がっていました。靴を履いたまま飛び込んだことはたしかです」

「自殺する人って、儀式のように靴を脱ぎ揃えて、飛び降りるっていうけど、そうと決まってるわけじゃないの？」

「アメリカなんかでは靴を履いたままだそうです。日本も生活様式が洋風になって来たのか、最近は靴を履いたまま飛び降りるケースもなくはないらしいが……」

「この女性、覚えてる」

紗奈江は領収書へ目を落とした。

字がにじんでいたが、金額は四八〇〇円、日付は六月十九日。宛名は松本。

紗奈江の書いた字だった。

『クレッセント』は領収書を持って行く客が多い。

ランチタイムはこの近くのアパレルメーカーの社員の利用が多いから、それほどでもないが、深夜の十一時すぎからの客は六本木の流れがほとんどだった。

クラブのホステスを連れて飲み直しするのだ。

女性客も心得ていて、少し金額が張ると、必ず領収書を書かせる。彼女たちのつきあう男性が、領収書を必要とする職業なのだ。

「このひと、すごく幸せそうだったけど……」

紗奈江は桜小路をみつめた。

領収書を書いている紗奈江に、

〈わたし、ちかく結婚するんです〉

と、話しかけた。

うきうきした口調であった。四十歳になって訪れた結婚のチャンス。誰彼かまわず、話さずにおれないほど幸せな気分だったのだろう。

「自殺するようにはみえなかったのですね」

「ええ。マンションを売らなきゃならないと話してた」

「マンションを売る？」

桜小路はなんの話だという表情になった。

「女性は自分のマンションを持つと面倒なの。結婚するまでは必要だけど、結婚するといらなくなるでしょう」

「ああ。そういうことですか」

「バブルのころに買ったひとなんか捨て値で手放すしかないし……。このひと、それを愚痴ったんだけど、愚痴まで幸せそうだった」

「それ、確かですか」

「ええ。はっきり覚えてる」

「さすが、紗奈江姐さんです」

「だって、六月十九日ごろだと、来たお客はひと晩に二人か三人だったんだもの」

「やはり、ここは商売にならないでしょう。最初の予定どおり原宿《はらじゅく》がよかったのではありませんか」

桜小路は気づかわしそうにいった。

原宿駅前のビルを貸すというのを、紗奈江のほうから、ここを選んだのだ。

「そういう意味じゃないの。わたし、ここが気に入っているし、あんまり忙しすぎるのも気が重い。ポツポツお客も付いて来てるし、ここ、最高よ」

桜小路を促して店を出た。

一瞬、めまいがしそうな明るさだった。

昨夜の雨で夏になったのだろうか。太陽が照りつけ、海が鏡のように輝いている。

向こう側が晴海埠頭。国際貿易センターの建物が陽炎《かげろう》で揺れていた。

ずーっと右手には船の科学館。その手前はお台場《だいば》公園。

お世辞にも風情のある風景とはいえないが、それでも海は広いな、大きいな。潮《しお》の香がただよい、潮風が頬をなぜる。

海を前にした気分は悪くない。

「いい眺めでしょ。このひと月で心まで健康になった気がするわ」

「健康は結構ですが、領収書の女性、結婚にそなえてマンションを処分すると話していたのですね」

「ええ」

「それが、どうして自殺したのです？」

「わたしに聞かれたって困るわよ」

「自殺ではない。殺されたのだ。そう思うんですか」

「ええ……」

紗奈江はうなずいた。

「そうなると、なんとしても身元を割りださなきゃならないが、勤め先を話してなかったですか」

「それは話さなかった。うちへ来たのは一回だけだし……」

「クラブのホステスですかね」

「そうはみえなかった」

「しかし、着ていたものが？」

「いまはＯＬだって、ブランド物を着てるわよ。そうね、この店へ来たのだから、アパレルのデザイナーか、化粧品のインストラクターとか、それとも外資系の会社の秘書……」

「そんなに範囲がひろがると、身元の割りだしは無理ですよ」

「警察のお得意の聞き込みをして歩けばいいじゃない？」

「こちらの事件ならともかく、北海道からの照会ですよ。いってみれば他人の事件なのです。そこまで労力をかけるわけには行きません」

「じゃあ、身内からの捜索願いが出るのを待つのね」

「北海道へ行きませんか」

そら来た！

紗奈江は心のなかで身構えた。

手柄を立てたくてウズウズしている刑事さんなのだ。

「行ったって仕方ないわよ」

「いや、殺人事件となるとほっておくわけにいかない。行きましょう！」

「折角、軌道に乗りかかっているお店を休むの？　困るわ」

「ですから、人を傭《やと》って任せるのですよ。そうだ、オリビアさんはどうです？　彼女に

二、三日手伝ってもらうのはどうです？」
桜小路はもう、その気になっている。

北海道の警察から照会を受けただけの事件だといった口の下から。

「行きましょう。事件はともかく、紗奈江姐さんは、このところ疲れていますよ。四、五日、骨休みするほうがいい。爽やかな北海道の自然のなかで、美味しいものを食べ、温泉に浸《つ》かって、からだを休める。そう、それに決めました！」

のんびりしているかと思うと、実は意外にせっかちで、その上、いい出すとテコでも動かないのが、桜小路の性格であった。

3

「霧の摩周湖という歌をご存じですか。いい歌でした。レコード大賞を取ったのも当然です。歌手はたしか森進一《もりしんいち》でしたね」

桜小路は御機嫌であった。

東京から釧路へ向かうジェット機のなか。

御機嫌はいいが、『霧の摩周湖』はたしか布施明《ふせあきら》だったはずだ。それに、レコード大賞は取らなかったと思う。

それは、どうだっていいが、桜小路があまり霧、霧といいすぎたせいだろうか。

「現地からの連絡によりますと、釧路空港は濃霧のため視界不良。やむなく当機は女満別《めまんべつ》空港に着陸いたします」

機長のアナウンスがひびいた。

「メマンベツってどこですか」

桜小路は慌てて、座席のポケットに入っている航空会社のパンフレットを拡げた。

「網走《あばしり》の近くよ。摩周湖は釧路と網走のちょうど中間だから、女満別だって構わないわ」

紗奈江は学生のころ、北海道一周旅行をしたので、よく知っている。

その女満別は青空がひろがっていた。

「濃霧で着陸できないなんて、人騒がせをするものですね。こんないい天気なのに」

「ところがギッチョンチョン」

「なんですか、それは」

「北海道の日高《ひだか》山脈から東は、本州とは常識が逆なの。太平洋側が日本海側のような気候で、オホーツク海側が太平洋側のようなの。だから、霧の摩周湖なのよ」

「よく分かりませんな」

「ま、行ってみれば分かるわ。そのために来たのだから」

二人はタクシーに乗った。

警察の費用ではない。桜小路が自腹を切っての捜査だから、豪勢なものだ。

摩周湖はたぶん霧の中だろう。

摩周案内のテレホンサービスがあるから、問い合わせることも可能だが、この分なら間違いなく、霧に包まれている。

今夜は摩周湖に近い川湯《かわゆ》温泉の高級旅館を予約してある。

それも、ふた部屋。

ちゃんと紗奈江のために、別の部屋まで取ってくれている。

お金持で人畜無害。

海岸通りの倉庫をただで貸してくれたり、〝足長オジさん〟を絵にかいたようなありがたい人なのだ。

二人を乗せたタクシーは、広々とした畑のなかの道を走った。

北海道でもさい果てに近いというのに、よく耕《たがや》された畑がつづいている。ホルスタインがのどかに草を食べている牧場もあった。

何もかも広い。まさにデッカイドウなのだが、風景が一変したのは、肝心の摩周湖へかかる少し前、屈斜路湖《くっしゃろこ》を見晴らす藻琴峠《もこととうげ》へかかったときであった。

それまでの晴天が急に変わった。

タクシーの窓から見えるのは霧だけなのだ。霧というよりは雲のなかへ入った感じで、湖を見晴らすどころか、窓の外を細かい水滴が舞っているだけ。

峠を下って、いくらか視界が開けたと思ったところ、川湯の町をすぎ、摩周湖へ登るにつれて、またまた霧、霧、霧。

九十九折《つづらお》りの山道を登るころには、タクシーはヘッドライトを灯した。

真っ昼間の正午すこし前なのだが、前後左右、空も道路も乳白色に閉ざされている。

前方から突然、対向車が現われるのはともかく、道の左右がまったく見えないのだ。

「ここが、摩周第三展望台ですが……」

運転手は気の毒そうに、リアシートの二人を振り向いた。

「これが霧の摩周湖ですか。摩周湖なんかどこにも見えないじゃないですか」

タクシーの停まった左手が、展望台への登り口で、アノラック姿の若い女の子が登って行くが、階段をものの二、三段上ったと思うと、霧のなかへ溶けてしまう。

墨絵の世界といった生易《なまやさ》しいものではない。灰色一色、ものの二メートルも離れると、どこに誰がいるのかさえ分からない。

それでも、紗奈江と桜小路は展望台へ登った。摩周湖どころか、山も木も人も見えない。

展望台そのものも見えない。

「夏はいつも、こうなのよ」

「ひどいねえ。これじゃあ霧を見に来たようなものです」

「太平洋とオホーツク海の分水嶺《ぶんすいれい》なのね。ジェット機が離着陸できないほどの霧が、まともにこの山へぶつかるわけでしょ。摩周湖を見られた人はよっぽど運のいい人だっていうけど……。なにしろ神秘の湖なんだから」

「こうと知っていたら、来るのじゃなかったですよ」

「どうして？」

「どうしてって、雲のなかへ来ただけじゃないですか」

「だから、来たんじゃないの？」

「えっ？」

「しっかりしてよ」

紗奈江は桜小路の背中をどやしたくなった。

「しっかりしてますよ」

「捜査の刑事さんとして、しっかりしてといってるの」

「どういうことですか」

「人間の心理として、こんな何にも見えないところで、飛び込み自殺なんかするかしら」

桜小路は平手打ちをくったような顔になった。

「そういわれると……」

「煙のなかへ飛び降りるようなものでしょ。この下に摩周湖があるって信じられる?」

紗奈江は指を差した。

その指先が、もう霧で半ばかすんでいる。

「そうですね。死ぬことに変わりはないというものの、これじゃ頼りがなくて踏んぎりがつきませんよ」

「それに、霧って音を吸い取ってしまうのよ。そこで聞いててね」

紗奈江は手探りで、先へ進んだ。霧のなかから展望台の鉄柵が現われた。

鉄柵の先で濃い霧が舞っている。

足下《あしもと》も霧。いや、足下なんかまるで見えない。

「さくらこうじ、さーん!」

紗奈江は声を限りに叫んだ。

晴れていたら、ヤッホーと叫ぶところだが、一メートル横にいる人の姿もおぼろにかすんでいる。

はしたない声を出しても、顔を見られる心配がなかった。

霧のなかから、ボーッと桜小路の顔が現われた。

「聞こえたことは聞こえたがね……」

「こんな声で叫んだのよ。さくらこうじ、さーん!」

「たしかに霧は音を吸い取るようですな」

「そうでしょ。この霧じゃ、水のなかで叫んでるようなものね。悲鳴をあげたとしても、耳にした人はなかったのじゃないかな」

「いや、よく分かりました」

桜小路は頭を下げた。

自殺ではなくて、突き落とされた。展望台に観光客がいたとしても、霧でみえなかったし、悲鳴も聞こえなかった。

「そこでなんだけど、問題の女性は領収書をどこに入れていたの？」

「スカートのお尻のポケットだそうです」

「そういうスカートがあるわね。あのポケットは飾りみたいなものなんだけど」

「とにかく、そこに入っていたそうです」

男性と違って、女性はポケットにものを入れることは滅多にない。

いつもハンドバッグを持っているせいなのだが、何かの都合でそこへ領収書を入れたのだろう。

入れたまま忘れていたのではないだろうか。

と、したら、いつも領収書をもらう癖がないし、その必要もない職業なのだ。

その女性は自分のためではなく、男性のために領収書を受け取ったのではないか。

男は自営業で、領収書があれば、税金の申告のとき役に立つ。

つまり、松本というのは、女性の名前ではなくて、男の名なのだ。

「何か分かったのですね？」

桜小路は嬉しそうに目を輝かせ、

「さ、タクシーへ戻ろう。運転手が乗り逃げしたのじゃないかと心配していますよ」

「そんなこと考えないわよ」

「わたしたちが信用されているわけですか」

「それもあるけど、わたし、車のなかにハンドバッグを置いて来たんだもん」

「なるほど」

桜小路はもう一度、辺りを見回した。

相変わらず、一面の霧だった。

4

「問題の女性はあの展望台辺りから、突き落とされたのですな」

桜小路が改まって、そう切り出したのは、川湯温泉の高級旅館で温泉を使い、ひと休みした後であった。

「そうとしか考えられないわね」

「しかし、地元の警察はあの霧のなかで自殺をすると考えたのですかね」

自分が気づかなかったくせして、桜小路は地元の警察の不注意を口にした。

「それよりも、発見されたのはいつなの？」

「この四日の朝です」

今日が七月二十日、女性が紗奈江の店に来たときから、ちょうど一ヵ月がすぎている。

「その朝は霧が晴れたのでしょ？」

「そうでしょうね。あの霧じゃ発見どころか摩周湖そのものが見えないのだから」

「死亡推定時刻は？」

「発見の三十時間から四十時間前だということでした」

「女性の所持品は見つからなかったのね」

「まったくなかった。ハンドバッグがあれば身元の手掛かりぐらいはあったはずです」

「すると、車で来たのね。そのときは今日とおなじように霧だった。展望台へ登ったって何も見えない状態だったのよ。折角、来たのだから車を降りてはみたけど、すぐ戻るつもりだったのだわ」

「つまり、突き落とした人物は、女性の遺体が発見されても、身元は割れないと計算していた……」

桜小路はからだを乗り出した。

旅館の浴衣の胸元がはだけたが、それでもお公家さんの末裔らしい品のよさは変わらなかった。

もっとも、セックスアピールはゼロ。

だからこそ、紗奈江も浴衣を着ている。

摩周湖の霧が晴れることはあっても、桜小路がいどみかかってくることはない。

絶対安心、保証つきだが、空気と向かい合っているような頼りなさを感じる。

「女性の身元が割れると困ることがあったのよ。何野何子かが分かった途端、犯人が誰か分かる。そういう事件ってあるんでしょ」

「あるどころではありませんよ。事件というのは被害者の割りだしができれば、捜査はヤマを越した。それが常識です」

「ところが、犯人はたった一つミスを犯した。被害者のポケットにわたしの店の領収書が入っていたのに気づかなかった。そういうことね？」

「そのとおりです。手掛かりはたった一つ。紗奈江姐さん手書きの領収書、そして、そこに書かれた宛名、松本なのです」

「松本なんて名前はめずらしくないわ」

「日本人が千人いると、五人が松本だそうです。つまり日本には六十万人の松本さんがいる計算です」

　桜小路は得意そうにいった。

　こういうことは律儀《りちぎ》なほど調べる。調べたところで、捜査には何の役にも立たない。

　六十万人の松本さんに片っ端から当たることは不可能なのだ。

「だけど、所持品がなくても、身元が割れることはあるのでしょう？」

「もちろん、あります。家族から捜索願いが出されたり、それにいまは日本中の奥さん連中が暇を持て余しています。隣り近所のゴシップを鵜《う》の目鷹《たか》の目で探し回っていましてね。テレビで事件のニュースが出ると、それはこうだ、これはああだと、捜査に協力する電話が、いやというほど掛かって来ます」

「一億総探偵時代ね」

　紗奈江はなんとなくイヤーな気分になった。

　捜査に協力といえば聞こえはいいが、要するに密告、垂れ込み。他人の不幸は鴨の味、というやつだ。

「ところが、この事件に限って、それらしい情報がまったくないのです」

「よっぽど孤独な暮らしをしてたのかしら」

「しかし、着ているものは上から下まで外国製のブランド物ですよ」

「それでいて、全然無名のわたしの店へ来ていたのよね」

「問題はそこなのです。自殺ではない。殺人事件なのです。紗奈江姐さん、お願いします」

桜小路は両手を合わせた。

紗奈江の店がブランドとして通っていないという洒落は通じなかったようだ。

「お待たせしました」

部屋の入口で声がして、仲居さんが夕食の料理を運んで来た。

途端に桜小路の頬がゆるんだ。

トゲがゴツゴツとした花咲ガニが、丸ごと一匹デーンと松葉を敷いた皿の上に載っかっていた。

生花《いけばな》に使う鋏《はさみ》が添えられている。

鋏で切って食べるのだ。

ホッキ貝の刺身が新鮮だ。それに北海シマ海老。これは素朴な塩ゆで。東京の寿司屋で見るのとは違って、盛り上がるような感じのウニ。カキの甘露煮《かんろに》。

北海道ならではの味覚が、座卓の上にずらりと並んだ。

紗奈江はお銚子を桜小路にすすめた。

「これはこれは。美人のお酌《しゃく》で……」

仲居さんが、この二人はどういう関係なのだろうかという表情でいる。

年齢恰好は釣り合っているが、恋人同士とはみえないし、いま流行の不倫旅行のムードでもない。

「それじゃ、後はお願いします」

仲居さんはお銚子の載ったお盆を紗奈江のほうへ押しやり、首をかしげながら部屋を出て行った。

紗奈江も少しはいける口で、後は差しつ差されつ。

「こうやって、泊まった男女がいたとして、翌日、男性が女性をあの霧のなかで、摩周湖へ突き落としたとするわ。所持品は一切なし。問題の女性はたまたま、わたしの店の領収書を持っていたけど、それもなかったとしたら、警察はどういう捜査をするの？」

紗奈江はいい気分で酔いながら、桜小路にたずねた。

「ですから、この川湯温泉をはじめ、摩周湖のちかくの温泉や町をしらみ潰《つぶ》しにあたって、宿泊した形跡はないか、目撃者はいないか。聞き込みをしたのですが、まったく収穫がなかったのです」

「でも、摩周湖で亡くなっていたのだから、ふたりが来たことは事実よね」

「事実ですが、あの深い霧ですよ。霧のなかをやって来て、霧のなかで殺し、霧のなかを帰って行った。だから目撃者がいないのです」

桜小路は肩をすくめた。

たしかに、あの霧では目撃できないが、霧は摩周湖のある山の上だけなのだ。

犯人と被害者は車で来たはずなのだ。その車は釧路か女満別で借りたレンタカーなのか。それとも東京から運転して来たのか。フェリーを使ったのか。

その聞き込みを徹底的におこなえば、それらしい車を突きとめることができるのではないか。

紗奈江がたずねると、

「その捜査もしたはずです。しかし、今日走ったとおり、北海道はデッカイドウですよ。国道を走っていた一台の車を探しだす。それは頭で考えるほど簡単じゃないようです」

桜小路は首を横に振った。

「じゃあ、何を捜査するんです？」

「ですから、被害者のポケットに紗奈江姐さん手書きの領収書がはいっていた。領収書の宛て名は松本。それが唯一の手掛かりです」

「それだったら、何も摩周湖へ来ることなんかなかったのに……」

紗奈江はもどかしい思いで桜小路をみつめた。

問題の女性は紗奈江の店に来た。

人通りの多い繁華街の店ではなく、東京港の日の出桟橋にちかい倉庫を利用した店。

トレンディのベイエリアだというものの、住まいか勤務先がちかくになかったら、立ち寄るような店ではなかった。年齢は四十歳前後で、ちかぢか結婚する予定。自分のマンションを売りにだしていた。それだけの条件が分かっているのだから、警察がその気で聞き込みをすれば、どこの誰か特定できるのではないか。

デッカイドウの国道を走っていた一台の乗用車を探すのよりは、可能性がたかいのではないか。

「テレビで公開捜査をすればどう？」

紗奈江がいい、

「いや、公開捜査はいけません」

桜小路は渋い顔になった。

公開捜査で解決したのでは桜小路の手柄にならない。一族一門の期待を担《にな》って、現代の検非違使、警視庁捜査一課長をめざす桜小路は、なんとしてでも個人で手柄を立てなければならない。

5

霧で見られなかった摩周湖の代わりに、阿寒湖《あかんこ》をたっぷり見て、東京へ帰ると、なんのことはない、問題の女性の捜索願がでていた。

紗奈江の店から五百メートルと離れていない芝浦のアパレルメーカーに勤めるデザイナーで立花千紘《たちばなちひろ》、四十一歳。

七月二日から無断欠勤していて、自宅にもいない。何か異常があったらしいという届であった。

桜小路は飛んで行き、くわしい事情を聞いて来た。

立花千紘は失踪する五日ほどまえ、ワンルーム・マンションに引っ越しをしていた。それまで住んでいた自分のマンションを売り払ったためだ。

バブルの頃は億の値がついたマンションだったが、三千万円にさがっていた。

そのうち二千万円はローンの返済。残りの一千万円が消えていた。

千紘はちかく結婚する予定だったが、勤めていたアパレルメーカーの同僚たちは誰ひとり、千紘の婚約者を知らなかった。

会社を経営してるというだけで、名前も業種も千紘が話さなかったというのだ。

「怪しいんじゃない？」

オリビアが言った。

「うん……」

紗奈江はうなずいた。

摩周湖へ行く前の夜、ズブ濡れで駆け込んで来た男を思い浮かべていた。

絵に描いたような結婚詐欺。

立花千紘も似たような男にひっかかり、マンションを売った金を巻き上げられたうえ、摩周湖へ突き落とされたのではないか。

紗奈江がそれを話すと、

「しかし、立花千紘の勤務先の同僚は、相手の男を知らないのですよ。千紘はどこで、その男と知り合ったのです？」

桜小路がたずねた。

被害者の身元が特定できて、事件は大幅に前進したし、警察は千紘のワンルーム・マンションを家宅捜査したが、相手の男の名前もアドレスもみつからなかった。

「犯人は一千万円を巻き上げたと思うけど、一千万円のために摩周湖まで連れだして殺したりするかしら」

紗奈江は桜小路へ言った。

「いまは万事に荒っぽくなりましたからね。一千万円ならやるんじゃないですか」

「詐欺をやるようなひとは一度味をしめると、二度三度とおなじことをするって聞いたけど……」

と、これはオリビア。

「そのとおりですが、ほかの詐欺と違って結婚詐欺です。次から次へと引っかける相手の女性がいないでしょう」

桜小路が首をかしげ、

「それが、いるところがある！」

「本当ですか！」

「結婚相談所よ」

紗奈江は膝をたたいた。

翌日――。

紗奈江とオリビアは桜小路に伴われて、新宿の超高層ビルにある大手の結婚相談所を訪れた。

そこは全国各都市とネットワークを結んで適齢期の男女を紹介するのだが、さすがに大手だけあって、超高層ビルの三十六階に、広いオフィスを構えていた。

桜小路は所長に面会し、捜査への協力を依頼した。

「ご趣旨は分かりましたが、具体的にはどういう協力をすればよろしいのですか」

ちょっぴり古風な高校の校長といったタイプのツルツル頭で、眼鏡をかけた所長はとまどったようにたずねた。

「この四宮紗奈江さんたち二人を入会させていただければよいのです」

「そんなことでしたら、実に簡単です」

「ただし、入会金なしですよ」

桜小路は念を押した。

この結婚相談所だけではない。

赤坂にも登録会員二十万を豪語する新興の大手がある。

コンピューターで理想の相手を見つけるというのが売りものの相談所もある。

その三つが、結婚相談所の御三家なのだ。

紗奈江はその三つすべてに登録することにしていた。

入会金は十五万から二十万。

一つだけならともかく、三つの結婚相談所に紗奈江とオリビア二人が入会するとなると馬鹿にならない。

「もちろん、結構です。毎月の会費も免除いたしましょう」

所長はほかならぬ警視庁の依頼なので、二つ返事で応じた。

ただし、入会金と会費以外は、正式の手続きを取った。

戸籍謄本《とうほん》を提出する。

希望の相手への要望。紗奈江の身上調書。そして、ここの特徴であるビデオでの撮影。

カウンセラーと話し合っているところを三分ほど撮影する。

それとは別にお見合い写真も提出したが、ビデオは動くお見合い写真のようなもので、紗奈江なら本気で申し込む男性が続出するに違いない。

紗奈江の狙いは自分の身上調書だった。

家族なし。

父母ともに死亡。兄弟もいない。

財産はマンションと貯金、株。

職業は無職。

金目当てに接近して来る男性が涎《よだれ》をこぼしそうな条件を記入したのだ。

そこでの手続きをすますと、赤坂《あかさか》の相談所へ回った。

ここは一三〇項目のチェックポイントを記入するシステムだった。

年齢、職業、家族、趣味などはもちろん、好きな色、好きな花、形などの項目がズラッと並んでいる。

色や花で性格を診断し、ドンピシャリの相手を見つけてくれるそうなのだが、紗奈江は色はブルー、花は水仙《すいせん》、形はシンプルなのを選んだ。

本当に好きな色は黄色、花は桜だった。

淋しい性格で、親の残した遺産をしこたま持っているが、使い道も知らないオットリした女性という印象をあたえるためであった。

結婚相談所の御三家に登録をすませたとき、北海道へ旅行したより疲れていた。

「いい人、見つかったら、本当に結婚しちゃうか」

　オリビアは本気になっていた。

「駄目々々。実際にお見合いしたらガッカリするわよ」

「どうして？　所長さんが登録している男性はエリートばかりだっていってたじゃんか」

「そのエリートが曲者なの。旦那さまとしては無難かも知れないけど、面白みのない男性ばかりらしいわ」

「そうかしら？」

「三十すぎてるのに、お母さんが付き添いでやって来るような男性がいるって聞いたわ。それほどでなくても、あそこは結婚を希望する人が集まるところなの。お上品で、常識の権化《ごんげ》みたいで、退屈な男性ばかりよ」

「信じられないな」

　オリビアは首をかしげたが、一週間ほどが過ぎて、結婚相談所から呼び出しがあり、そこで見せられたお見合い候補者の写真を見ると、紗奈江の相手もオリビアの相手も、御三家がそろいもそろって、判で押したように似たタイプだった。

　謹厳実直、可もなし。不可もなし。

　それでいてプライドだけは全身ににじみ出ているのだ。

「むっつり助平《すけべい》のタイプね」

オリビアが吐き捨てた。

「ほら、話のきっかけのつもりで、こういうところ、よく見えるんですかって聞くじゃない。そしたら……」

「そう、俺がそんな男に見えるかって、怒りだすお客。あのタイプね」

そんな客がソープランドにいた。

ソープ嬢なんかに興味はない。取り澄ましているが、実際にベッドインすると、ネチネチとしつこい客。

頭から紗奈江たちを軽蔑している。

それなら、ソープランドなんかへ来なければいいのに、

――お前なんかとは人種がちがう。

そう信じ込んでいるタイプ。

それが結婚相談所へ登録している男に、共通しているようだ。

「今日、赤坂の相談所で、変になれなれしく話しかけて来た女性がいたんだけど」

オリビアが、ふと真顔《まがお》になった。

「どうかしたの？」

「あの結婚相談所、新聞の広告なんかだと、入会審査がきびしい、会員はエリートばかりだって、宣伝してるでしょ」

「ええ」

「ところが、結構いかがわしいのと、お見合いしたんだって。なんでも宇都宮《うつのみや》のほうで、造園業っていうの、会社を経営しているって触れ込みで、ひとあたりがすごくいいんだって」

「いくつぐらいの人？」

「話しかけて来た女性が四十ちょっとすぎだったから、男のほうは五十近いんじゃない？」

「…………」

「彼女、結婚してもいいなって気になって、念のため、調べたっていうの。そしたら、そんな会社、全然ないんだって」

「その男性、松本って名前じゃなかった」

「残念でした。違ったわ」

「桜小路さんは、結婚相談所めぐりをして、松本姓をリストアップしてるわ。どの相談所もコンピューターだから、一発でリストは出るけど、なんと松本さんは男女合わせて、千五百人からいたって」

「四十歳以上だと、ぐっと少なくなるわね」

「だけど、今度だけは自信がないな」

「わたしは、ある」

オリビアは張り切っていった。

6

新宿の結婚相談所『にっぽんブライダル』では、紗奈江の希望に合いそうな男性会員を毎回、十人近くリストアップして送ってくるシステムだった。

そこへは姓名、年齢、身長体重、学歴、職業、年収、家族数など、最小限度のデータがワープロで打たれているだけだが、そのなかから紗奈江が、この人をと指定すると、ビデオを見ることになり、そこで気にいると相手の男性に伝えられ、双方が合意したところでお見合いになる。

入会して半月ほどすぎたころ、相手が希望しているという男性を紹介された。

北尾《きたお》一宏《かずひろ》、四十六歳。職業は会社役員となっていた。

ビデオを見ると、これまでに紹介されたタイプとは、まったく違う野性的なムードの男だった。

「この方のもう少しくわしいデータを見せていただけません？」

カウンセラーに申し出ると、概略紹介状をコピーしてくれた。

それは紗奈江も提出したが、自筆のものだった。

そこには現住所、本籍、くわしい学歴、家族の名前まで克明に書き込まれてあるのだが、勤務先名の欄を見て、紗奈江はアッと息を飲んだ。

(株)松本。

業種の内容は不動産、とあった。

紗奈江は一も二もなく、お見合いすることにした。

三日後、紗奈江は『にっぽんブライダル』で、北尾とお見合いした。

小さく仕切った応接室の窓からは、新宿西口のビル街から、新宿駅、神宮《じんぐう》の森が一望であった。

三十六階から眺めるビルの群れは、無味乾燥なコンクリートの塊《かたまり》としか見えなかった。

新宿駅の左手からJRの線路を越えて、無数のビルがひしめくように建っている。

白、ベージュ、クリーム色。焦茶《こげちゃ》っぽい外装のビルもあるが、地上百メートルから見下ろすと、無計画にひしめく四角いビルは、墓石の群れのように感じられる。

いい古された言葉だが、コンクリート・ジャングル。それが音もなく静まり返っている。

「四宮紗奈江さん。こちらが北尾一宏さん。後はおふたりでゆっくり、お話しになって、よろしかったらどこか喫茶店へお行きになってもよろしいのよ」

初老の女性カウンセラーが二人を引き合わせ、ドアの外へ消えた。

「お美しいですね」

北尾はそよぐような微笑を浮かべた。

角ばった顔つき、髭が濃い。剃《そ》りあとが青々としていて、いかにも精悍《せいかん》で野性的な感じだった。

「いいえ……」

紗奈江は恥ずかしそうに顔を伏せた。

世なれない振りを装ったのだ。

「書類を拝見しましたが、御両親も兄弟もいらっしゃらないようですね」

「はい……」

「高輪にお住まいのようですね」

現住所はオリビアのマンションを書いておいた。

「ご自分でお持ちですか」

「狭いマンションですけど……。わたくし一人ですから2LDKで十分なのです」

「2LDK！　それは大変なものだ」

「でも、古いマンションです。亡くなった父が買ってくれたとき、七千万円たらずでした。五年ほども前ですけど……」

「その物件なら、五千万円はかたいですよ」

北尾は愛想よく言った。

「あの、不動産のお仕事をなさっていらっしゃいますのね」

「ですから、土地や建物となると、つい金で考えてしまう。ムードのない男だと思わないでください。ちょっと出ますか」

北尾は舐めるような目で紗奈江を見つめ、うなずくのを待ってソファから立ち上がった。

『にっぽんブライダル』を出て、一階へ降りた。北尾が誘ったのは、歩いて三分ほどのホテルのラウンジだった。

豪華なラウンジで、北尾はコーヒーを、紗奈江は紅茶をオーダーした。

「今日はお急ぎですか」

北尾はテーブルの上にからだを乗り出すようにしてたずねた。

「いいえ。でも……」

初対面なのだからというように、恥じらいをみせる紗奈江に、

「僕をよく知ってほしいんだな。あそこはお嬢さんが多いんで、僕のような職業はどうもお呼びじゃないんだ」

北尾はくだけた口調でいった。

「これまでに、何度ぐらいお見合いをなさいました」

「三回ほどですか。僕なんかは、あそこでは完全に異分子あつかいされて、お見合いしてくれる女性がいませんよ。それだけに、今日は光栄です」

北尾は神妙に顔を下げた。

「わたくしもそうなんです。両親がいませんし、親戚も少ないので、あそこでは敬遠されているらしいんです」

「すると、同病あい憐《あわ》れむですか」

北尾は自信を持ったようだ。

「先の話ですけど、結婚式のことを考えると、悩んでしまうんです。わたくしのほうの出席者が少ないでしょ。お相手が立派な家の方ですと肩身が狭い感じで……」

「そんなこと、気にすることはない。あくまでも本人しだいなのですから」

北尾の目に会心の笑みがにじんだ。

紗奈江も同様だった。

この男だ。絶対に……。

「お近づきになったしるしに、食事をご馳走させていただけませんか」

執拗《しつよう》に誘う北尾を振り切って、紗奈江は『にっぽんブライダル』へ戻った。

所長に会った。

7

北尾が前に見合いをした女性の記録を問い合わせたのだ。

「港区三田《みた》に住んでいる立花千紘さんですな」

所長は概略紹介状を取り出した。

桜小路にすぐ調べてもらおう。

立花千紘の概略紹介状のコピーをもらって、紗奈江は『にっぽんブライダル』を出た。

エレベーターで一階へ降りた。ロビーのエスカレーターで地下通路へ出ようとした。

その紗奈江にすり寄って来た男がいた。

北尾だった。

「僕は失格ですか」

北尾は押し殺した声でたずねた。

「いえ、そんな」

紗奈江は落ち着いて答えたが、北尾の表情に強い警戒が浮かんでいた。

「声を出さないでほしい」

紗奈江の腕を抱え込むと、ポケットに突っ込んだ右手が、紗奈江の脇腹に当てがわれた。鋭いものが脇腹に押し当てられていた。

地下通路へ出る横に、地下二階の駐車場へ降りる階段があった。

天井の低い広場のような駐車場がひろがっていた。

「乗ってもらおう」

黒塗りのベンツのドアを開けた。

その一瞬、紗奈江は飛ぶように逃げた。逃げながら、

「誰かっ！　誰か助けて！」

大声で叫んだ。

遥か先で駐車場の係員の姿が見えた。

北尾は紗奈江を追うのを、あきらめたようだ。ベンツに乗ると、勢いよく発進させた。

多摩《たま》33、き２０３×。

紗奈江はナンバーを読み取っていた。

「紗奈江姐さんの眼力は、ソープランドだけではありませんな。領収書一枚から、立花千紘の性格、心理まで読み取ってしまうのですから」

三日後に『クレッセント』へやって来た桜小路は、小躍りしそうなご機嫌であった。

「事件は解決したの？」

「霧の摩周湖の事件は解決しました。だが、北尾には余罪がありそうだ。それを吐き出させるため、たたいています」

北尾は結婚相談所で身寄りのないオールドミスに近づき、結婚を餌に財産を巻き上げる詐欺の常習犯であった。

立花千紘は婚前旅行で北海道へ誘われた。札幌でレンタカーを借り、旭川《あさひかわ》、層雲峡《そううんきょう》と経由し、七月三日の夜は網走で泊まっていた。

「だけど、網走じゃ摩周湖の霧の状態は分からなかったんじゃない？」

横からオリビアが口を出した。

「摩周湖の霧は問い合わせることができるのよ。摩周第一展望台のレストハウスへ電話してもいいし、夏は摩周案内のテレホンサービスまである。摩周湖の近くへ泊まると足がつくと思って、前の晩は車で二時間近くかかる網走へ泊まったのね」

「それじゃ千紘さん殺しで、網走へ舞い戻ることになるわね」

オリビアがいった。

「いや、網走刑務所ではすまないと思いますよ。北尾の犯行は情状酌量《しゃくりょう》の余地がない。それに余罪が出たとなると、府中《ふちゅう》か宮城刑務所行きあたりですかね」

桜小路がおごそかにいった。

「どうして、府中か宮城あたりなの？」

オリビアが不審そうにたずねた。

「死刑囚のはいる刑務所は決まっているのです。ほかにも札幌や名古屋、大阪など七ヵ所ですが、それ以外の刑務所には処刑施設がないのです」

オリビアは納得したようだ。

そのオリビアは、このところ結婚相談所通いに熱が入っている。

あそこでは、オリビア向きの相手はいないと思うのだが、結婚は女の夢。

オリビアはソープで働いていたことは内緒で、相手を見つけるつもりでいる。

紗奈江はこれも一種の結婚詐欺ではないか、と思うのだが……。

新装版のためのあとがき

いまでは話題になることも少なくなったが、佐々木邦《ささきくに》という作家がいた。

一九六四年に亡くなったユーモア小説の作家で『愚弟賢兄』『ガラマサどん』などのベストセラーがあるが、どういうストーリーだったか思いだせない。とりたててどうということのない小説だったように思う。

ところが、子供のころのぼくは、そのとりたててどうということのない小説に熱中した。夢中になって読んだし、読んだだけでなく、もしかすると、影響を受けたのではないかと思う。これはぼくに限ったことではなく、ぼくと同世代かひと世代うえのひとで、佐々木邦から読書人生が始まったと語るひとがすくなくない。

では、とりたててどうということのない佐々木邦の小説に、なぜ魅了されたのか。影響されるほど愛読したのか。

ぼく自身、不思議に思っていたが、こころみに百科事典をひいてみたところ、『彼の作品は健全な合理主義を根底にもっており、ともすれば落語風の駄洒落に終りがちだった日本のユーモア小説に、初めて近代的な性格をあたえたといえる』（小学館）と、あった。

それを読んで、ながいあいだの疑問が晴れた。

小説の魅力はストーリーにあるだけではなく、小説の行間にただようその作家の〝思想〟や、思想というほどではないまでも、考え方に接することの悦《よろこ》びもおおきい。

子供だったころのぼくは無意識のうちに佐々木邦の世界に共感していたのだ。

ぼくは静岡県の田舎町《いなかまち》に移ったのを機会に書き下ろしの旅情ミステリー一本でいくことにし、雑誌に書くことを放棄したため、書くチャンスがなくなってしまったが、ユーモア推理といってもよいシリーズが二つある。

『ヤッちゃん弁護士』と、この四宮紗奈江《しのみやさなえ》シリーズがそれだ。

どちらも月刊誌に連載したのだが、『ヤッちゃん弁護士』のほうはある程度、構想をかためたうえで書きはじめたが、四宮紗奈江シリーズはほとんどぶっつけ本番の形で書きだしたように思う。

最初は連載の約束ではなかったのかもしれない。

そうでないと、一回めの『奥吉野《おくよしの》・大蛇嵓《だいじゃぐら》偽装心中』だけ、一人称のわたしで書いているのがおかしい。

シリーズの重要人物である桜小路資朝《さくらこうじすけとも》の登場がおそいのもおかしい。

今回、新装版をだすのにあたって、編集部から一人称ではなく、四宮紗奈江で統一したらどうかと薦《すす》められたが、あえて一人称にこだわり、――プロローグに代えて――と、つけ加えることにした。

一回めの『奥吉野……』は四宮紗奈江の紹介であり、同時にいかなる名探偵も人間である以上、推理に限界があることを示したかったからだ。

紗奈江の推理は、彼女がよく知っている世界や、知人が関わった事件に限られる。つまり、職業的な経験や交友関係があり、事件や被害者についてのデータを豊富にもっているから推理できる。いい替えると、四宮紗奈江は『叡知《えいち》神のごとき名探偵』ではなく、データを基に推理する普通の女性だといいたかったのだ。当然、このシリーズでは鬼《き》面《めん》ひとを驚かす突飛《とっぴ》な事件も起きないし、紗奈江の推理も常識の延長上にある。

そんなミステリーは面白くもなんともないのではないか。

そう早合点しないで、読んでいただきたい。

何気なく書きはじめたが、回を追うごとにぼくは四宮紗奈江が愛《いと》しくなっていった。

『信濃《しなの》・戒壇《かいだん》めぐり殺人事件』では、泡まみれになってセックスをしている紗奈江を気楽に書いたくせして、あとのほうになるとソープ嬢をさせておくことが苦しくなった。

それだけ、四宮紗奈江に感情移入したわけで、いつとなく自分の娘のように思えてきたのだ。そのために、謎解きのミステリーの枠からはみだし、四宮紗奈江の生き方を追うシリーズになって行くのだが、そこまで登場人物に惚れ込んだ小説が面白くないわけがない、と確信している。

コンビの桜小路との仲がどうなって行くのか。

その興味もふくめて、下巻にあたる『函館殺人事件』を期待してください。

なお、今回、新装版にするのにあたって、国鉄、赤電話など平成十六年の現在では違和感をおぼえるものをJR、携帯電話などに改めた。それでいて、解説を書いてくださった香山二三郎《かやまふみろう》さんが指摘されているように、風俗営業法についての記述などはそのままにした。ぼくは静岡県の田舎町《いなかまち》に住み、いま現在の風俗現象について疎《うと》くなっているため、小説全体を現在の物語にすることができないことが、その理由です。

風俗小説としては致命的だが、ユーモアミステリーとしてなら、そう厳密に考えることはないと思う。小説の時代背景は『なんとなく現在』ということで、お許しください。

二〇〇四年七月

木谷　恭介

解説――異色コンビが活躍する軽妙な旅情ミステリー

コラムニスト　香山二三郎《かやまふみろう》

木谷恭介《こたにきょうすけ》といえば宮之原《みやのはら》警部、宮之原警部といえば木谷恭介。

木谷恭介と氏が生み出したシリーズキャラクター宮之原昌幸《まさゆき》警部の名前は今や日本の津々浦々《つつうらうら》にまで知られているといっても過言ではない。当然ながら、本書も宮之原警部ものと思って手に取るかたも少なくないだろう。

だが、本書は宮之原警部シリーズではない。

まずはそこから説明しておこう。

本書は一九八七年五月、桃園《とうえん》新書（桃園書房刊）の一冊として刊行された『おしゃれ捜査官』（後に桃園文庫に収録される際、『おしゃれ探偵』と改題）から五編、八八年六月、同じく桃園新書刊の続編『摩周湖殺人事件』（後に桃園文庫に収録）から三編をピックアップして、改稿のうえ新たに一冊にまとめた新装版の連作集である。このシリーズ、もともとは『おしゃれ捜査官』『摩周湖殺人事件』『函館殺人事件』と続く三部作であったが、残りの短編も引き続き再編集のうえ祥伝社文庫に収録される予定だ。

主人公はいずれも東京・吉原《よしわら》のソープランド「チェックメイト・キング」に勤める四宮《しのみや》

紗奈江《さなえ》。つまり本書はソープ嬢探偵・四宮紗奈江シリーズの第一作というわけだ。

というと、元版の『おしゃれ捜査官（＝おしゃれ探偵）』等をすでに読んでいるファンはあれれ!? と思われるかも。実は元版のヒロインの名前は来宮加奈江《きのみやかなえ》であった。それが何故四宮紗奈江になったのかといえば、著者の登場人物のネーミングに由来する。何を隠そう、著者は登場人物の名前はほとんどW《ダブル》イニシアルで通してきたというのである。宮之原昌幸ならMM、小清水峡子《こしみずきようこ》ならKK、大鷹鬼平《おおたかおにへい》ならOOといった具合。

しかし、それなら来宮加奈江だってKKではないか。然《しか》り。でも、今回はヒロインの将来のことも考えたうえでの改名とのこと。それについての詳細は、シリーズ第二弾、新装版『函館殺人事件』（近刊）にて、直《じか》にご確認いただきたいと思う。

さて、来宮加奈江シリーズ改め四宮紗奈江シリーズであるが、著者の作品史からすると初期の作品に属することになる。著者がミステリーに専念するのは、一九八三年八月刊の『赤い霧の殺人行』以降だが、当初から宮之原警部もの一本だったわけではなく、その後の五年余は様々な作品にチャレンジする時期に相当する。日本最大の暴力団の首領《ドン》を父に持つエリート弁護士の活躍を描いた『ヤッちゃん弁護士』シリーズなどはこの時期の代表作として今なお根強い支持を得ているが、著者自身もこれら初期作品には強い愛着を抱いているとのこと。

とりわけ男女の愛憎劇をベースにした本シリーズに対する愛着はひとしおのようであ

る。というのも、もともと紀行ライター、風俗ライターとして鳴らした著者が小説家として再出発を図《はか》るきっかけとなったのは、一九七七年に第一回小説CLUB新人賞を受賞したことだった。その受賞作「俺が拾った吉野大夫」は風俗ライター時代の体験を活かしたもので、以後『赤い霧の殺人行』でミステリーに専念するまではもっぱらソープランド世界を背景に男女の愛憎劇を描いていたのである。

その当時の作品のタッチは、本書の第一話「奥吉野《おくよしの》・大蛇嵓《だいじゃぐら》偽装心中」に色濃く立ち現れていよう。本書を読み進めていけばおわかりのように、本編だけ「わたし」という紗奈江の一人称で描かれている。紗奈江は自分の勤めるソープランドの店長と同僚のソープ嬢が奈良県大台《おおだい》ヶ原《はら》で心中したことに不審を抱くが、帰京後、今度は自分が何者かに狙《ねら》われる羽目《はめ》になる。典型的な巻き込まれ型の犯罪サスペンス仕立てであるが、身近な人間の死を目の当たりにしながらも、変に動揺したりせず、直感的な疑問を刑事に訴えるなど、彼女の立ち居振る舞いは実にクールだ。

「ソープランドの従業員と山はつながらない」「ソープランドという即物的な職業は、山とはどこか縁が遠い」といった洞察や、「わたしは泣きごとが嫌いだ」といったセリフなど、まさにタフな私立探偵も顔負けのハードボイルドぶりというべきか。そう、著者のソープランド小説はエロチックな描写とともにヒロインの覚《さ》めた語りでも強烈な印象を残したが、本編にもその独自の女ハードボイルド・タッチが息づいているのである。

しかし、第二話「信濃《しなの》・戒壇《かいだん》めぐり殺人事件」以後は三人称となり、警視庁捜査一課のお坊っちゃま警部補、桜小路資朝《さくらこうじすけとも》というワトソン役も登場。紗奈江のキャラは徐々に気《き》っ風《ぷ》のいい姐御《あねご》へ、そして業界からの引退を考える悩める風俗嬢へと転じていく。

この転身にはふたつの理由があろう。

ひとつは著者自身、『おしゃれ探偵』のあとがきで「書き進めて行くうちに（中略）、加奈江（筆者註・本書では「紗奈江」に改名）という女性が風俗業界という荒波のなかでもがきながら、明るく生きている自分の娘のように思えてきて、次第に加奈江の人生の軌跡をたどるようになって行った」と記しているように、ヒロインに情が移ったせい。紗奈江のキャラをやわらげることによって、本来の「異色の旅情ミステリー」タッチに戻したともいえるかも。

もうひとつは、宮之原シリーズとの兼ね合い。著作リストをご覧いただけばおわかりのように、『おしゃれ捜査官』を始めとする三部作の刊行は木谷ミステリーが宮之原シリーズへと収斂《しゅうれん》されていく過程とまさに並行しているのである。ソープ嬢という探偵像はちょいと異色でも、作風としてはやはりオーソドックスな〝旅情ミステリー〟のラインに統一していったほうが作家のイメージを確立させるうえでは大切だろう——いささかうがった見かたかもしれないが、ベストセラー作家を志《こころざ》す者としては当然の戦略ともいえる。

かくて、一匹狼のソープ嬢を探偵にした風俗ハードボイルドから、作品を追うごとに、お坊っちゃま刑事とのコンビによる軽妙な旅情ミステリーへと転じていったという次第であるが（!?）、今日、宮之原シリーズ以外の初期作品を手にする機会は少ないだろうし、まずはふたりと再会出来たことを素直に言祝《ことほ》ぎたい。

ところで、本書に収められた八編の時代背景は一九八四年秋から八七年の初夏になると思われるが、この間、性風俗業界には歴史的な変革が起きている。一九八五年二月一三日に施行《しこう》された新風俗営業法（正しくは、風俗営業等の規制及び業務の適正化等に関する法律）である。

ソープランドやストリップ、ファッションヘルス等の業種はそれまでお上《かみ》による制約が少なかったが、新たに風俗関連営業に入れられることにより、営業時間が制限されたり、営業の認可が厳しくなった。早い話、新風営法とは、多様化した性風俗に対処すべくお上が打ち出した新たな規制であるが、ではそれで性風俗が流行《はや》らなくなったのかというとそんなことは全然ない。さらに多種多様化して今日に至っていることは知る人ぞ知る。

本書の第三話「金沢《かなざわ》・加賀《かが》のれん殺人事件」にも、新風営法が施行されて「十カ月たってみると、全てが元に戻ってしまった。それどころか、取り締まりを強化するはずだった客引きは、前よりはるかに悪質になった」とある。もっともソープランドの場合、そもそもそれ以前から斜陽化が悩みの種《たね》になっていたようだ。同じ「金沢・加賀のれん殺人事件」には、「このところ、ソープランドは極端に客が減っている。電話一本で女の子がホテルへ飛んで来るデートクラブもあれば、ソープよりずっと手軽なヘルスもある。ソープランドは時代にあわなくなってしまったようだ」ともある。

そうした事情は、情報通信技術の進化で、店舗営業が苦境に立たされている今日ますます加速しているともいわれ、してみると紗奈江の転身の軌跡を描いた本書は、図らずも風俗営業への挽歌という側面もないではない。

廃《すた》れゆく者への挽歌という点では、紗奈江の相方、桜小路刑事のキャラ造型にも反映されていよう。この男、名前も見てくれもいかにもお公家《くげ》然としているが、何せ彼の家は平安時代に京都の警護に当たった検非違使《けびいし》の出なのである。しかも昔は最下級の役職にしか就《つ》けなかったものだから、現代の検非違使＝警視庁の捜査一課長を出すのが御家の悲願。彼も京大法学部を優秀な成績で卒業しながら平刑事になったという変わり種だが、捜査能力ゼロとなれば、変わり種というより単なる時代遅れのダメ男か。

ただ、おっちょこちょいでお人好しのこのお坊っちゃま刑事はソープ嬢を偏見の目で見たりは決してしない。紗奈江の美女ぶり、優れた探偵能力に素直に脱帽して恥じることがない。こんな人畜無害男、警官にいるはずないよといいたいところだが、警官にはいないかもしれないけど、何事にも欲の少ない現代の青少年像と相通ずるというか、先取りしているといえなくもないだろう。

この異色コンビの活躍（と、その行方）は、引き続き近刊の『函館殺人事件』でもお楽しみいただきたいが、かつての風俗ハードボイルドものファンとしては、この際「奥吉野・大蛇嵓偽装心中」ラインの新作も祥伝社で出していただけるとありがたいのだが……。

本書は桃園書房より刊行された『おしゃれ捜査官』および『摩周湖殺人事件』を再構成し、刊行に際し著者が大幅に加筆・修整したものです。

木谷恭介著作リスト

（★印は宮之原警部シリーズ　＊印は絶版）

1　赤い霧の殺人行　トクマ・ノベルズ（徳間書店　昭58・8）／徳間文庫（平1・11）／桃園文庫（平12・6）
2　紅の殺人海溝　トクマ・ノベルズ（徳間書店　昭59・5）／徳間文庫（平1・2）／ハルキ文庫（平11・9）
3　みちのく殺人列車　東都書房（昭59・11）／双葉文庫（昭63・2）　＊
4　小京都殺人水脈　トクマ・ノベルズ（徳間書店　昭60・11）／徳間文庫（平2・3）／ケイブンシャノベルス（平12・8）
5　花舞台殺人事件　双葉ノベルス（双葉社　昭61・2）／双葉文庫（昭62・9）／ケイブンシャノベルス（平11・6）／桃園文庫（平16・2）
6　梵字河原殺人事件　桃園文庫（昭61・3）　＊
7★華道家元殺人事件　トクマ・ノベルス（徳間書店　昭61・9）／徳間文庫（平2・9）京都鷹峰殺人事件と改題。／ケイブンシャ文庫（平10・1）／桃園文庫（平15・2）
8　黄金殺界　ノン・ノベル（祥伝社　昭61・9）　＊
9　京都嵐山殺人事件　光風社ノベルス（光風社出版　昭61・11）／双葉文庫（平2・4）／桃園文庫（平11・12）
10　ヤッちゃん弁護士　トクマ・ノベルズ（徳間書店　昭61・12）／徳間文庫（平4・3）
11　南紀勝浦高速フェリーの死角　サンケイノベルス（サンケイ出版　昭62・2）／廣済堂文庫（平2・5）十津川

峡谷殺人事件と改題／桃園文庫（平13・9）
12 特急《ひだ3号》30秒の死角　双葉ノベルス（双葉社　昭62・4）／双葉文庫（昭63・11）／桃園文庫（平11・9）／コスミック文庫（平15・11）
13 おしゃれ捜査官　桃園ノベルス（桃園書房　昭62・5）／桃園文庫（平2・6）おしゃれ探偵と改題。／祥伝社文庫（平16・7）摩周湖殺人事件と改題。
14 ★大和いにしえ紀行殺人模様　トクマ・ノベルズ（徳間書店　昭62・7）／徳間文庫（平3・5）／勁文社文庫（平10・11）大和いにしえ殺人事件と改題／桃園文庫（平15・9）
15 神戸・札幌殺人競争　光風社ノベルス（光風社出版　昭62・8）＊
16 ヤッちゃん弁護士　パートII　トクマ・ノベルズ（徳間書店　昭62・11）／徳間文庫（平4・9）
17 軽井沢・京都殺人行　双葉ノベルス（双葉社　昭62・12）／双葉文庫（平1・9）／ケイブンシャノベルス（平11・9）
18 長崎オランダ坂殺人事件　光風社ノベルス（光風社出版　昭63・1）／廣済堂文庫（平4・1）／ハルキ文庫（平11・10）
19 瀬戸大橋殺人海峡　双葉ノベルス（双葉社　昭63・4）／双葉文庫（平2・9）／ケイブンシャノベルス（平11・12）
20 摩周湖殺人事件　桃園ノベルス（桃園書房　昭63・5）／桃園文庫（平5・10）
21 ★京都いにしえ殺人歌　廣済堂ブルーブックス（廣済堂出版　昭63・9）／廣済堂文庫（平2・12）／桃園文庫（平

9・4)／コスミック文庫(平16・5)
22　ヤッちゃん弁護士　パートⅢ　トクマ・ノベルス(徳間書店　昭63・12)／徳間文庫(平4・9)
23★加賀金沢殺人事件　双葉ノベルス(双葉社　平1・2)／双葉文庫(平3・3)／ケイブンシャ文庫(平11・3)
24★殺意の海『平戸＝南紀』　光風社ノベルス(光風社出版　平1・3)／徳間文庫(平5・10)九州平戸殺人事件と改題。／ハルキ文庫(平13・4)
25　草津高原殺人事件　廣済堂ブルーブックス(廣済堂出版　平1・6)／桃園文庫(平7・12)／廣済堂文庫(平13・3)
26★横浜殺人ロード　双葉ノベルス(双葉社　平1・7)／双葉文庫(平3・9)／ハルキ文庫(平13・4)横浜中華街殺人事件と改題。
27★札幌時計台殺人事件　立風ノベルス(立風書房　平1・8)／徳間文庫(平6・2)／青樹社文庫(平13・3)
28★信濃いにしえ殺人画集　大陸ノベルス(大陸書房　平1・9)／大陸文庫(平4・5)／光風社文庫(平7・10)／ケイブンシャ・ノベルス(平13・2)
29★野麦峠殺人事件　光風社ノベルス(光風社出版　平1・11)／徳間文庫(平6・12)／ハルキ文庫(平13・4)
30　函館殺人事件　桃園ノベルス(桃園書房　平1・12)／桃園文庫(平7・3)
31★出雲いにしえ殺人事件　廣済堂ブルーブックス(廣済堂出版　平2・1)／廣済堂文庫(平8・1)／双葉文庫(平16・2)
32★京都渡月橋殺人事件　双葉ノベルス(双葉社　平2・1)／双葉文庫(平4・7)／桃園文庫(平9・9)／コス

ミック文庫（平15・8）
33★奈良いにしえ殺人絵巻　大陸ノベルス（大陸書房　平2・3）＊
34★萩・西長門殺人事件　双葉ノベルス（双葉社　平2・4）／双葉文庫（平4・9）／桃園文庫（平10・1）／ワンツーノベルス（平15・11）
35★小樽運河殺人事件　立風ノベルス（立風書房　平2・7）／光風社文庫（平7・1）／ハルキ文庫（平12・7）
36★仏ヶ浦殺人事件　光風社ノベルス（光風社出版　平2・8）／廣済堂文庫（平6・5）／ハルキ文庫（平13・4）
37★飛驒いにしえ殺人事件　廣済堂ブルーブックス（廣済堂出版　平2・10）／廣済堂文庫（平6・12）／桃園文庫（平11・4）
38★京都高瀬川殺人事件　双葉ノベルス（双葉社　平2・11）／双葉文庫（平5・3）／ケイブンシャ文庫（平12・4）
39★倉敷美術館殺人事件　立風ノベルス（立風書房　平3・3）／徳間文庫（平7・4）／双葉文庫（平13・2）
40★津軽いにしえ殺人事件　大陸ノベルス（大陸書房　平3・4）／光風社文庫（平7・5）津軽りんご園殺人事件と改題／廣済堂文庫（平14・2）
41★「吉凶の印」殺人事件　光風社ノベルス（光風社出版　平3・6）／光風社文庫（平6・8）「水晶の印」殺人事件と改題。／ハルキ文庫（平13・4）
42★尾道殺人事件　双葉ノベルス（双葉社　平3・7）／双葉文庫（平5・9）／桃園文庫（平10・7）／ワンツーノベルス（平15・7）

43★**釧路ぬさまい橋殺人事件**　立風ノベルス（立風書房　平3・9）／ケイブンシャ文庫（平8・10）
44★**加賀いにしえ殺人事件**　廣済堂ブルーブックス（廣済堂出版　平3・10）／廣済堂文庫（平7・5）／桃園文庫（平10・12）／ワンツーノベルス（平16・4）
45★**京都四条通り殺人事件**　双葉ノベルス（双葉社　平3・12）／双葉文庫（平6・6）／廣済堂文庫（平14・9）
46★**名古屋殺人事件**　光風社ノベルス（光風社出版　平4・2）／光風社文庫（平8・2）**名古屋大通り公園殺人事件**と改題／廣済堂文庫（平14・5）
47★**四国松山殺人事件**　立風ノベルス（立風書房　平4・4）／徳間文庫（平7・9）／双葉文庫（平14・4）
48★**神戸異人坂殺人事件**　双葉ノベルス（双葉社　平4・6）／双葉文庫（平6・9）／ケイブンシャ文庫（平12・12）
49　**札幌薄野殺人事件**　廣済堂ブルーブックス（廣済堂出版　平4・8）／廣済堂文庫（平13・1）
50★**「阿蘇の恋」殺人事件**　光風ノベルス（光風社出版　平4・9）
51★**京都柚子の里殺人事件**　双葉ノベルス（双葉社　平4・9）／双葉文庫（平6・11）／廣済堂文庫（平15・2）
52★**渋谷公園通り殺人事件**　立風ノベルス（立風書房　平4・10）／ケイブンシャ文庫（平9・5）**伊予松山殺人事件**と改題。
53★**「冬の蝶」殺人事件**　光風社ノベルス（光風社出版　平5・3）／光風社文庫（平8・11）／廣済堂文庫（平16・3）
54★**死者からの童唄**　トクマ・ノベルズ（徳間書店　平5・4）／徳間文庫（平8・2）／廣済堂文庫（平15・11）

55★宮之原警部の愛と追跡　双葉ノベルス（双葉社　平5・4）／双葉文庫（平7・4）／ハルキ文庫（平12・2）
56★薩摩いにしえ殺人事件　廣済堂ブルーブックス（廣済堂出版　平5・6）／廣済堂文庫（平8・5）／青樹社文庫（平13・7）
57　博多大花火殺人事件　立風ノベルス（立風書房　平5・7）／ケイブンシャ文庫（平10・7）
58★最上峡殺人事件　光風社ノベルス（光風社出版　平5・10）／光風社文庫（平8・7）龍神の森殺人事件と改題／双葉文庫（平13・10）
59★京都氷室街道殺人事件　双葉ノベルス（双葉社　平5・10）／双葉文庫（平8・2）／ケイブンシャ文庫（平13・10）
60★京都除夜の鐘殺人事件　コスモノベルス（コスミック・インターナショナル　平5・12）／廣済堂文庫（平8・12）／双葉文庫（平14・12）
61　集魚灯の海　四六判（ライブ出版　平6・2）
62★大井川SL鉄道殺人事件　トクマオーノベルス（徳間オリオン　平6・2）／徳間文庫（平9・8）
63★美濃淡墨桜殺人事件　トクマ・ノベルス（徳間書店　平6・4）／徳間文庫（平10・4）
64★美幌峠殺人事件　双葉ノベルス（双葉社　平6・6）／双葉文庫（平8・12）
65★能登いにしえ殺人事件　廣済堂ブルーブックス（廣済堂出版　平6・7）／廣済堂文庫（平9・11）／双葉文庫（平15・6）
66　「家康二人説」殺人事件　日文ノベルス（日本文芸社　平6・9）／日文文庫（平9・6）

67★室戸無差別殺人岬　光風社ノベルス（光風社出版　平6・10）／光風社文庫（平9・6）室戸岬殺人事件と改題／桃園文庫（平14・6）
68★京都桂川殺人事件　双葉ノベルス（双葉社　平6・11）／双葉文庫（平9・4）／徳間文庫（平14・4）
69★富良野ラベンダーの丘殺人事件　廣済堂ブルーブックス（廣済堂出版　平7・3）／廣済堂文庫（平9・6）／徳間文庫（平16・7）
70★西行伝説殺人事件　立風ノベルス（立風書房　平7・3）／ハルキ文庫（平11・12）
71★謀殺列島・赤の殺人事件　トクマ・ノベルズ（徳間書店　平7・3）／徳間文庫（平11・11）
72★謀殺列島・青の殺人事件　トクマ・ノベルズ（徳間書店　平7・4）／徳間文庫（平11・12）
73★謀殺列島・緑の殺人事件　トクマ・ノベルズ（徳間書店　平7・5）／徳間文庫（平12・1）
74★謀殺列島・紫の殺人事件　トクマ・ノベルズ（徳間書店　平7・6）／徳間文庫（平12・2）
75★謀殺列島・黄金の殺人事件　トクマ・ノベルズ（徳間書店　平7・7）／徳間文庫（平12・3）
76★長崎キリシタン街道殺人事件　双葉ノベルス（双葉社　平7・9）／双葉文庫（平9・10）／徳間文庫（平16・4）
77★知床岬殺人事件　光風社ノベルス（光風社出版　平7・9）／光風社文庫（平10・3）／桃園文庫（平14・9）
78★京都紅葉伝説殺人事件　廣済堂ブルーブックス（廣済堂出版　平7・10）／廣済堂文庫（平10・11）
79★出雲松江殺人事件　光風社ノベルス（光風社出版　平7・12）／光風社文庫（平11・3）
80★土佐わらべ唄殺人事件　トクマ・ノベルズ（徳間書店　平8・1）／徳間文庫（平10・9）／廣済堂文庫（平16・

7)／廣済堂文庫（平16・7）
81★みちのく滝桜殺人事件　廣済堂ブルーブックス（廣済堂出版　平8・3）／廣済堂文庫（平10・5）
82★信濃塩田平殺人事件　双葉ノベルス（双葉社　平8・6）／双葉文庫（平10・9）
83★日南海岸殺人事件　光風社ノベルス（光風社出版　平8・8）／光風社文庫（平12・3）
84★阿寒湖わらべ唄殺人事件　トクマ・ノベルズ（徳間商店　平8・9）／徳間文庫（平11・5）
85★越後親不知殺人事件　ケイブンシャノベルス（勁文社　平8・11）／ケイブンシャ文庫（平11・6）／徳間文庫（平15・1）
86★鎌倉釈迦堂殺人事件　廣済堂ブルーブックス（廣済堂出版　平8・12）／廣済堂文庫（平11・7）
87★「お宝鑑定」殺人事件　双葉ノベルス（双葉社　平9・1）／双葉文庫（平12・5）
88★四国宇和島殺人事件　廣済堂ブルーブックス（廣済堂出版　平9・3）／廣済堂文庫（平11・11）
89★五木の子守唄殺人事件　トクマ・ノベルズ（徳間書店　平9・4）／徳間文庫（平12・7）
90★信濃塩の道殺人事件　ケイブンシャノベルス（勁文社　平9・6）／ケイブンシャ文庫（平11・11）／徳間文庫（平15・8）
91★京都百物語殺人事件　双葉ノベルス（双葉社　平9・7）／双葉文庫（平12・8）
92★函館恋唄殺人事件　廣済堂ブルーブックス（廣済堂出版　平9・9）／廣済堂文庫（平12・7）
93★吉野十津川殺人事件　トクマ・ノベルズ（徳間書店　平9・9）／徳間文庫（平13・2）
94★蓮如伝説殺人事件　ケイブンシャノベルス（勁文社　平9・11）／ケイブンシャ文庫（平12・9）／ハルキ文庫

（平15・10）
95★京都「細雪」殺人事件　トクマ・ノベルズ（徳間書店　平9・12）／徳間文庫（平12・11）
96★九州太宰府殺人事件　双葉ノベルス（双葉社　平10・1）／ハルキ文庫（平13・4）
97★若狭恋唄殺人事件　廣済堂ブルーブックス（廣済堂出版　平10・3）／ハルキ文庫（平13・4）
98★みちのく紅花染殺人事件　ケイブンシャノベルス（勁文社　平10・4）／ケイブンシャ文庫（平13・5）
99★木曽恋唄殺人事件　トクマ・ノベルズ（徳間書店　平10・6）／徳間文庫（平13・7）
100★淡路いにしえ殺人事件　光風社ノベルス（光風社出版　平10・7）／光風社文庫（平13・9）
101★襟裳岬殺人事件　ケイブンシャノベルス（勁文社　平10・8）／ケイブンシャ文庫（平14・2）
102★「邪馬台国の謎」殺人事件　廣済堂ブルーブックス（廣済堂出版　平10・10）／廣済堂文庫（平12・9）
103★京都木津川殺人事件　トクマ・ノベルズ（徳間書店　平10・11）／徳間文庫（平13・11）
104★飛驒高山殺人事件　双葉ノベルス（双葉社　平11・1）
105★新幹線《のぞみ47号》消失！　トクマ・ノベルズ（徳間書店　平11・3）／徳間文庫（平14・8）
106★豊後水道殺人事件　ケイブンシャノベルス（勁文社　平11・4）／ハルキ文庫（平14・12）
107★安芸いにしえ殺人事件　廣済堂ブルーブックス（廣済堂出版　平11・6）／廣済堂文庫（平13・7）
108★丹後浦島伝説殺人事件　ハルキ・ノベルス（角川春樹事務所　平11・8）／ハルキ文庫（平13・4）／徳間文庫
（平16・4）
109★京都呪い寺殺人事件　トクマ・ノベルズ（徳間書店　平11・9）／徳間文庫（平15・4）

110★札幌源氏香殺人事件　ハルキ・ノベルス（角川春樹事務所　平11・11）／ハルキ文庫（平14・6）
111★菜の花幻想殺人事件　ハルキ・ノベルス（角川春樹事務所　平12・4）／ハルキ文庫（平15・3）
112★百万塔伝説殺人事件　ケイブンシャノベルス（勁文社　平12・5）／廣済堂文庫（平15・7）
113★京都石塀小路殺人事件　トクマ・ノベルズ（徳間書店　平12・6）／徳間文庫（平15・11）
114★東北三大祭り殺人事件　ハルキ・ノベルス（角川春樹事務所　平12・8）／ハルキ文庫（平16・1）
115★鉄道唱歌殺人事件　ジョイ・ノベルス（実業之日本社　平12・9）／双葉文庫（平15・10）
116★加賀百万石伝説殺人事件　ハルキ・ノベルス（角川春樹事務所　平12・12）／ハルキ文庫（平16・5）
117★世界一周クルーズ殺人事件　四六判（角川春樹事務所　平13・10）
118★京都小町塚殺人事件　トクマ・ノベルズ（徳間書店　平14・9）
119★奥三河香嵐渓殺人事件　ジョイ・ノベルス（実業之日本社　平14・11）
120★遠州姫街道殺人事件　ノン・ノベル（祥伝社　平14・12）
121★横浜馬車道殺人事件　双葉ノベルス（双葉社　平15・5）
122★京都吉田山殺人事件　トクマ・ノベルス（徳間書店　平15・7）
123★舘山寺心中殺人事件　トクマ・ノベルス（徳間書店　平16・3）

このリストは平成16年7月現在のもので、ミステリーのみを収録したものです。

＊印以外は順次再刊の予定。

一〇〇字書評

切り取り線

購買動機（新聞、雑誌名を記入するか、あるいは○をつけてください）	
□（　　　　　　　　）の広告を見て	
□（　　　　　　　　）の書評を見て	
□ 知人のすすめで	□ タイトルに惹かれて
□ カバーがよかったから	□ 内容が面白そうだから
□ 好きな作家だから	□ 好きな分野の本だから

●最近、最も感銘を受けた作品名をお書きください

●あなたのお好きな作家名をお書きください

●その他、ご要望がありましたらお書きください

住所	〒				
氏名		職業		年齢	
Eメール	※携帯には配信できません	新刊情報等のメール配信を 希望する・しない			

あなたにお願い

この本をお読みになって、どんな感想をお持ちでしょうか。

この「一〇〇字書評」とアンケートを私までいただけたらありがたく存じます。今後の企画の参考にさせていただきます。

あなたの「一〇〇字書評」は新聞・雑誌などを通じて紹介させていただくことがあります。そして、その場合はお礼として、特製図書カードを差しあげます。

前ページの原稿用紙に書評をお書きのうえ、このページを切り取り、左記へお送りください。電子メールでもお受けいたします。なお、メールの場合は書名を明記してください。

〒一〇一－八七〇一
東京都千代田区神田神保町三－六－五
九段尚学ビル　祥伝社
祥伝社文庫編集長　加藤　淳
☎〇三（三二六五）二〇八〇
bunko@shodensha.co.jp

祥伝社文庫

上質のエンターテインメントを！　珠玉のエスプリを！

祥伝社文庫は創刊15周年を迎える2000年を機に、ここに新たな宣言をいたします。いつの世にも変わらない価値観、つまり「豊かな心」「深い知恵」「大きな楽しみ」に満ちた作品を厳選し、次代を拓く書下ろし作品を大胆に起用し、読者の皆様の心に響く文庫を目指します。どうぞご意見、ご希望を編集部までお寄せくださるよう、お願いいたします。

2000年1月1日　　　祥伝社文庫編集部

摩周湖《ましゆうこ》殺人《さつじん》事件《じけん》　旅情ミステリー

平成16年7月30日　初版第1刷発行
平成17年1月15日　　　第2刷発行

著　者　木《こ》谷《たに》恭《きよう》介《すけ》

発行者　深澤健一

発行所　祥《しよう》伝《でん》社《しや》
東京都千代田区神田神保町3-6-5
九段尚学ビル　〒101-8701
☎03(3265)2081(販売部)
☎03(3265)2080(編集部)
☎03(3265)3622(業務部)

印刷所　堀内印刷

製本所　明泉堂

ISBN4-396-33173-8 C0193

祥伝社のホームページ・http://www.shodensha.co.jp/

祥伝社文庫

梓 林太郎
信濃《しなの》梓川《あずさがわ》 清流の殺意
旅行作家茶屋次郎《ちゃやじろう》は、取材で訪れた信州梓川で殺人事件に巻き込まれ、独自で事件解明に乗り出した。

梓 林太郎
北アルプス 白馬《しろうま》岳の殺人
新聞記事に載った美談。だが、多摩川で、北アルプスで、関係者が変死した。偶然か、それとも罠なのか？

梓 林太郎
北上川殺人事件
「隣りに死体が寝ている！」旅行作家茶屋次郎《ちゃやじろう》と一つ布団に横たわっていたのは血まみれの若い女だった。

梓 林太郎
西穂高 白銀の疑惑
「これはただの遭難じゃないぞ」相次いで発見された遺体の腹には、不可解な刺傷が二つ並んでいたのだった。

梓 林太郎
北アルプス 爺《じい》ヶ《が》岳《だけ》の惨劇
北アルプスで発見された遭難遺体。男の死に殺人の臭いを嗅いだ道原伝《みちはらでん》吉《きち》刑事の冴えわたる推理。

梓 林太郎
石狩川殺人事件
「この子をよろしく」石狩川畔で二歳の捨て子と遭遇した時から、旅行作家・茶屋の受難は始まった。

祥伝社文庫

内田康夫　喪《うしな》われた道

内田康夫　江田島殺人事件

内田康夫　津和野《つわの》殺人事件

内田康夫　小樽殺人事件

内田康夫　薔薇《ばら》の殺人

内田康夫　鏡の女

虚無僧《こむそう》姿で殺された男。尺八《しやくはち》名人の男が唯一、吹奏を拒絶していた修善寺縁《ゆかり》の名曲「滝落《たきおち》」が握る事件の謎。

東郷元帥の短剣を探して欲しい。江田島の海軍兵学校へ飛んだ浅見を迎えたのは、短剣で殺された死体…。

死の直前に他人の墓を暴こうとしていた長老・勝蔵。四〇〇年の歴史を持つ朱鷺《とき》一族を襲う連続殺人とは？

早暁の港に浮かぶ漂流死体、遺品に残された黒揚羽《くろあげは》…捜査を開始した浅見は、やがて旧家を巡る歴史的怨恨に迫る。

殺された少女は元女優の愛の結晶？悲劇の真相を求め、浅見は宝塚へ向かった。犯人の真意は、どこに？

初恋相手を訪ねた浅見を待ち受けていたのは、彼女の死の知らせだった。鏡台に残された謎の言葉とは？